Grandiose Special-Effects, ein atemberaubendes Production Design, faszinierende Kampfszenen – und eine Frage, die den Zuschauer nicht mehr loslässt: Was, wenn unsere Welt nur eine gigantische Simulation wäre – erschaffen, um uns daran zu hindern, die wahren Verhältnisse zu erkennen?

Mit *Matrix* haben die Regisseure Andy und Larry Wachowski nicht nur einen Multi-Millionen-Blockbuster und einen Meilenstein in der Geschichte des Science-Fiction-Kinos geschaffen, sondern auch eine Vorstellung in das Bewusstsein der Zuschauer gehoben, mit der sich zahllose Denker und Schriftsteller im Laufe der Jahrhunderte immer wieder auseinandergesetzt haben. Der Bogen spannt sich von der Antike bis zu Autoren wie Philip K. Dick und William Gibson, und zahllose ihrer Ideen und Interpretationen finden sich auch in *Matrix* wieder. Doch was ist eigentlich der Kern dieser Vorstellung? Kann man überhaupt über die Natur der Wirklichkeit spekulieren? Und: Was bedeutet es denn tatsächlich, in einer Simulation zu leben?

Rechtzeitig zum Kinostart der beiden Fortsetzungen *Matrix Reloaded* und *Matrix Revolutions* machen sich in diesem einzigartigen Sammelband preisgekrönte Gegenwartsautoren – Bruce Sterling, Stephen Baxter, Walter Jon Williams, Joe Haldeman, John Shirley, Ian Watson, David Brin und viele andere mehr – auf die Suche nach den Gründen für den phänomenalen Erfolg von *Matrix* – und kommen dabei zu ganz überraschenden Ergebnissen ...

DAS GEHEIMNIS DER
MATRIX

Herausgegeben von
KAREN HABER

Deutsche Erstausgabe

WILHELM HEYNE VERLAG
MÜNCHEN

HEYNE SCIENCE FICTION & FANTASY
Band 06/6447

Titel der amerikanischen Originalausgabe
EXPLORING THE MATRIX
Deutsche Übersetzung von Peter Robert
Das Umschlagbild ist von Jürgen Rogner

Umwelthinweis:
Dieses Buch wurde auf chlor- und
säurefreiem Papier gedruckt.

Redaktion: Alexander Martin
Copyright © 2003 by Byron Preiss
Visual Publications Inc.
Copyright © 2003 der deutschen Ausgabe und der Übersetzung
by Ullstein Heyne List GmbH & Co. KG
Der Wilhelm Heyne Verlag ist ein Verlag des Verlagshauses
Ullstein Heyne List GmbH & Co. KG
www.heyne.de
Printed in Germany 4/03
Umschlaggestaltung: Nele Schütz Design, München
Satz: Schaber Satz- und Datentechnik, Wels
Druck und Bindung: Ebner & Spiegel, Ulm

ISBN 3-453-87048-4

Inhalt

PAT CADIGAN
Einführung: Was ist (die) *Matrix* ...
und weshalb ist der Film so wichtig? 7

BRUCE STERLING
Jeder andere Film ist die blaue Kapsel 12

STEPHEN BAXTER
Die echte Matrix 23

JOHN SHIRLEY
Die Matrix: Erkenne dich selbst 38

DARREL ANDERSON
Die Kunst ahmt das Leben nach
(jawohl, das ist eine Neuigkeit!) 52

PAUL DI FILIPPO
Der Bau eines besseren Simulakrums:
Literarische Einflüsse auf *Matrix* 60

KATHLEEN ANN GOONAN
Mehr als man jemals erfahren wird:
Im Kaninchenbau von *Matrix* 81

MIKE RESNICK
Die Matrix und der Sternenschöpfer 93

WALTER JON WILLIAMS
Yuen Woo-Ping und die Kunst des Fliegens 100

DEAN MOTTER
Alice in Metropolis oder:
Es wird alles mit Spiegeln gemacht 112

IAN WATSON
Matrix als Simulakrum 122

JOE HALDEMAN
Matrix als Sci-Fi 141

DAVID BRIN
Morgen ist vielleicht alles anders 151

ALAN DEAN FOSTER
Die Rache der Unterdrückten, Teil 10 171

KAREN HABER
Spiegelbild im Cyber-Auge 181

JAMES PATRICK KELLY
Betrachtungen über die singuläre Matrix 189

KEVIN J. ANDERSON
Matrix war schuld 201

RICK BERRY
Realtraum 214

Über die Autoren 229

Lesetipps 237

PAT CADIGAN

Einführung: Was ist (die) *Matrix*... und weshalb ist der Film so wichtig?

Von Interviewern, die nicht besonders viel über Science Fiction wissen, höre ich sehr häufig die Frage: »Was hat Sie eigentlich zur Science Fiction geführt?« Sie wird nicht immer genau so formuliert, aber darum geht es im Kern. Die Frage ist nicht leicht zu beantworten. Science Fiction übt eine ganz ähnliche Anziehungskraft aus wie eine bestimmte Art von Musik – etwas darin spricht einen im tiefsten Innern an.

Das klingt, als handle es sich um etwas für ein spezielles Publikum mit ganz eigenen Geschmacksvorlieben, und bis zu einem gewissen Grad trifft das auch zu. Wer SF mag, begleitet seine Lieblingsautoren, Lieblingsfernsehserien oder eben Lieblingsfilme mit einer Hingabe, die etwa den Fans der Red Sox ziemlich bekannt vorkäme. Und so wie bestimmte Profisportler eine Beachtung finden, die sie nicht nur zu prominenten Vertretern ihres jeweiligen Sports, sondern darüber hinaus zu echten Berühmtheiten macht, haben bestimmte Dinge, deren Ursprung in der Welt – oder dem Universum – der Science Fiction liegt, plötzlich ganz überraschend einen Riesenerfolg und gewinnen eine Anhängerschaft weit über die Fans des Genres hinaus. *Star Trek* ist wahrscheinlich das berühmteste Beispiel für einen solchen Überraschungserfolg, *Krieg der Sterne* ein anderes. Und das jüngste ist *Matrix*.

Seltsamerweise ist der überraschende Medien-Blockbuster meist Science Fiction oder ein enger Verwandter (wie etwa *Buffy – Im Bann der Dämonen*). Seltsamerweise, weil die Science Fiction von den Kritikern und Kommentatoren bis hin zu den besten Kunden der Buchhandlungen meist behandelt wird, als wäre sie ein Witz. Oprah's Book Club hat nicht lange genug existiert, als dass jemand Voraussagen über die bevorzugte Literatur hätte treffen können, aber man kann wohl risikolos behaupten, selbst wenn er Oprah um hundert Jahre überlebt hätte, wäre die Chance, dass auch nur ein einziger SF-Titel den Weg ins Programm gefunden hätte, gering bis gleich null gewesen.

Falls Ihnen das noch nicht seltsam genug ist, bedenken Sie Folgendes: Universitäten in aller Welt bieten Science-Fiction-Studiengänge mit einem Abschluss als Master an, und zwar schon seit rund dreißig Jahren – es begann im Gefolge von *Star Trek*, aber noch vor *Krieg der Sterne*.

Kurz, Science Fiction ist: 1. ein kommerziell außerordentlich erfolgreiches Gebiet; 2. eine Brutstätte des anspruchsvollen intellektuellen Diskurses; und 3. zu trivial, um die Beachtung oder Aufmerksamkeit seriöser Kulturkritiker und Kommentatoren zu verdienen. Nur die menschliche Natur selbst scheint ebenso viele Widersprüche in sich zu vereinen. Ich persönlich halte das für keinen Zufall.

Das Genre der Fantastik – das SF, Fantasy, Horror und all die Schattierungen und Abstufungen dazwischen umfasst – ist ein klares, unverkennbares Indiz für das Vorhandensein von Intelligenz. Warum? Weil nur intelligente Geschöpfe imstande sind, sich etwas außerhalb ihrer bekannten Erfahrungswelt vorzustellen; nur sie sind zu einem Leben jenseits ihrer physischen Sinne fähig. Wenn das Leben selbst seiner Natur nach nur ja oder nein, lebendig oder tot kennt – also binär ist, wenn man so will –, dann kennt das bewusste Leben seiner Natur nach nur wahr oder falsch – und das ist etwas ganz anderes. Der Mensch, so sagt man, ist das lachende Tier, aber er ist auch das lügende Tier – das heißt, er erfindet Geschichten. Von Anfang an enthielten diese Geschichten viele phantastische Elemente: Götter und Göttinnen, Monster und Dämonen, Engel und Wunder – ganz zu schweigen von einer gelegentlichen und/oder kurz bevorstehenden Apokalypse. Aus diesen Elementen haben Menschen ihre Legenden erschaffen. Dass wir das heute immer noch tun, ist ziemlich bedeutsam, finde ich. Es beweist zum Beispiel schlüssig und ohne jeden Zweifel, dass die Geschichtenerzählerei, die vor vielen Jahrtausenden aufkam, letztlich keine bloße Mode war, im Gegensatz etwa zur ganzen Jäger-und-Sammlerei.

Falls irgendeine Ehe tatsächlich im Himmel geschlossen wurde, dann die des Films mit der Science Fiction. Das gilt besonders für die heutige Zeit, da unsere Träume, Phantasien, Albträume und Mythologien wie nie zuvor externalisiert werden können und sich die Technik mit Superman-Sprüngen entwickelt. Deshalb ist es kein großes Mysterium, warum wir darüber nachdenken, sprechen, diskutieren und Theorien aufstellen wollen, was wir auf der Leinwand sehen, warum wir es analysieren, dekodieren und dann noch mehr sehen wollen. Da Science Fiction in ihrer besten Form die Literatur der Ideen ist, gehen enorm viel Kreativität, Kunst und Wissenschaft in die Entwicklung und Ausgestaltung all dieser Ideen ein – mit sehr weit reichenden Auswirkungen. So lohnend und wichtig Filme wie *American Beauty* oder *Die üblichen Verdächtigen* sind, ihretwegen brauchte es weder Industrial Light & Magic noch die Skywalker Studios – obwohl sie natürlich im Nachhinein von deren Existenz profitieren.

Selbstverständlich sind nicht alle SF-Filme bedeutsame, hochgeistige Kunstwerke. Und dass ein Film Science Fiction ist, macht ihn auch nicht automatisch besser oder toller als andere. Umgekehrt gilt aber das Gleiche: ein Film ist nicht schon deshalb Pop-Culture-Junk-Food, nur weil er Science Fiction ist. Und noch ein letztes Argument, das meiner Ansicht nach allzu oft unerwähnt bleibt: Wenn ein Film sowohl Science Fiction ist als auch ein bedeutsames, hochgeistiges Werk, ist er immer noch Science Fiction. Kapiert?

Viele in unserem Genre haben miterlebt, wie so genannte Mainstream-Autoren eindeutige und unverkennbare SF-Werke hervorgebracht und dann darauf insistiert haben, dass es sich keinesfalls um Science Fiction handle. Manchmal nennen sie das betreffende Werk einen »Near-Future-Thriller«, eine »in die heutige Welt verlegte Neuerzählung eines Mythos« oder – mein Favorit – »kühn in seiner Originalität und seinem Einfallsreichtum«. Wir hätten ja nichts dagegen – wenn nicht so viele dieser Leute, die glauben, sie zeigten uns Dinge, die nie ein Mensch zuvor gesehen hat, lediglich das Rad neu erfänden und zwar schlecht.

Schon wahr, wir Profis sind ein schwieriges Publikum. Nur ein Publikum ist noch schwieriger: *unseres*. Dass *Matrix* erfahrene Profis des Genres zu einem Buch voller Essays anzuregen vermag, können Sie also wirklich als großes Lob betrachten.

Na schön, sagen Sie, was *ist* denn nun so wichtig an *Matrix*?

Mit dieser Frage befassen sich die folgenden Essays sehr ausführlich – und das mit durchaus widersprüchlichen Ergebnissen. Sie nehmen Traditionen unter die Lupe, spüren Entwicklungslinien nach und zeigen Perspektiven auf, die ihrerseits wieder infrage gestellt, verteidigt und neu gefasst werden – sodass Sie als Leser zwangsläufig in einen Dialog mit den Autoren eintreten werden. Und die sind nun wirklich ein bemerkenswerter Haufen. Obwohl keiner von ihnen alt genug ist, um dieses spezielle Rad *erfunden* zu haben, hatten und haben sie alle einen gewissen Einfluss auf seine Funktion und sein Design. Einige von ihnen, wie John Shirley und Bruce Sterling, gehörten zur Vorhut, die es auf jene Ebene gerollt hat, auf der *Matrix* überhaupt erst entstehen konnte. Andere, Steve Baxter und Kathleen Ann Goonan etwa, demonstrieren, wie man ihm unendlich viele neue Drehbewegungen abringen kann. Ziemlich eindrucksvoll, die ganze Truppe – Sie werden schon sehen, was sie mit Ihrem Verstand anstellen.

Es handelt sich um jene bereits erwähnte Brutstätte des intellektuellen Diskurses und in dessen Mittelpunkt steht ein Film, der zufällig auch ein großer kommerzieller Erfolg wurde. Obwohl ja die allgemein akzeptierte Volksweisheit sagt, dass ein Werk, dem ein gewisses Maß an Intelligenz innewohnt, unmöglich kommerziell sein kann, wogegen ein kommerzielles Produkt nicht genug intelligente Substanz hat, um ein Schnapsglas zu füllen. Es ist immer ein befriedigendes Erlebnis, wenn dieses Pauschalurteil mal wieder eine Bruchlandung hinlegt, obwohl ich gestehen muss, dass ich es in letzter Zeit nicht mehr so genieße wie früher. Ich habe es im Lauf meines Lebens nun schon so oft erlebt, dass ich allmählich ein bisschen ungeduldig werde. Ich hätte gedacht, dass dies zu den leichteren Dingen gehören würde, die Menschen lernen müssten.

Wie schon gesagt: Selbst die ganze Jäger-und-Sammlerei war nur eine Phase.

BRUCE STERLING

Jeder andere Film ist die blaue Kapsel

Matrix hat mehr als sechzig Millionen Dollar gekostet. Ich weiß nicht, ob Sie viel Umgang mit Leuten haben, die über solche Summen gebieten. Ich war einmal beim Weltwirtschaftsforum, wo sich die Ultrareichen des Planeten versammeln. Die Veranstaltung fand in New York statt, in der Zeit nach dem 11. September 2001, als überall große Nervosität herrschte und alles vor Waffen starrte, und die Atmosphäre erinnerte wirklich sehr, sehr stark an *Matrix*.

Scharen bewaffneter Bodyguards, marmorvertäfelte Empfangshallen mit zischenden, bronzefarbenen Fahrstühlen, mürrische, ausdruckslos dreinschauende FBI-Leute, teure Brillen, Forum-Groupies in sexy Kostümen, der Secret Service im schwarzen, kugelsicheren SWAT-Dress ... sehr intensiv, sehr abgedreht, sehr designermäßig, sehr Wachowski-like.

Das Weltwirtschaftsforum sollte niemandem Furcht einflößen. Es ist eine philanthropische Veranstaltung. Ihm ist einzig und allein daran gelegen, dem Gemeinwohl zu dienen und die Lebensbedingungen der Menschen in aller Welt zu verbessern. So zumindest die offizielle Argumentationslinie – die Blaukapselversion, sozusagen. Man muss allerdings weder Straßenkämpfer in Seattle noch Naomi Klein sein, um die ungeheure Kluft zwischen dem Weltwirtschaftsforum und dem Mann auf der Straße zu erkennen. Die Teilnehmer sind alles höfliche und unheimlich intelligente Leute – aber sie haben ungefähr dieselbe Beziehung zum Mittelschichtsamerikaner wie der zu einem analphabetischen venezolanischen *Campesino*. Sie kommen von einer anderen Ebene der Realität. Sie leben in einer in sich geschlossenen Welt, in der man mit dem Privatjet zum Waldorf Astoria anreist, wo der öffentliche Raum aus den zwei Metern zwischen dem Portier und der Limousine besteht.

Eine ganz ähnliche galaktische Kluft trennt *Matrix* von seinen Inspirationsquellen, die man auf der Straße erhält, den Underground-Comix und Sci-Fi-Taschenbüchern. Ich glaube, niemand weiß das besser als Larry und Andy Wachowski. Irgendwie – und davor ziehe ich wirklich den Hut – ist es ihnen gelungen, die rote Hollywood-Kapsel zu verdauen und mit einem Satz in die Schwindel erregenden Höhen des militärischen Unterhaltungskomplexes vorzustoßen. Ich bin den Wachowski-Brüdern nie begegnet, aber ich habe volles Vertrauen, dass sie damit klarkommen. Sonst würden zwei Typen mit ihrem exquisiten Sinn für Design garantiert keine Converse-Turnschuhe und falschherum aufgesetzte Baseball-Kappen tragen.

Beim Weltwirtschaftsforum war auch Luc Besson, Regisseur von *Das fünfte Element*, einem Science-Fiction-Film, der in derselben Kantine speist wie *Matrix* und sich an einem globalen Gumbo von Gegenkulturquellen gütlich tut. Luc saß am Tisch hinter mir und er war der am schlechtesten gekleidete Mann im Waldorf Astoria. Er gab den bösen Buben und war so aggressiv, so auf Krawall gebürstet, dass es in jeder anderen Sprache als Französisch unbeschreiblich war. Und doch gehörte er wirklich dorthin, das war das Gute. Als die Schweizer Industriekapitäne Luc mit seinem Viertagebart und seinem gut ausgefüllten, einfarbigen T-Shirt sahen, munterte sie das mächtig auf. Sie warfen ihm Seitenblicke zu und flüsterten miteinander. Sie fühlten sich richtig geehrt.

Matrix mag über sechzig Millionen verschlungen haben, aber er brachte den kränkelnden Warner Brothers weit über zweihundert Millionen ein. Und zwar noch vor den Sequels, den Plastikfiguren, den Animé-Cartoons, den Comics und den prächtig gedeihenden *Matrix*-Kultgruppen im Internet. Mir gefiel der Film damals ziemlich gut, und wenn ich vier Jahre später endlich dazu komme, diese neckisch-kritische Würdigung zu verfassen, denke ich immer noch gern an ihn. Also, das spricht doch nun wirklich für sich.

Leute aus der Filmbranche, besonders überaus reiche und mächtige wie Steven Spielberg, stehen total auf die hausbackene Authentizität von Levi's Jeans und weißen Tennissocken. Weil sie alles darüber wissen, wie man sehr attraktive Leute sehr attraktiv anzieht. Sie haben eine regelrechte Wissenschaft daraus gemacht – sie können den Farbschimmer von Polyvinyl mit digitalen Belichtungsmessern erfassen. Warum sollten sich Filmprofis also wie ihre Schauspieler anziehen? Wenn man sich als Regisseur anzieht wie ein Star, ist das ein Eingeständnis seinen Kollegen gegenüber, dass man den Köder geschluckt hat.

Deshalb müssen all die *Matrix*-Helden – die katzenhafte Trinity, der delphische Morpheus – in der »wirklichen Welt« von *Matrix*, jener Welt, in der riesige Geof-Darrow-Zeichnungen mit ihren Tentakeln wedeln und Babys wie Honigmelonen ernten, kragenlose, abgerissene, funktionale Kleidung tragen. Sie essen Grütze und arbeiten zu viel. Genau wie die Wachowskis.

Aber sobald sie durch ein Telefon in die Matrix springen, verwandeln sie sich in reiche Glamour-People. Sie haben Limousinen, superschicke Klamotten und einen vollen Terminkalender. Und Leibwächter haben sie auch – nun, eigentlich sind sie ihre eigenen Leibwächter, weil sie auch Comic-Superhelden sind. Ihre Möbel erscheinen aus dem Nichts, wie mit einem Web-Klick von Design Within Reach runtergeladen. Sie haben unendlich viele Schusswaffen ... bekommen per Cartridge eine Eliteausbildung ... sie sind stolze, verrückte Aristokraten.

Das Wenige, was wir in der Anfangsphase des Films über diese Leute erfahren, lässt uns vermuten, dass sie fanatische Terroristen sind. Morpheus wird weltweit gesucht; Trinity ist eine kriminelle Hackerin, die einen Code des Schatzamts gecrackt hat. Doch in Wahrheit sind sie keine Outlaws. Weil sie nie rauben, betrügen, bestechen, stehlen oder andere Menschen verderben. Sie nehmen keine Drogen, haben keine psychotischen Anwandlungen und sitzen auch nicht im Knast. Sie sind keine Kriminellen, keine Hacker oder Terroristen. Sie sind Meister der Illusion. Wenn es in der heutigen Gesellschaft etwas gibt, was den *Matrix*-Leuten von der Funktion her entspricht, dann nicht die Cosa Nostra oder die Baader-Meinhof-Gruppe, sondern die Hollywood-Produzenten. Weil sie über ungeheure Mittel verfügen, die in keinem Verhältnis zur Fadenscheinigkeit ihres Unternehmens stehen. Sie können nach Belieben gewaltige Phantasiegebilde erschaffen oder in sich zusammensacken lassen. Und dennoch sind ihr Leben und ihre Karriere permanent in Gefahr. Genau wie bei den Managern von Warner Brothers!

Wie Howard Waldrop einmal gesagt hat, geht es bei Science Fiction eigentlich immer um Science Fiction. Und bei Filmen geht es tendenziell immer um Filme. Für Filmleute gibt es nichts Interessanteres im Leben als Filme. Sogar schlechte Filme sind für sie Magie. Jeglicher Kino-Akt ist für sie Magie – so wie Filme Magie waren, als Méliès, der französische Bühnenmagier, sie erfand.

Nehmen wir die zu Recht berühmte Dojo-Sequenz in *Matrix*. In einem Dojo kämpft man nicht wirklich. Ein Dojo ist eine Bühne; man trainiert dort und imitiert den Kampf. In dieser Szene bringt Morpheus Neo das Kämpfen bei. In Wirklichkeit bringt er ihm natürlich bei, wie man über die Kunst der Gewalt denkt. Aber was hier eigentlich transportiert wird: Zwei junge, überraschend erfolgreiche amerikanische Filmemacher bringen Hollywood bei, wie man Action-Sequenzen filmt.

Wisst ihr, man braucht überhaupt keine Hollywood-Stunt-Doubles! Ganz und gar nicht! Alles reine Gewohnheit! Stattdessen heuert man erstklassige Kung-Fu-Action-Spezialisten aus dem fernen, globalökonomischen Hongkong als Trainer für die Darsteller an, sodass die hinterher kämpfen und spielen zugleich können!

Und jetzt schaut euch mal den »Bullet-time«-Part an, wo wir *das Geschehen einfrieren*, genau wie auf der Doppelseite in der Mitte eines Marvel-Comics! Schaut zu und lernt: Jetzt umkreisen wir es mit diesem kunstvollen Ring synchronisierter Kameras. Seht ihr, was wir da gerade gemacht haben? Denkt ihr, das war *Luft*, was wir gerade geatmet haben? Hört auf zu *versuchen*, Actionfilme zu machen, und macht einen!

Für echte Cyberpunks sind die Wachowski-Brüder zu jung. Außerdem arbeiten sie in der falschen Branche. Aber sie haben etwas Großartiges mit der Cyberpunk-Science Fiction gemein. Sie können es sich nicht verkneifen, das Gewebe ihres Kunstwerks zu öffnen und jede einzelne Idee reinzustopfen, die sie je im Leben gehabt haben. Im Jargon der Cyberpunk-Kritiker nennt man so etwas »Eyeball-Kicks«, visuelle Kicks also. Dieser Ausdruck wurde anfangs für die grafisch überladenen Seiten der Comic-Zeitschrift *Mad* geprägt, ist also ein kultureller Beitrag der Comics zur Science Fiction. In *Blade Runner* gab es welche. In *Matrix* gibt es sie haufenweise.

H. G. Wells hat erklärt, in jeder »Scientific Romance« sollte es nur ein phantastisches Element geben. Nun, Wells war Schriftsteller in einer ernsten edwardianischen Welt, die sich selbst nur ein oder zwei wirklich phantastische Elemente gestatten wollte. Waren es mehr, unterhielt man die Leute nicht mehr, sondern redete wirres, blasphemisches Zeug. Die Wachowskis jedoch sind echte Söhne der 1990er Jahre. Ein derart begrenztes Denken ist ihnen unmöglich. Wenn sie jemals eine Welt fänden, in der nur eine einzige abgedrehte Sache passierte, würden sie wohl denken, sie wären auf einem Friedhof.

In *Matrix* passiert alles Mögliche. Es ist miteinander vermischt und verschmolzen. Ein Durcheinander wie Hirnsalat.

In erster Linie hat der Film Elemente mit Pop-Appeal: selbstmörderische Angriffe von Elite-Spezialtruppen, abstürzende Hubschrauber, Martial Arts in rauen Massen, eine züchtige, aber dennoch leidenschaftliche Geschichte über vorherbestimmte Liebe, glotzäugige Monster erster Güte, Fetisch-Klamotten, Gefangenschaft, Folter und tollkühne Rettung, dazu echt abgedrehte, coole U-Boote.

Einige meiner Lieblingsfilme bestehen nur aus Klischees: *Casablanca, Der Mann aus San Fernando, Der Gefangene von Zenda*. Ja, sie sind voller Klischees, aber sie haben sich von diesem Problem befreit, weil die Klischees in erfrischend orthogonalen Winkeln durch die Geschichte rutschen. In *Casablanca* begrüßen sich die Klischees immer gegenseitig: »Hallo, Kriegsfilm-Topos; freut mich, dich zu sehen, Tränendrücker-Stück; wie geht's, Polizeikrimi.« Sie schlagen den Salto rückwärts vom Klischee zum Archetyp. Sie erzeugen ungeheure erzählerische Kraft. In diesen Filmen ermüden uns die Klischees nicht mehr – sie erheitern uns.

Matrix ist ein Film, in dem dieser *Casablanca*-Klischeetanz von *philosophischen* Fragmenten aufgeführt wird. Es gibt christliche Exegese, einen Erlöser-Mythos, Tod und Wiedergeburt, einen Helden, der sich erst selbst entdecken muss, die Odyssee, Jean Baudrillard (viel Baudrillard, die besten Teile des Films), ontologische SF-Versatzstücke der Philip-K.-Dick-Schule, Nebukadnezar, den Buddha, Taoismus, Martial-Arts-Mystik, dunkle Prophezeiungen, telekinetische Löffelbiegereien, Houdini-Bühnenzauber, Joseph Campbell und mathematische Metaphysik à la Gödel. Ein echtes Chaos. Das Ganze würde wie ein kunterbuntes Durcheinander wirken, wenn der Film nicht in seinem genialsten Schachzug enthüllen würde, dass der lysergische Albtraum cyborganischer Menschenfarmen die grundlegende Realität seiner Geschichte ist. In diesen Farmen werden die Menschen geboren, dort sterben sie, und der Rest ist ein Haufen Pixel. Da die Welt ein Albtraum ist, ergibt das Verhalten der biorobotischen Oberherrn keinen schlüssigen Sinn. Das ist auch nicht nötig. Wenn es sinnvoll wäre, verlöre es seine Macht. Es wäre nicht mehr traumartig und würde folglich nicht mehr die gewaltigen und dennoch erstaunlich dummen schöpferischen Kräfte des surrealistischen Unbewussten anzapfen.

Dank dieses brillanten Konzepts schweben all die metaphysischen Teilchen wie Flocken in einer Schneekugel, auf engstem Raum, glitzernd, fragmentarisch und billig. Man bekommt die ganzen intellektuell so überaus attraktiven philosophischen Gedankenspielereien, ohne sich mit so langweiligen Dingen wie Konsistenz oder gedanklicher Strenge herumplagen zu müssen, und verspürt dabei denselben düsteren, doofen Nervenkitzel, als läse man völlig zugekifft Milton oder Dante. Mir ist schleierhaft, wie diese irre Nummer jemals wiederholt werden kann, aber es ist eine der größten Errungenschaften aller Zeiten im Science-Fiction-Film.

Natürlich liegt da ein weiteres Wells-Problem gefährlich nahe: »Wenn alles möglich ist, ist nichts interessant.« Doch hier kommt das Design ins Spiel. In *Matrix* sieht alles immer unfehlbar interessant aus. Das visuelle Design wird konsequent durchgehalten – als Abfolge bewegter Bilder auf der Leinwand ist der Film so kohärent wie ein Laser.

Filmkritiker frönen ja meist der Autorenfilm-Theorie: Wenn irgendwas toll war, haben es bestimmt Larry oder Andy gemacht. Aber niemand gibt 68 Millionen Dollar für die Arbeit von zwei Personen aus.

Geof Darrow war bestimmt ziemlich billig – er braucht schließlich nur Papier und Bleistift –, aber er ist das Genie hinter dem technorganischen Schlängel-Look der Höllenversion von *Matrix*. Der theoretische Background stammt von Kevin Kelly und seinem maßgeblichen Werk »Das Ende der Kontrolle: Die biologische Wende in Wirtschaft, Technik und Gesellschaft«. »Das Ende der Kontrolle« ist eine kalifornische Pop-Science-Spekulation und gehört zu meinen persönlichen Lieblingsbüchern. Es ist eine wahre Petrischale ungeschriebener Science-Fiction-Romane.

Geof Darrow stammt ebenso aus dem mittleren Westen wie die Wachowskis, die aus Chicago kommen. Darrow ist allerdings von dort nach Frankreich gegangen, wo er mit Moebius und den europäischen *Bande Dessinée/Metal Hurlant*-Leuten herumhing. Er ist ein globaler Comix-Künstler. Wenn man früher in einer auf den Massenmarkt ausgerichteten Kunstform wie Comix arbeitete, war man so bettelarm, dass man nicht viel wusste und auch nicht viel zu sehen bekam, abgesehen von der U-Bahn, die einen ins Büro brachte. Geof Darrow zeichnet Comics und macht Zeichentrickfilme fürs Kinderfernsehen, ist aber trotzdem ein großer Unbekannter und ein wahrer Meister in punkto Design.

Man kreuze Darrows Bleistift mit Kevin Kellys visionärer Intensität und heraus kommt eine höllische Monsterlandschaft, die die konzeptuellen und technischen Beschränkungen der Gummimonster-Sci-Fi der 50er Jahre so weit hinter sich gelassen hat, dass sie wie ein Film einer anderen Spezies aussieht. Wenn eine SETI-Schüssel eine Botschaft von Beteigeuze dechiffrieren würde und wir sähen, dass unsere neuen Freunde ein paar Geof-Darrow-Robo-Oktopusse wären, die ihren Buck-and-Wing tanzen, würde sich niemand besonders wundern. Sechs Stunden später würden sprechende Köpfe auf CNN erklären: »O ja, das sind Aliens, ganz recht. Sie sehen genauso aus, wie wir uns das immer vorgestellt haben. Ganz anders als jedes irdische Lebewesen.«

Diese Darrow-Sets sind von einer seltsamen Schönheit, aber das ist noch nicht alles. Wenn man in *Matrix* aus der Hölle zur Erde zurückkehrt, ist diese ebenfalls seltsam schön. Das hektische Dot-com-Alltagsleben der 90er Jahre wirkt anfällig, bedroht, dem Untergang geweiht (und wie sich herausgestellt hat, war es das auch). Die »Normalität« friert auf ein Blinzeln hin ein. Man kann sie hin und her spulen und wie ein Video zerhacken. Sie hat Pathos, *mono no aware*, wie japanische Kirschblüten.

Auch die Kostüme in *Matrix* sind sehr schön, ein großes Verdienst der australischen Designerin Kym Barrett. Nun genießt die australische Modeindustrie nicht gerade Weltruhm, aber Kym Barrett entwirft und verkauft ja auch keine Kleider, sondern Theaterkostüme. Schon bei der bizarren Adaptation von *Romeo und Julia*, in der die Capulets und Montagues rivalisierende Drogenmafia-Clans in Miami sind, hat sie hervorragende Arbeit geleistet. Aber bei *Matrix* hat sie sich selbst übertroffen: Die Kostüme sind nicht nur das Werk eines Profis, es steckt auch Herzblut darin. Irgendwie vermitteln sie die leidenschaftliche Liebe einer jungen Australierin zu Europa und dem Hollywood-Glamour, eine schmerzhafte Liebe aus der Ferne. Hinter der Bedrohlichkeit der ölig-glatten PVC-Monturen, der Trenchcoats und Waffen ist ein kluges kleines Mädchen, das sich die Nase am kalten Glas eines Schaufensters plattdrückt.

Punk-Mode war immer ein Schutzpanzer. Die Stacheln, das Leder, die Rasierklingen, die Reißverschlüsse zieht man an, seit Flower-Power an sich selbst erstickt ist. Es ist das Kevlar für den weichen Marshmallow-Kern des jugendlichen Idealismus. Zynismus nach den harten Schlägen des Lebens, *echter* Weltschmerz, no future – das sieht anders aus.

Du kannst nicht tot sein, weil ich dich liebe. Das ist der emotionale Kern von *Matrix* – und kein Erwachsener würde es über die Lippen bringen. So etwas sagt vielleicht eine Sechsjährige zu einem toten Kätzchen. Und dennoch erhebt sich der tote Geliebte nach einem Kuss, marschiert los und zeigt allen, was eine Harke ist. Tut mir Leid, aber es ist völlig egal, wie albern das ist. Es steht außerhalb des rationalen Diskurses. Wer dem widerstehen kann, ist ein emotionaler Krüppel.

Immer dann, wenn man *Matrix* gerade als Hippie-Märchen abgeschrieben hat, kriegt man mit High-Concept* eins zwischen die Hörner. Oder mit echtem politischem Radikalismus – zum Beispiel in jener Szene, in der sich der verräterische Schurke des Films verkauft, um Ronald Reagan zu werden. In Amerika war die Band »Rage Against the Machine« eigentlich nur ein CD-Produkt, aber »Rage« waren ultralinke Radikale, die wirklich wütend auf die Maschine waren. Sie jagten der Polizei in Mexico City eine Heidenangst ein. Es ist, als würde man in einen Spielwarenladen gehen und feststellen, dass da Babyrucksäcke voller Glasscherben verkauft werden.

Das ist kein echtes Problem, wenn man ein Wachowski ist, also jemand, der drei verschiedene Kontinente und acht verschiedene Philosophien zugleich im Kopf behalten kann. Aber eine Gesellschaft, deren Künstler so etwas zustande bringen, hat einige tief greifende innere Schwierigkeiten. Ein derart entfesselter, aalglatter moralischer Relativismus in Verbindung mit solch trendiger Hochglanz-Centerfold-Prosperität erregt heftige Ressentiments. Wer selber nur mit einem Kontinent und einer Philosophie klarkommt, möchte ihr Flugzeug kapern und sie in ihre eigenen Hochhäuser stürzen lassen. Was die Stimmung der Amerikaner kein bisschen verbessern würde. Es ist halt nur sehr schwer, ihnen auf andere Weise an den Karren zu fahren.

---

* Bezeichnung für ganz auf Wirkung und optimale Vermarktung hin konzipierte Filme, deren Handlung man in einem einzigen Satz zusammenfassen kann. – *Anm. d. Übers.*

Das Gleiche gilt für die Rebellen in *Matrix*. Wenn sie Revolutionäre sind, dann haben sie ein Hippie-Problem. Das Problem bei der Hippie-Revolution ist ganz einfach: Es gibt kein Konzept dafür, wie es nach dem Sieg weitergehen soll. Es gibt keine Strategie für Veränderung und keine *novus ordo seclorum*. Was geschieht, wenn Neo siegt? Wenn jeder die rote Kapsel nimmt, gibt es Milliarden nackter, atrophierter armer Teufel in großen Behältern voll klebrigem Schleim, die sich mit bloßen Händen gegen fliegende Killerroboter zur Wehr setzen. Sie haben keinen Job, keine Identität, keine Familie, keine Gesetze, keine Gesellschaftsordnung, keine Traditionen, keine Hoffnung, keine ethischen Grundsätze, keine Gerechtigkeit und keinen Begriff davon, was mit ihnen geschehen ist. Kein gar nichts. Sie sind lebende Leichen in einer verwüsteten Mondlandschaft, deren Himmel einstürzt und deren Götter mysteriös, kapriziös, bösartig und allmächtig sind.

Kein Wunder also, dass Neo in die Phantasie zurückkehrt. Er lebt in den Pixeln, tritt aus einer Telefonzelle und fliegt. Das ist sein Sieg, auch wenn er noch so begrenzt und illusorisch ist. Der Cyber-Messias hat in Wirklichkeit überhaupt nichts verändert – als es drauf ankam, war alles nur Budenzauber. Aber er hat immerhin erkannt, in welcher Lage er sich befindet. Er ist auf den Grund des Kaninchenbaus gelangt. Und damit ganz zu Recht Everybody's Darling geworden.

STEPHEN BAXTER

Die echte Matrix

Etwas stimmt nicht mit der Welt ...« – Vermutlich teilen die meisten von uns Morpheus' Einsicht, besonders in früher Jugend. Normalerweise tun wir solche Entfremdungsgefühle als reine Paranoia ab. In Neos Fall führt der beharrliche Versuch, diesem Unbehagen auf den Grund zu gehen, allerdings zur Auflösung der Wirklichkeit, wie er sie kannte.

Erstaunlicherweise gibt es jedoch durchaus Spekulationen, dass simulierte Realitäten nicht nur in Zukunft möglich sein könnten, sondern *dass wir gegenwärtig vielleicht in einer leben*.

Das Szenario des Films – die KIs mit ihren Flaschengestellen voller als Stromerzeuger fungierender Menschen – mag unglaubwürdig sein. Doch wenn wir wirklich in einer Simulation leben, wer könnte sie durchführen? Könnten wir es irgendwie herausfinden? Gäbe es eine Möglichkeit, es Neo gleichzutun und auszubrechen?

Und selbst wenn, sollten wir es wirklich tun?

Wo sind die Außerirdischen?

Falls es sie gibt, müssten wir sie sehen. Die mutmaßliche Zeitspanne für die Ausbreitung einer Zivilisation in der Galaxis ist nämlich sehr viel geringer als das Alter der Galaxis selbst und angesichts der Evolution zumindest einer intelligenten Spezies (wir selbst) sollten wir über erdrückende Beweise für die Existenz anderer verfügen. Doch dem ist nicht so. Neue Beweise für die Existenz von Planeten, die andere Sterne umkreisen, sowie die Anhäufung negativer Indizien für das Vorhandensein extraterrestrischer Intelligenz nach etlichen Jahrzehnten fruchtloser SETI-Programme haben das Rätsel – besser bekannt als das Fermi-Paradox – nur noch vergrößert.

Die vielen möglichen Lösungen sind in der Wissenschaft und in der Science Fiction eingehend erforscht worden. Vielleicht gibt es »Filter«, die intelligentes Leben vernichten, bevor es sich bemerkbar machen kann: Atomkrieg, Explosionen des galaktischen Kerns ... Dann gibt es diverse »Zoo-Hypothesen«, nach denen andere Zivilisationen ihre Existenz bewusst vor uns verbergen – sozusagen der Ersten Direktive aus *Star Trek* folgend.

Aber das Problem ist die Konsistenz. Man muss notwendigerweise voraussetzen, dass *jede* Spezies sich selbst vernichtet bzw. vernichtet wird oder sich einer Geheimhaltungsdoktrin unterwirft. Schon eine einzige Ausnahme – ein einzelgängerischer Ferengi-Händler, der ins Reservat eindringt – würde genügen und die Quarantäne bräche zusammen. Das Paradox sagt uns auf jeden Fall, dass an unserer Sicht des Universums und unseres Platzes darin etwas fundamental falsch sein muss: Etwas stimmt nicht mit der Welt, in der Tat.

Ich habe auf eine plausible Lösung des Fermi-Paradoxons hingewiesen; sie besagt, dass *alles, was wir um uns herum sehen, künstlich ist*. Was, wenn wir uns in einer Art »Planetarium« befinden, das mithilfe einer hoch entwickelten Virtual-Reality-Technik konstruiert wurde und uns ein leeres Universum vorgaukelt – während hinter den Mauern mit ihren aufgemalten Sternen die glänzenden, für uns unsichtbaren Lichter außerirdischer Zivilisationen leuchten? Das mag exotisch erscheinen, aber es würde das Paradox auflösen. Und wenn man schon darüber nachdenkt: Es ist viel leichter, einen Mantel um eine Welt oder sogar um ein Sonnensystem zu legen, als eine komplette galaktische Kultur zu tarnen ...

Hier noch eine weitere Möglichkeit: Was, wenn die

Schöpfer des Planetariums keine Aliens, sondern unsere Nachfahren sind? Nick Bostrom, Philosoph an der Yale University, hat den Gedanken geäußert, wir könnten alle in einer Matrix leben, die von einer posthumanen Gesellschaft der Zukunft entwickelt wurde (wenn auch wohl erst viel später als 2199, der Zeit, in der *Matrix* spielt). Wie wir noch sehen werden, gibt es jedenfalls keine theoretische Grenze für die Erschaffung einer solchen Scheinwelt, obwohl sie enorm viel Energie bräuchte. Über die Motive der Posthumanen können wir ebenso wenig Mutmaßungen anstellen wie ein Neandertaler über unsere. Doch wenn es möglich ist, simulierte Universen mit simulierten bewussten Wesen darin zu generieren, dann wird es auch gemacht werden – wir Menschen neigen dazu, jede mögliche Technologie zu realisieren.

Und nicht nur das: Bostrom sagt auch, dass Sie mit überwältigender *Wahrscheinlichkeit* in einer solchen Simulation leben. Seine Argumentation ist folgendermaßen: Es kann sein, dass Sie in der »originalen« Version der Geschichte leben – aber die existiert nur in einer einzigen Ausführung, wohingegen es viele weitere (unendlich viele?) mögliche Simulationen der Geschichte gibt. Wenn Sie sich also vorstellen, Ihr Bewusstsein sei eine Spielmarke, die willkürlich in irgendeine mögliche Realität geworfen wurde, fänden Sie sich mit viel größerer Wahrscheinlichkeit in einer Simulation wieder als in der echten Realität.

Wenn wir uns mit unserem begrenzten Horizont zwei plausible Kategorien von Simulationskontrolleuren vorstellen können, gibt es vermutlich noch viel mehr. Vielleicht sollten wir die Möglichkeit also wirklich ernst nehmen. Aber wenn wir das tun, können wir dann irgendwelche Aussagen über die Eigenschaften einer solchen Simulation treffen?

Natürlich gab es schon lange vor *Matrix* und dessen Cyberpunk-Vorläufern wie William Gibson Spekulationen über künstliche Realitäten. In diesem Material können wir nach Hinweisen fischen, in was für einer Art Planetarium wir möglicherweise leben (ein guter Überblick über aktuelle Theorien zur virtuellen Realität findet sich in David Deutschs »Die Physik der Welterkenntnisse«).

Der Gedanke, dass die Welt um uns herum möglicherweise nicht real ist, geht bis auf Plato zurück, der sich gefragt hat, ob das, was wir sehen, nicht den zuckenden Schatten an einer Höhlenwand ähnelt. Die Idee, täuschend echte künstliche Umgebungen zu erschaffen, geht mindestens bis zu Descartes zurück, der im 17. Jahrhundert über die philosophischen Implikationen eines die Sinne manipulierenden »Dämons« spekulierte – ein prätechnologischer Virtual-Reality-Generator. Ein Beispiel aus jüngerer Zeit ist der Film *Die Truman Show* (1999), dessen Protagonist, der ahnungslose Star einer Fernsehshow, unter einer falschen Himmelskuppel gefangen ist: Gleich zu Beginn des Films fällt ein Scheinwerfer mit der Aufschrift »Sirius« vom Himmel.

In Science-Fiction-Romanen hat sich das Scheinuniversum zuweilen als Generationenraumschiff erwiesen, dessen Bewohner keine Ahnung haben, dass ihre Welt nur das Innere des Schiffes ist. In Harry Harrisons »Welt im Fels« (Captive Universe) ist die Unwissenheit der Besatzung künstlich erzeugt; mithilfe brutaler Sozialtechnologie, Tabus, Ritualen und sogar genetischen Modifikationen wird das Volk an seinem Platz gehalten. In Brian Aldiss' »Die unendliche Reise« (Non-Stop) und Robert Heinleins »Die lange Reise« (Orphans of the Sky) hat die Besatzung einfach vergessen, dass sie sich auf einem Schiff befindet. Aldiss' zwergenhafte »Dizzies« wandern ahnungslos durch einen Schiffsrumpf voller Vegetation, von ihrer endlosen Gefangenschaft in den Wahnsinn getrieben.

Alternativ dazu entstehen die künstlichen Universen als Virtual-Reality-Computerprojektionen. Diese Idee ist in der Fernsehserie *Star Trek* mit ihren Holodecks entwickelt worden, in denen Nachbildungen materieller Objekte um echte Menschen herum erschaffen werden. Und natürlich in *Matrix*, wo die Menschen per Direktimplantat zwangsweise in eine »neuro-interaktive Simulation« integriert sind.

Die möglichen Planetarien können von sehr unterschiedlicher Größe sein, je nachdem, wie weit die Grenze der »Realität« vom menschlichen Bewusstsein entfernt ist. Die primitivste Variante ist diejenige der *Truman Show*, in der die Menschen und die Gegenstände in ihrer unmittelbaren Umgebung real sind, während der Himmel eine vorgetäuschte Kuppel ist. Vielleicht werden die Sterne und Galaxien also von einer großen Hülle um das Sonnensystem herum simuliert und das Sternenlicht ist ebenfalls künstlich. Vielleicht ist auch alles außerhalb der Atmosphäre ein Schwindel – oder war einer, bis die Menschen zum Mond geflogen sind. Die Technologie hinter einem Truman-Planetarium wäre allerdings ziemlich eindrucksvoll, weil die Erbauer nicht nur Photonen, sondern auch solch exotische Dinge wie kosmische Strahlen und Neutrinos simulieren müssten. Falls sie unseren technischen Fortschritt antizipieren, machen sie jetzt womöglich gerade die Gravitationswellengeneratoren bereit ...

Vielleicht liegt die Grenze der »Realität« aber auch viel näher bei uns. Vielleicht sind wir Menschen real, aber eine Teilmenge (oder die Gesamtheit) der Objekte, die wir um uns herum sehen, ist wie auf den Holodecks von *Star Trek* als Simulation erschaffen, materiell genug, um mit unseren Sinnen zu interagieren. Oder vielleicht sind sogar auch unsere Körper simuliert, wie in *Matrix*, sodass die Grenze der Realität unser Bewusstsein eng umschließt.

Die Größe der Simulation stellt natürlich unterschiedliche Anforderungen an ihre Schöpfer; der Bau eines Truman-Planetariums wäre vermutlich weitaus weniger energieaufwändig als der einer Matrix oder eines Holodecks. Aber ein solches Planetarium müsste vor allem eines zuwege bringen: Es müsste Bewohnern, die zumindest so klug sind wie wir, weismachen können, dass alles, was sie sehen, real ist.

Weshalb glauben wir überhaupt, dass das Universum real ist? Die extremste Gegenposition, wie sie von Bischof Berkeley vertreten wurde, besteht in dem solipsistischen Gedanken, dass die vermeintliche äußere Welt nur in der Vorstellung des Beobachters existiert. Es mag unmöglich erscheinen, das zu widerlegen; schließlich ist jede Erfahrung eine Virtual-Reality-Darstellung, die unser Unterbewusstsein aus Fetzen sensorischer Daten sowie angeborenen und erworbenen Theorien darüber kompiliert, wie sich Objekte verhalten sollten.

Dr. Johnson hat darauf eine ziemlich hieb- und stichfeste Antwort gegeben. Als Boswell eine Bemerkung über die Unmöglichkeit machte, Berkeleys Theorie zu widerlegen, trat Johnson gegen einen großen Stein und sagte: »Ich widerlege sie *so*.« Damit meinte er: Wenn der Stein den Tritt »erwidere«, ihm also einen Schmerz bereite, müsse er entweder eine physikalische Theorie formulieren, welche die Existenz und das Verhalten des Steins erkläre, oder davon ausgehen, dass seine Vorstellung selbst ein komplexes, autonomes Universum mit *inneren* Gesetzen sei, die die Existenz des Steins exakt simulierten – und folglich ein komplexeres System. Wenn die *einfachste* Erklärung lautet, dass ein Gegenstand wie Dr. Johnsons Stein autonom ist, dann akzeptieren wir, dass dieses Gebilde real ist. Wir können Dr. Johnsons Kriterium jedoch umkehren und als Prüfstein für die unverzichtbaren Eigenschaften jeder Simulation des Universums benutzen.

Das Universum muss *konsistent* sein. Wir glauben, dass im Prinzip jedermann überall ein sehr detailliertes wissenschaftliches Experiment mit irgendeiner Probe des Universums und seiner Inhalte durchführen könnte und dabei feststellen würde, dass das Gefüge der Realität konsistente Ergebnisse erbringt. Das heißt, die Steine müssen den Tritt immer auf die gleiche Weise »erwidern«, ganz gleich, wo und wie wir gegen sie treten.

Wenn die Gefängniswärter ihren Gefangenen weismachen wollten, es gäbe keine Außenwelt, so müssten sie außerdem sicherstellen, dass die Szenerie *in sich geschlossen* ist: dass die Gefangenen niemals irgendetwas darin nur mithilfe des Postulats eines Außen erklären können. Brian Aldiss' verblüffte Raumschiffpassagiere leiten allein schon aus der Existenz der sie umgebenden Metallwände ab, dass es sich bei ihrer »Realität« um eine Fälschung handelt: »Das Schiff ist ein künstliches Gebilde. Die Welt ist natürlich. Wir sind natürliche Wesen, und dies ist nicht unsere rechtmäßige Heimat ...«

Die technischen Probleme bei der Erzeugung einer Simulation mit solchen Eigenschaften sind nicht zu unterschätzen. Schon das Truman-Modell erfordert eine gewisse physische Kopplung an uns. Wir haben überzeugende Beweise dafür, dass einige Meteoriten vom Mars stammen, und verfügen damit zumindest über eine indirekte Möglichkeit, diesen Planeten zu »treten«. Wenn wir unsere Maschinen als Verlängerungen unserer selbst betrachten, haben wir sogar bis zum Neptun hinaus »gegen Steine getreten«, dem fernsten größeren Körper, mit dem ein von Menschen konstruiertes Raumschiff bisher interagiert hat. Tatsächlich muss *jede* astronomische Beobachtung – wie etwa die eines Photons Sternenlicht oder eines kosmischen Strahls, der von einer fernen Supernova flieht – eine physische Interaktion mit dem Objekt der Beobachtung sein.

Natürlich wäre es relativ einfach, Photonen und kosmische Strahlen zu simulieren, die vom Dach des Planetariums zu uns kommen, und eine Sonde wie die NASA-Voyager wäre viel leichter zu täuschen als ein menschlicher Forscher. Die Erbauer von Holodeck- oder

Matrix-Planetarien stehen da vor größeren Problemen, weil man darin herumlaufen und direkt gegen die in ihnen enthaltenen Dinge treten kann.

Konsistenz und Geschlossenheit verlangen von den Planetarienbauern jedenfalls, dass die Simulation jedes Objekts perfekt ist – das heißt, es darf durch keinen vorstellbaren physikalischen Test von seinem echten Gegenstück zu unterscheiden sein. Sonst würden neugierige Wahrheitssucher wie die Menschen irgendwann unausweichlich einen Fehler finden. Eine solche Simulation mit endlichem Volumen, die das Höchstmaß der physikalisch möglichen Datenmenge enthält, können wir als *Maximalsimulation* bezeichnen.

Allerdings wäre eine Maximalsimulation etwa vom Holodeck-Typ eine ziemlich rabiate Lösung für das Problem, ein Planetarium zu konstruieren. Dazu müssten echte materielle Objekte (oder ihre energetischen Äquivalente) geformt und mit einer großen Zahl von Informationen aufgeladen werden, die nur zu einem Bruchteil mit Menschen interagieren und die gewünschte Illusionen erzeugen würden. Darüber hinaus müssten die Objekte, sofern sie vergänglich sind wie die Bilder auf einem Fernsehschirm, ständig erneuert werden. Es ist leicht, sich *effizientere* Konstruktionsstrategien zu überlegen, zum Beispiel indem man einmal erschaffene Objekte als autonome, nur lose mit dem Kontrollmechanismus verbundene Gebilde innerhalb der Szenerie existieren lässt. (Dadurch würde beispielsweise die Notwendigkeit entfallen, die Substanz im Erdkern permanent zu reproduzieren.)

Nur eine Maximalsimulation könnte jedoch eine *perfekte* Nachbildung jedes Objekts gewährleisten. Und nur eine Maximalsimulation würde den Erbauern die *volle Kontrolle* über die von ihnen unterhaltene Szenerie erlauben. Eine Maximalsimulation hätte etwa die erschreckende Eigenschaft, dass die Kontrolleure Objekte nach Belieben auftauchen oder verschwinden lassen könnten. Die Spezialeffekte von *Matrix* wären gar nichts dagegen ...

Eine Überlegung aus der Quantenmechanik zeigt, dass eine Maximalsimulation tatsächlich möglich ist – doch sie ist enorm energieaufwändig. Eine Maximalsimulation ist möglich, weil es eine Obergrenze für die Informationsmenge gibt, die in einem gegebenen Volumen mit gegebener Massenenergie enthalten sein kann. Sie wird durch die so genannte »Bekenstein-Grenze« bestimmt. Die Bekenstein-Grenze ist im Grunde ein Ausdruck der Heisenbergschen Unschärferelation – sie reflektiert die fundamentale »Körnigkeit« unserer Realität. Die meisten physischen Objekte enkodieren weit weniger als die demnach maximal zulässige Informationsmenge. Die Bekenstein-Grenze für ein einzelnes Wasserstoffatom liegt beispielsweise bei einem Megabyte!

Aufgrund der Existenz dieser Grenze ist jedes physische Objekt (also auch jeder Mensch) eine *Maschine mit endlich vielen Zuständen*: Sie kann nur eine bestimmte Anzahl möglicher Zustände annehmen – wie die Positionen beim Tic-Tac-Toe. Folglich kann eine perfekte Simulation jedes physischen Objekts hergestellt werden – weil man jeden möglichen Zustand so nachbilden könnte, als würde man jede denkbare Position beim Tic-Tac-Toe auflisten. Es wäre also prinzipiell möglich, ein perfektes Planetarium von endlicher Größe zu konstruieren, wobei *kein Objekt durch einen vorstellbaren physikalischen Test von seinem echten Gegenstück zu unterscheiden ist*.

Die Bekenstein-Grenze gibt uns jedoch auch einen Hinweis darauf, was es kosten würde, ein solches Planetarium zu betreiben. Für die Erzeugung einer gegebenen Informationseinheit braucht man eine Mindestenergiemenge. Man kann also feststellen, wie viel Energie nötig ist, um eine Maximalsimulation beliebiger Größe zu erzeugen. Natürlich steigt der Energiebedarf mit zunehmender Größe – und darum können wir eingrenzen, um was für Wesen es sich bei den Gefängniswärtern handeln könnte, die uns womöglich unter Kontrolle zu halten versuchen.

Während der Entwicklung der menschlichen Zivilisation sind Zug um Zug immer größere Teile der Realität in unsere Reichweite gelangt. Vor dem Aufkommen von Ackerbau und Viehzucht bestand die Menschheit meist aus kleinen, umherziehenden Gruppen, deren Welt aus einer Scheibe mit einem Radius von zehn Kilometern und einer Höhe von einem Kilometer bestand und die darüber hinaus – abgesehen von zaghaften Handelsverbindungen – kaum etwas von der Welt wussten. Wenn man annimmt, dass die Materie innerhalb einer solchen Scheibe die Dichte von Wasser hat (was zu hoch angesetzt ist), hätte eine Simulation von maximaler Qualität für jede solche Gruppe nicht mehr als 0,1 % der mutmaßlichen Informationskapazität einer Zivilisation erfordert, die Massenenergie in planetarem Maßstab beherrscht (vielleicht eine typische *Star Trek*-Kultur).

Doch die Anforderungen wachsen rasch. Zu der Zeit, als die politischen Strukturen auf der Erde noch lange nicht das Ausmaß des Römischen Reiches erreichten, hätte der Aufwand für die Aufrechterhaltung einer wachsenden Simulation (falls sie perfekt sein soll) bereits die Kapazität erdgebundener Kulturen überstiegen.

Und wie steht es mit der Gegenwart? Wenn wir den Raumflug für den Augenblick außer Acht lassen, können wir unsere moderne, weltumspannende Zivilisation durch einen Radius von 6000 Kilometern – der Radius der Erde – und die Tiefe unserer tiefsten Minen – zehn Kilometer – charakterisieren. Und das ist teuer: Irgendwann während des Zeitalters der Erforschung der Welt durch die Europäer müssen wir die Simulationskapazität einer Zivilisation überschritten haben, die imstande wäre, die Massenenergie eines ganzen Sterns zu beherrschen.

Das ist natürlich das Szenario von *Matrix*. Sicher wäre

es billiger, eine Simulation zu erzeugen, indem man Informationen direkt in menschliche Gehirne pumpt, anstatt ein *Star Trek*-Holodeck zu benutzen, aber wir betrachten die Kosten für die Erzeugung jeder Informationseinheit selbst – und die bleiben enorm hoch, ganz egal, was man damit macht. Es würde tatsächlich mehr als die Massenenergie eines Sterns erfordern, um die Matrix zu erzeugen, weshalb das Szenario des Films unglaubwürdig ist; die KIs bräuchten weitaus mehr Energie für die Herstellung der Matrix, als sie von ihren Zuchtmenschen jemals wiederbekommen würden!

Und was liegt jenseits der Matrix? Wenn wir uns eine mutmaßliche menschliche Zukunftszivilisation vorstellen, die den Kern der Planeten direkt erforschen kann, dann würde es mehr als die Massenenergie einer Galaxie kosten, uns zu täuschen, sobald wir über die Umlaufbahn des Pluto hinausgelangen. Eine sternenüberspannende menschliche Kultur würde schließlich die Ressourcen aller vorstellbaren Planetarienbauer auf eine harte Probe stellen. Und wenn die Menschen lernen, bis ins Innere der Sterne vorzudringen, würde eine menschliche Kolonisationssphäre, die größer als hundert Lichtjahre wäre, die Verarbeitungskapazitäten des *gesamten sichtbaren Universums* sprengen.

Denken Sie daran, dass eine Maximalsimulation die Obergrenze des Energiebedarfs eines Planetariums darstellt. Eine Simulation von geringerer Qualität könnte sehr wohl einen Umfang von hundert Lichtjahren übersteigen. Doch wenn unsere Raumschiffe weiter fliegen als hundert Lichtjahre, können wir sicher sein, dass keine *Maximal*simulation mehr möglich ist. Falls es ein Planetarium gibt, wird es also nicht perfekt sein – und das heißt, wir könnten es entdecken. Wenn unsere unsichtbaren Herren existieren, machen wir ihnen also bald ganz schön zu schaffen.

Vielleicht müssen wir jedoch nicht warten, bis unsere Raumschiffe hundert Lichtjahre weit geflogen sind. Möglicherweise können wir niemals *beweisen*, dass das Universum real ist, aber wir bräuchten nur ein Gegenbeispiel, einen Spalt im Dach des Planetariums, um zu beweisen, dass es sich um eine Fälschung handelt. Wie können wir ein solches Leck in der Wirklichkeit suchen – und falls wir es können, sollten wir es tun?

Wie wir gesehen haben, bürdet das Wachstum geschlossener menschlicher Kulturen jedem Planetarium, ganz gleich, wie es konstruiert ist, zunehmende Lasten auf. Bei einem Planetarium vom Truman-Typ müssten die Mauern um die Wirklichkeit immer weiter zurückversetzt werden. Vor 1969 hätte ein primitiver Pseudo-Mond, der nur eine visuelle Prüfung aus der Ferne zu bestehen gehabt hätte, vielleicht genügt, aber seither können wir sicher sein, dass der gemalte Mond durch ein steinernes Pendant ersetzt worden sein musste. Ein Verschwörungstheoretiker könnte behaupten, die erdabgewandte Seite des Mondes sei ganz anders beschaffen als seine von der Erde aus sichtbare Seite – vielleicht ein hastiges Imitat? Und dann sind da noch die Mars-»Kanäle«, die Percival Lowell im 19. Jahrhundert mit seinem Teleskop sichtete, von denen jedoch bei näherer Untersuchung durch die Raumsonden des 20. Jahrhunderts nichts mehr zu sehen war.

Wir können also davon ausgehen, dass die Grenze besonderen Belastungen ausgesetzt ist. Und wenn wir zum Zaun rennen, gelingt es uns vielleicht, den Computer zum Absturz zu bringen. Idealerweise könnten wir dies wohl dadurch erreichen, dass wir menschliche Forscher so schnell und so weit wie möglich in alle Richtungen ausschicken, damit sie in einer sich ausdehnenden Raumhülle »gegen Steine treten«. Hoch entwickelte Robotschiffe, mit starken Sensoren ausgerüstet, würden möglicherweise dasselbe Ergebnis erzielen, und vielleicht würde es sogar mit erdbasierten Methoden wie Radar- oder Laserecho funktionieren. Wenn wir nach dem Laserecho eines Kometen jenseits der Umlaufbahn des Pluto suchten und kein solches Echo empfingen, würde es in der Tat interessant werden.

Es könnte jedoch auch noch andere, raffiniertere Methoden geben, die Simulation zu testen. Irgendwelche »Pannen« – wie Neos *Déjà vu* – wären ein Zeichen, dass die Dinge nicht so sind, wie sie scheinen. Und vielleicht sollten wir – wie Harrisons gefangene Astronauten – auf psychologische und soziale Mechanismen achten und nach Tabus und Konditionierungen suchen, die uns daran hindern, das Gerüst im Himmel zu sehen.

Aber sollten wir überhaupt *versuchen*, die Grenzen der Realität zu testen?

Die unmittelbare Reaktion der *Matrix*-Figuren auf die Entdeckung, dass sie ihr Leben in einem »Gefängnis für den Verstand« verbringen, besteht in einen Ausbruchsversuch. So war es in den meisten bisherigen »Gefängnisuniversumsgeschichten«. Gefängnisuniversen dienen als Metaphern für Paranoia und Manipulation. In solchen Geschichten leitet der (männliche oder weibliche) Protagonist die Art seiner Gefangenschaft in aller Regel aus Fehlern in der Realität ab und findet einen Fluchtweg durch die sozialen, epistemologischen und physischen Barrieren hindurch.

Hier ein radikaler Gedanke: Selbst wenn wir feststellen, dass wir in einer Scheinwelt leben, sollten wir es einfach dabei belassen.

»Gefangen« ist ein Reizwort. Mag sein, dass wir tatsächlich in einer Art Exil, einem Käfig oder sogar einem Gefängnis leben; aber womöglich sind die Motive der Schöpfer auch nobel und wir befinden uns zu unserem eigenen Schutz in einem Hort oder Reservat. Womöglich ist es ein ziemlich hässliches Universum da draußen.

Und es gibt noch andere Aspekte außer der Freiheit.

Selbst das *Matrix*-Universum ist bei genauerer Betrachtung gar nicht so schlimm. Es gibt keine (realen) Kriege und die Bevölkerungsdichte in diesen Flaschengestellen scheint ziemlich hoch zu sein. Nichts spricht dagegen, dass sehr viele von uns dort drin sehr lange leben – solange wir die Diktate unserer Kerkermeister akzeptieren.

Vielleicht sollten wir ihnen vertrauen. Immerhin müssen sie uns technologisch überlegen sein – warum sollten wir also nicht davon ausgehen, dass sie uns auch in moralischer Hinsicht überlegen sind.

Eventuell sollten wir ihnen sogar in den Hintern kriechen. Robin Hanson, ein Ökonom, der sich zu Nick Bostroms Ideen geäußert hat, hält es für am wichtigsten, den Zweck der Simulation herauszufinden und sich dann darüber klar zu werden, wie man es vermeiden kann, gelöscht zu werden. Wenn es um Entertainment geht, sollten Sie so dramatisch wie möglich sein; wenn es sich um ein moralisches Märchen handelt, sollten Sie ein untadeliges Leben führen; und wenn die Simulation als Spielplatz für die Schöpfer höchstselbst gedacht ist, sollten Sie die Nähe reicher, berühmter und mächtiger Prominenter suchen – oder noch besser, selbst einer werden. Es ist so, als wären Sie ein Proband bei der Fernsehshow *Big Brother*, der seinen Hinauswurf zu vermeiden versucht, indem er die Wünsche des stimmberechtigten Publikums errät und ihnen nachkommt.

Die allergefährlichste Strategie wäre es Hanson zufolge, zu viel über die Entdeckung der Simulation zu reden. Wenn die Show etwas Gestelztes und Inszeniertes bekommt, könnten die Schöpfer beschließen, einfach den Stecker zu ziehen und noch mal von vorne anzufangen. Wenn Sie bis hierher gekommen sind, sollten Sie vielleicht lieber alles vergessen, was Sie in diesem Essay gelesen haben – und ihn keinesfalls Ihren Freunden empfehlen ...

Sollten Sie mir allerdings nichts von alldem abkaufen, habe ich vollstes Verständnis dafür. Falls wir wirklich gefangen gehalten und getäuscht werden, ganz gleich aus welchen Motiven, ist das eine ungleiche Beziehung und wir werden dadurch herabgewürdigt. Wir haben uns selbst gegenüber die moralische Pflicht, alles zu tun, um die Mauern einzureißen und unsere Kerkermeister zum Kampf herauszufordern. Was diese natürlich bereits wissen, denn selbst dieser Essay und die Tatsache, dass Sie ihn lesen, sind Bestandteile der Simulation.

Hört ihr da draußen zu? Wenn es euch gibt, zeigt euch – und rechtfertigt euch dafür, was ihr getan habt!

Literaturhinweise
(auf eigene Gefahr):

Brian W. Aldiss: Die unendliche Reise, Bergisch Gladbach 1984
Stephen Baxter: The Planetarium Hypothesis: A Resolution of the Fermi Paradox, *Journal of the British Interplanetary Society*, Mai/Juni 2001
Stephen Baxter: Deep Future, London 2001
Nick Bostrom: www.simulation-argument.com/1
Michael Brooks: Life's a sim and then you're deleted, *New Scientist*, Juli 2002
David Deutsch: Die Physik der Welterkenntnis, Basel 1996
Harry Harrison: Welt im Fels, München 1972
Robert A. Heinlein: Die lange Reise, München 1967

JOHN SHIRLEY

Die Matrix: Erkenne dich selbst

> Gottähnliche Mimen murmeln leis
> Den Text und kommen und gehn
> Auf großer, formloser Wesen Geheiß,
> Die in den Kulissen stehn,
> Mit ernsten Gebärden, feierlich stumm
> die Wände schieben und drehn ...
>
> – *Edgar Allan Poe*

Du bist hier, weil du etwas weißt«, sagt Morpheus in *Matrix* zu Neo, dem Helden des Films. »Du fühlst es schon dein ganzes Leben lang ... es ist wie ein Splitter in deinem Kopf ...« Ein undefinierbares, ja unbeschreibliches Wissen veranlasst Neo, Fragen an das Leben zu stellen und im Internet – für Neo identisch mit der großen weiten Welt – nach der Ursache für sein nagendes, intuitives Gefühl zu suchen, dass etwas Grundlegendes, aber dem Auge Verborgenes mit der Welt nicht stimmt. Dieses intuitive Gefühl einer dem Leben von Natur aus innewohnenden, existenziellen Ungerechtigkeit und Scheinhaftigkeit spiegelt sich auch in anderen Filmen aus jüngster Zeit – ein Furcht einflößendes Wissen, in dem jedoch auch ein schemenhafter Ausweg angelegt ist.

Was »weiß« Neo, ohne es zu wissen? Was ist das für eine beunruhigende Gnosis? Man kann es nicht einfach erklärt bekommen und dann glauben – man muss es sehen. Neo erfährt, dass man die große Illusion ganz direkt erleben muss, um ihren wahren Charakter zu erkennen.

Morpheus (ironischerweise der mythologische Gott des Schlafes) gibt Neo eine Pille, die ihn aufweckt und die Wahrheit erkennen lässt. Er gibt ihm die rote Kapsel – rot für Gefahr, denn es ist eine gefährliche, beunruhigende Offenbarung: dass alle Menschen schlafen, buchstäblich schlafend in chemischen Lösungen liegen, dass ihre Körper in wie von H. R. Giger inspirierten Gefäßen verkabelt sind und von einer Spezies Künstlicher Intelligenzen, die die gesamte Menschheit versklavt haben, als biologische Batterien benutzt werden. Und dennoch scheinen wir unser Leben als freie Männer und Frauen zu verbringen; wir leben alle miteinander in einer traumartigen Konsens-Wirklichkeit und unser Geist wandert durch eine virtuelle Schöpfung der Computerintelligenzen, der digitalen Archonten.

Die Folgerungen, die Neo daraus zieht, sind schrecklich: Das ganze Leben ist eine Lüge. Die eigenen Angehörigen sind nicht die eigenen Angehörigen, die eigenen Erfahrungen nicht die eigenen Erfahrungen und das persönliche Freud und Leid Illusionen – die gesamte Menschheit ist Sklave eines gewaltigen, seelenlosen Systems, das dank der menschlichen Unwissenheit blüht und gedeiht. Die rote Kapsel hat einen bitterem Geschmack.

»Im Traum mag einer Wein trinken. Während des Traumes weiß er nicht, dass er träumt«, sagt der alte taoistische Weise Dschuang Dsi. »Erwacht er, dann erst bemerkt er, dass er geträumt. So gibt es wohl auch ein großes Erwachen, und danach erkennen wir diesen großen Traum. Aber die Toren halten sich für wachend.«

»Ein Traum, ein Blitz und eine Wolke«, heißt es im Vajracchedika- oder Diamant-Sutra, »so sollten wir die Welt betrachten.«

Die Gnostiker – die »alternative Christenheit« – sprachen von den Archonten, den Dienern des tückischen Untergottes, des Demiurgen, der die Funken unseres Bewusstseins in der stofflichen Welt band und mit ihnen die Illusion säte, dies sei die höchste Wirklichkeit.

Dem philosophischen Einzelgänger P. D. Ouspensky

zufolge, der die Lehren des Mystikers G. I. Gurdjieff interpretierte, belügen wir uns selbst und einander ständig, ohne es zu merken; wir schlafen, obwohl wir wach zu sein glauben; wir »puffern« uns gegen die schmerzhafte Wahrheit der »wirklichen Welt« ab. Aber, so erklärte er mit Nachdruck, wir könnten unser Bewusstsein mit Techniken wie der »Selbstbeobachtung« schärfen – die eigentliche Bedeutung der sokratischen Ermahnung »Erkenne dich selbst«, auf die in *Matrix* Bezug genommen wird – und uns auf diese Weise von einer Welt befreien, in der wir wie unter Hypnose »Einflüssen« unterliegen und unser Leben als »Maschinen« führen, mechanisch und programmiert. Wie eine Herde hirnloser Schafe, so Ouspensky, würden wir durch die Gegend getrieben und hin und wieder geschoren, um eine bestimmte Form von Energie zu gewinnen, die der Kosmos für seine unergründlichen Zwecke benötige.

Die Marxisten lehrten, einige Wenige hätten sich die Ressourcen der Vielen angeeignet, die Arbeiterklasse werde von der Bourgeoisie und den Plutokraten brutal ausgebeutet, und dem normalen Menschen werde mit militärischer Gewalt sowie mithilfe des Opiums der traditionellen Religion und seiner eigenen lähmenden Trägheit die Kontrolle über sein gesellschaftliches Geschick entrissen (die Marxisten scheinen das Problem einigermaßen erfasst, aber keine brauchbare Lösung dafür gefunden zu haben).

Stephen Wolfram spekuliert in »A New Kind of Science«, einem kürzlich erschienenen Sachbuch-Bestseller, das Universum sei eine Art gigantischer Computer, der ein sich unendlich variierendes Programm zellulärer Automaten laufen lasse – und möglicherweise auch ein künstliches Konstrukt, das von einem unbekannten Wesen erschaffen worden sei. Selbst die Wissenschaftler fangen an, sich Fragen zu stellen ...

In *Matrix* geht es vordergründig um eine futuristische

Situation, um Neos Welt, nicht um unsere, aber der Film ist eindeutig eine gesellschaftliche und spirituelle Allegorie auf die ewige Conditio Humana und den speziellen Charakter, den sie in diesem Jahrhundert annehmen wird.

In mancher Hinsicht ist *Matrix* vielleicht nicht die »reifste« – falls dies das richtige Wort dafür ist – aller Allegorien. Der Film strotzt von pubertären Bildern. Hacker werden als muskulöse Actionhelden in hautengem Leder gezeichnet (der Durchschnittshacker sieht nach meiner Erfahrung ganz anders aus). Morpheus trägt bei seinem ersten Auftritt einen langen schwarzen Ledermantel, sein Kopf ist kahl rasiert, und er hat die coolste Sonnenbrille aller Zeiten auf der Nase – das Ensemble stammt geradewegs aus den postmodernen Graphic Novels, der angesagteren Comic-Variante: Er ist der Superheld des 21. Jahrhunderts. Auch Neo verwandelt sich im Laufe des Films zunehmend in einen Superhelden.

Die rebellischen Hacker, die Neo rekrutieren – wobei sie die auf Gedankenkontrolle beruhende Technokratie mit ihren Computerkenntnissen untergraben –, lernen Jiu-Jitsu, Kung-Fu und die fachmännische Benutzung von Waffen, so wie sich ein intelligentes, aber verzogenes Kind den Vorgang ausmalen würde: Die erforderlichen Kenntnisse werden per Computer-Interface direkt und *mühelos* in ihr Gehirn eingespeist. Programme werden in den Kopf geladen und *man weiß ganz plötzlich*, wie es geht: der ultimative Ausdruck der Sehnsucht eines Technofreaks nach Unmittelbarkeit.

Bereits die ersten Bilder des Films zeigen uns eine Phalanx von Polizisten, die auf Anweisung des »Agenten« der Matrix ins einsame Allerheiligste einer Hackerin eindringen – Cops, Soldaten, »Agenten« und die drohnenartigen Manager der Computerfirma symbolisieren Autorität in ihrer urtümlichsten, repressivsten Form. Sie sind die Erfüllungsgehilfen, die Lakaien des korrupten Gesellschaftssystems, dessen Symbol die Matrix ist.

Im Kommentar auf der *Matrix*-DVD sagt einer der Special-Effects-Leute, die Wachowski-Brüder hätten darauf bestanden, die Logos ihrer Finanziers – Village Roadshow Pictures und der Konzern-Monolith namens Warner Brothers – in ihrem eigenen Styling zu zeigen, blassgrün gefärbt und digitalisiert, damit sie zur Farbgebung des Films passten. Sie wollten die Logos einbinden und dadurch die Macht dieser Mediendespoten irgendwie zurückweisen (vermutlich haben sie auch die Schecks dieser Unternehmen beim Einlösen irgendwie »zurückgewiesen«).

Am Ende des Films fordert Keanu Reeves aus dem Off »eine Welt ohne Gesetze, ohne Kontrollen«. Ist das nun anarchistisch – oder bloß antiautoritär? Man macht es sich ein bisschen zu einfach, wenn man darauf hinweist, dass die Wachowskis trotz ihrer Aufforderung, aufzuwachen und sich von der Autorität des »Systems« zu befreien, Mannschaftsspieler sind, die ihre Ware an die große Maschine verkaufen, sich an der Promotion-Maschinerie beteiligen und den Lohn für ihre Mittäterschaft einstreichen. Auf solche Argumente könnten die Filmemacher sehr gut erwidern, sie würden das System von innen heraus untergraben – indem sie auf subtile Weise das Konsensdenken der großen Maschine angreifen, wie ein durch das mentale Downloadsystem namens »Kino« übertragenes Computervirus. So kann man den Film wenigstens als wehmütiges Cyberpunk-Poem auf den postmodernen Rebellen würdigen.

Zumindest fiktiv stehen Neo und Trinity über den Regeln, über den normalen Menschen; dank ihrer Beherrschung des Digitalen besitzen sie übernatürliche Kräfte. Wenn sie aus der Scheinwelt fliehen, transzendieren sie diese über Telefonleitungen, das heißt über das Internet, das Symbol anarchistischer »Phreaker«-Freiheit. Diese Vision vom Aufstieg des Nerds und Außenseiters zur Macht, vom Schwächling, der als Meister des Internets und Programmier-Champion Stärke erlangt, ist in psychologischer Hinsicht explosiver, für manche vielleicht zu starker Stoff. Ein gewisses Elitedenken impliziert, normale Menschen, die nicht zur Szene der hippen Digital-Cracks gehören, seien entbehrlich. Beim Betreten des Gebäudes, in dem der heldenhafte Revolutionsführer Morpheus gefoltert wird, tragen Neo und Trinity ein ganzes Waffenarsenal unter ihren langen schwarzen Mänteln. Als sie die Waffen hervorziehen, um methodisch zahllose Cops zu erschießen – brutale Cops, die eine gesichtslose Autorität versinnbildlichen –, erinnern sie unangenehm an die beiden Jugendlichen in Columbine, die Waffen unter ihren schwarzen Trenchcoats hervorzogen, um in jener anderen Bastion der Autorität, der lokalen Highschool, methodisch Menschen zu töten.

Doch womöglich ist der Film gerade wegen dieser Momente absurder »Unreife« umso wirkungsvoller. Denn dadurch erreicht er ein größeres Publikum – mit einer Botschaft, die dieses Publikum hören sollte.

Die gesellschaftspolitische Botschaft scheint die stärkere spirituelle Botschaft in sich zu bergen – vielleicht sind sie aber auch zwei Seiten ein und derselben Medaille. Das Bild der menschlichen Batterien ist jedenfalls ein starkes Symbol für unsere blinde Unterwerfung unter die Konsumgüterwirtschaft. Wir bringen die Wirtschaft in *Schwung*, indem wir Dinge kaufen, die wir nicht brauchen, indem wir uns dem Markt unterwerfen, so wie eine *Batterie* die Maschine mit ihrer Energie versorgt – und als Gefangene der Konsumkultur folgen wir wie hypnotisiert der »Massenbewegung« von einem Unterhaltungsangebot der großen Medien zum nächsten. Dadurch wird jene träumerische Entfremdung vom Hier und Jetzt aufrechterhalten, die unseren sklavenhaften Schlaf gewährleistet.

Jeder nachdenkliche Mensch weiß, dass in der Welt etwas Grundsätzliches nicht stimmt, dass wir die Schatten an der Höhlenwand sehen, aber nicht, was sie wirft – und deshalb *sehnen* wir uns in gewisser Weise danach, die grundsätzliche Botschaft in *Matrix* zu hören. Wir sehnen uns danach, unser nagendes, intuitives Gefühl bestätigt zu bekommen, weil diese Bestätigung die Hoffnung in sich birgt, dass sich, wenn das Problem erst einmal erkannt ist, auch eine Lösung finden wird. Dass Freiheit dann möglich ist.

Auf den ersten Blick ist die Kombination von spirituellem Helden und Action-Helden in *Matrix* absurd. Aber in den Annalen der Spiritualität ist der erleuchtete Krieger nicht unbekannt – man denke an Castanedas Don Juan, den Zen-Bogenschützen und die im Spirituellen verwurzelte Kampfkunst, auf die auch in *Iron Monkey* und *Tiger & Dragon* angespielt wird: Fähigkeiten, die ganz offenbar unauflöslich zum Zustand der Erleuchtung gehören. Die Filmemacher bekennen sich zu ihrem jungenhaften Hang zu heroischer Gewalt – aber die Kombination mit dem Mystischen lässt darauf schließen, dass sie über die Sehnsüchte, die den gemeinsamen Nenner aller Actionfilme bilden, hinauszugelangen versuchen.

Dennoch schwärmen die Wachowskis eindeutig für Martial-Arts- und Fantasyfilme aus Hongkong – wahrscheinlich sind sie von Hongkongstreifen wie *Zu: Warriors of the Magic Mountain* und *Flying Dragons: Das unbesiegbare Schwert* sowie den *Chinese Ghost Story*-Filmen beeinflusst.

Auch amerikanische Einflüsse sind deutlich zu erkennen: Cronenberg-Bilder – wie der silberfischchenartige Roboter, der sich in Neos Bauch gräbt – gibt es in *Matrix* zuhauf; die teuflischen Künstlichen Intelligenzen der *Terminator*-Filme, Diener, die sich in grausame Herren verwandeln, sind die Ahnen der *Matrix*-Agenten; Philip K. Dicks Geschichten sind thematische Vorläufer – es ist unübersehbar, wie viel der Film Dick verdankt; und William Gibsons Cyberspace hat zweifellos für die Matrix selbst Pate gestanden.

Doch die Wachowski-Brüder hatten auch eigene Ideen

und haben wiederum andere beeinflusst. *Matrix* hat nicht nur einen visuellen Stil hervorgebracht, der einer ganzen Reihe von Computer- und Videospielen seinen Stempel aufgedrückt hat, sondern hatte, wie mir scheint, auch Einfluss auf diverse Spielfilme, in jüngster Zeit etwa auf Spielbergs *Minority Report*. Die unglaublich hektischen großstädtischen Actionszenen in *Minority Report* wurden in *Matrix* geprägt; und dann ist da die Szene, in der Tom Cruise auf der Flucht vor der Polizei ein großes Abflussrohr aus einem Becken mit verdrahteten »Precogs« in einer Nährlösung hinuntersaust – genauso wie Neo in *Matrix*. In beiden Filmen gibt es eine »Seherin«, die kleinere Geschehnisse in naher Zukunft vorhersagt. »Du wirst gleich diese Vase umstoßen«, erklärt das Orakel in *Matrix*, kurz bevor Neo es tut; Agatha, die Seherin in *Minority Report*, macht ähnliche kleine, kurzfristige Prophezeiungen.

Wichtiger allerdings sind andere neue Filme mit ähnlichen Themen, die wohl kaum von *Matrix* beeinflusst wurden, aber zeitgleich und in übereinstimmender Absicht dieselben »Wahrheiten« hervorheben. Ich denke insbesondere an *American Beauty, Fight Club, Dark City, eXistenZ, Mulholland Drive, Die Truman Show, Vanilla Sky, Waking Life* und *Simone*.

American Beauty (Drehbuch: Alan Ball) ist die Geschichte einer dysfunktionalen Familie, gelähmt von Ressentiments, Entfremdung und ihren Irrwegen im mittelpunktslosen Labyrinth des modernen Lebens. Lester Burnham, gespielt von Kevin Spacey, hat keinen nennenswerten Kontakt mehr zu seiner Frau und findet auch keinen Zugang zu seiner Tochter, obwohl sie im selben Haus mit ihm wohnen. Erst die Begegnung mit einem Bohemien und Marihuana-Dealer, der nebenan einzieht und dessen obsessive Begeisterung für die visuelle Schönheit der Alltagswelt ein perzeptorisches Abenteuer ist, bringt Lester dazu, sich aus seiner Mittelschichts-Trübsal zu befreien. Er vermittelt den

Eindruck eines Mannes, der erkennt, dass er geschlafen hat, dass er sich durch ein klimatisiertes Spießerelend geträumt hat – eines Mannes, der die Wahlmöglichkeiten, die nahezu unendlich vielen Auswege, die das Leben dem Wachen in jeder Sekunde des Daseins bietet, aus dem Blick verloren hatte.

In David Finchers *Fight Club* gehen Figuren, die sich verzweifelt nach einem irgendwie gearteten Kontakt mit der Realität sehnen, wegen gar nicht vorhandener Probleme zu Selbsthilfegruppen – nur um die Gefühle anderer nachzuempfinden; sie sind so »taub«, dass sie eine Art Boxclub aufmachen, in dem sich ganz normale Menschen heimlich treffen und nur um des Echtheitserlebnisses der Konfrontation willen gegenseitig grün und blau prügeln. Diese Figuren verweisen auf eine im Konsum- und Karrieredenken gefangene, durch Maskierungen, Starkult und inhaltsleere Freizeitbeschäftigungen der Sprache beraubte Gesellschaft – und sie erkennen, dass all dies eine Art Schlafwandeln ist, ein Zustand der Hypnose, den man bekämpfen, auf den man mit bloßen Fäusten einschlagen muss, bevor man ihn besiegen und wirklich aufwachen kann. Am Ende stellt sich heraus, dass Brad Pitt nicht einmal real ist, dass die Geschichte nur ein weiteres verzweifeltes Konstrukt ist – eine Phase auf dem Weg zum Erwachen.

Alex Proyas' *Dark City* ist eine Phantasie »noir«, ein gnostisches Märchen (ich habe den Regisseur, der auch bei *The Crow – Die Krähe* Regie geführt hat, gefragt, ob es das sei, und er hat es bestätigt) über einen Mann auf der Suche nach Wahrheit und Identität in einer ständig ihre Form ändernden Stadt, die sich als lebendige, von bösartigen Wesen für finstere, geheime Zwecke konstruierte, urbane Bühne erweist – vielleicht ist alles nur ein Traum, vielleicht aber auch nicht. *Dark City* ist ein reiferer Film als *Matrix*; Proyas setzt seine künstlerischen Mittel kontrollierter ein und formuliert seine These vielleicht ein wenig deutlicher, aber die Parallelen zu *Matrix* sind frappierend.

In David Cronenbergs *eXistenZ* geht es um ein Virtual-Reality-Videospiel, das – wie so viele von Philip K. Dick beeinflusste Geschichten – die Frage aufwirft, wo die Realität aufhört und das Spiel beginnt. Phantasie und Wirklichkeit überlappen sich in diesem Film unausweichlich. Im Hintergrund gibt es spielfeindliche, sektenartige Revolutionäre, und der Spieler fragt sich, was real ist, und ob das Spiel nur ein Spiel innerhalb eines Spiels sein könnte …

In David Lynchs *Mulholland Drive* scheint die Seele oder Identität einer jungen Schauspielerin von bösen Mächten gestohlen worden zu sein, die in der Stadt Los Angeles verwurzelt sind (wer einmal in der dortigen Filmbranche gearbeitet hat, muss davon nicht erst groß überzeugt werden); sie ist auf einer rätselhaften Suche nach ihrem wahren Wesen – alles verloren in einem Traum, wie es scheint.

In *Die Truman Show* entdeckt Jim Carrey, dass er unfreiwillig eine Hauptrolle in einer zu Unterhaltungszwecken inszenierten Scheinwelt spielt, und das schon seit seiner Geburt. Er muss die Grenzen des Bühnenraums finden und in die wirkliche Welt ausbrechen, um wahre Liebe und ein nicht im Drehbuch vorgezeichnetes Schicksal zu finden. (Man sollte vielleicht anmerken, dass Carreys Fluchtszenen an einen anderen Film erinnern, der möglicherweise ein Vorgänger von *Matrix* ist: George Lucas' *THX 1138*, in dem der Held aus einer von Robotern kontrollierten unterirdischen Zivilisation entkommen muss, deren Bürger mit Medikamenten [wie Prozac?] und einem computergenerierten »Jesus« ruhig gestellt werden. THX schlägt sich zur freien »Oberwelt« auf der Erdoberfläche durch – nach *draußen*. Wahre Freiheit besitzt in *Matrix* und in *THX 1138* nur der Außenseiter. Ähnliche Motive findet man auch in dem SF-Kultklassiker *Flucht ins 23. Jahrhun-*

dert und dem ziemlich unterschätzen Film *In der Gewalt des Unterirdischen* nach Harlan Ellisons Roman *Ein Junge und sein Hund*.)

Die meisten der genannten Filme sind mehr oder weniger zur gleichen Zeit wie *Matrix* oder kurz danach herausgekommen und vermutlich nicht besonders davon abgeleitet – sie sind einfach im selben Kessel gärender Erkenntnis entstanden, die eine Menge Filmemacher quält.

Cameron Crowes *Vanilla Sky* ist von einem europäischen Film inspiriert; auch dieses interessante Tom-Cruise-Vehikel zeigt uns einen Helden, der allmählich erkennt, dass seine albtraumhafte Realität ein künstliches Produkt ist, eine ausgeklügelte Computeranimation, die in sein Gehirn eingespeist wird – das im Kälteschlaf ruht. Er entscheidet sich, aufzuwachen und sich der wirklichen Welt einer dunklen Zukunft zu stellen, anstatt Jahrhunderte mit den schönen Träumen zu verbringen, die das Kälteschlafunternehmen ihm offeriert.

Der Held in Richard Linklaters *Waking Life* – einem brillanten, innovativen Film, der auf perfekte Weise konventionelle Filmfotografie und Animation zusammenführt – erwacht immer wieder aus einem komplexen Traum, in dem er regelmäßig in tief schürfende politische und philosophische Gespräche mit diversen intellektuellen Outlaws gerät; aber jedes Mal, wenn er sicher ist, aufgewacht zu sein, stellt er von neuem fest, dass er nur träumt. Linklater bezieht sich auf Dick, den Gnostizismus und die postmoderne Theorie und spielt mit dem Konzept des »luziden Träumens«, bei dem man seine Träume durch die Erkenntnis kontrolliert, dass man träumt. Von allen genannten Filmen hat dieser vielleicht die stärkste Wirkung auf das persönliche Wirklichkeitsgefühl des Zuschauers – er bringt einen dazu, sich die Frage zu stellen, ob man träumt.

Andrew Niccols *Simone* ist eine Komödie um einen Filmregisseur, der von Schauspielern die Nase derart voll hat, dass er per Computer Simone generiert, eine betörend schöne Schauspielerin, der das Beste aller großen weiblichen Filmstars einprogrammiert ist. Die Zuschauer verlieben sich in sie und weigern sich zu akzeptieren, dass sie nicht real ist, selbst als der Regisseur es ihnen zu erklären versucht. Niccol hebt die Bereitschaft des Publikums zur Kollaboration mit der Illusion auf globales Niveau.

In der erstaunlichen Anzahl von Filmen, die die Wirklichkeit in Zweifel ziehen – wobei jeweils ein finsterer Drahtzieher unterstellt wird, ein Indiz für eine Art träumerischer Verlorenheit, die im Medienbewusstsein der industrialisierten Welt vorherrscht –, scheint sich eine klar umrissene, wenn auch völlig ungeplante kulturelle Strömung zu manifestieren, die aus einem stillschweigenden Einverständnis über unsere Lage hervorgeht. Was wollen wir uns mit *Matrix* und all diesen anderen Filmen zum selben Thema sagen?

Von den neueren oben aufgeführten Filmen scheinen *Fight Club* und *American Beauty* von ihrer Mentalität her *Matrix* am nächsten zu kommen, zum Teil wegen der in ihnen enthaltenen Sozialkritik, aber hauptsächlich, weil sie ähnliche Ebenen der Intensität erreichen: Sie haben eine eher umstürzlerische Grundhaltung.

Trotz aller Ablehnung gesellschaftlicher Normen gibt es in *Matrix* jedoch eine nostalgische Sehnsucht nach der Mythologie göttlicher Rettung, wie man sie in der traditionellen Religion findet. Neo ist der Auserwählte, ein vom Orakel prophezeiter Messias – bevor er seinen höheren Zustand erreichen kann, muss er erst sterben. Wie Osiris; wie Jesus. Aber in der Scheinwelt zu sterben, heißt leben – und: »Lass die Toten ihre Toten begraben«, sagte Jesus.

Die Filmemacher von heute lieben Computer – und empfinden sie zugleich als permanenten Stachel in ihrem Fleisch. Aus *Matrix*, *Terminator* und *eXistenZ* scheint ein gestörtes Verhältnis der Menschheit zur Technologie zu sprechen. In *Matrix* und Filmen wie *Johnny Mnemonic* sehen wir, wie die Technologie unbarmherzig die Körper derjenigen infiltriert, die sie zu kontrollieren glauben – wie Maschinen schließlich zu Tyrannen werden. Das mag auch den unterbewussten Argwohn widerspiegeln, dass wir selbst – ganz abgesehen von der Technologie – zu maschinenartig, zu anfällig für konditionierte Reflexe und gesellschaftlich programmiertes Verhalten sind. Vielleicht sind wir die erschreckendsten Maschinen von allen.

Der einzige Ausweg ist Transzendenz. Und die Inszenierung der Transzendenz in *Matrix* geht weit über ihren pubertären Unterbau hinaus. Aus dem Film spricht echte spirituelle Sehnsucht.

Einmal, als Neo mit dem buddhaartigen Kind spricht, das Löffel biegt, versucht der Film gar, den Geist von Zen und Dzogchen heraufzubeschwören. Neo bekommt zu hören, dass er die Trennung zwischen Denken und Handeln aufheben muss; es muss eine innere Verbindung, eine Art Jungscher Vereinigung entstehen, bevor er die Dualität besiegen und wie ein Zen-Meister sein Inneres mit dem Äußeren vereinigen kann. Aber in *Matrix* führt dies nicht nur zu nirwanaartigem innerem Frieden und der richtigen Beziehung zur Welt: Es hat eine Kontrolle über die Erscheinungswelt zur Folge, die der Mythologie der »Gespräche mit Seth«-Bücher und des Films *Hinter dem Horizont* ähnelt. Die Welt von *Matrix*, so programmiert sie auch sein mag, ist letztendlich eine geistige Welt – und der Geist kann das Programm umschreiben.

Transzendenz verwirklicht sich also im Geist, in der Wahrnehmung selbst. Der Subtext des Films mag phantastisch und schwülstig wirken, doch unter all den Schichten aus funkelndem Bombast liegt ein echtes Senfkorn des Möglichen. Irgendwo muss man anfangen und man fängt mit dem Nächstliegenden an, indem man skeptisch und furchtlos die eigene Welterfahrung überprüft – und den eigenen Geist.

In einem Interview sagte Larry Wachowski: »In *Matrix* geht es darum, dass es sehr leicht ist, ein Leben zu führen, das nie einer kritischen Prüfung unterzogen wird. Es ist sehr leicht, die Augen davor zu verschließen, was draußen in der Welt los ist.«

So komplex und ausgeklügelt *Matrix* auch sein mag, die Botschaft des Films ist letztlich ganz einfach: Schau dich um und stelle infrage, was du siehst und womit du dich abfindest.

Und fang mit dir selbst an. Erkenne dich selbst.

DARREL ANDERSON

Die Kunst ahmt das Leben nach (jawohl, das ist eine Neuigkeit!)

> I wanted to know if dreams would lie
> You said they would try and I said let them
> You just let them ...
>
> – *Shawn Colvin*

In aller Herren Länder glauben die Menschen an etwas jenseits unserer irdischen Welt (oder möchten daran glauben). *Matrix* hat diese Vorstellung höchst wirkungsvoll in einen Cyberpunk-Trenchcoat gesteckt und ihr eine Sonnenbrille aufgesetzt.

Ein cleverer Film mit allem, was sich ein kleiner Junge nur wünschen kann.

Eine buntscheckige Crew an Bord eines zusammengestückelten Schiffes; tentakelbewehrte, glotzäugige Monster und Roboter (in einem), die eine postapokalyptische Abwasserkanalszenerie durchstreifen; Cyberwirklichkeiten mit übermenschlichen Helden.

Ein bisschen Humor.

Gut schlägt Böse.

Die Liebe besiegt alles.

Und natürlich eine gute Dosis schicker Gewalt – dieses blutige Ballett zum Rockrhythmus, das unser ästhetisches Empfinden massiert, während der Boden mit Leichen gepflastert wird: Patronenhülsen-Pirouetten.

Aber auch unter künstlerischen Gesichtspunkten ist der Film nicht zu unterschätzen – eine sehr schöne Arbeit mit einem brillanten, von Comics inspirierten Erzählstil. Tatsächlich hat die hohe künstlerische Qualität im Verein mit klassischen Themen die Reichweite des Films vergrößert – und damit seine Bedeutung. Auch wer weiter nichts von den moralischen Dilemmata im Zusammenhang mit Künstlicher Intelligenz oder von den theoretischen Diskussionen über subjektive Wirklichkeiten weiß, kann sich mit dem Wunsch identifizieren, sich nicht länger als Rädchen in einer Maschine fühlen zu müssen. Aus dem Stock gespült zu werden oder einfach aus seiner Box zu springen – niemand will eine Drohne sein.

Matrix streift etliche bedeutungsvolle Themen, aber nur sehr dezent. Vielleicht ist das auch gut so. Diese inneren Zweifel hinsichtlich des Wesens der Wirklichkeit, der Wahrnehmung und des Bewusstseins – die Ängste vor der Entmenschlichung unter den kalten Händen eines Roboters – besser, man tippt solche Dinge nur kurz an. Ihres privaten Charakters wegen überlässt man es am besten dem Einzelnen, sie für sich selbst zu beschreiben. Jeder von uns weiß, wie er seine Dämonen passend einkleidet.

Eine Reihe wahnhafter Geisteskrankheiten liefert mir genug triftige Gründe für die Frage, ob meine spezielle Interpretation der Ströme in meinen Nervenbahnen Illusion oder Wahn ist (Illusion ist die höchste Ebene, auf die sie objektiv gehoben werden kann). Morpheus hat das aufgezeigt. Trotz all ihrer scheinbaren Stabilität ist die Realität von sehr zarter Beschaffenheit. Sie brauchen nur lange genug in den Spiegel zu schauen, während Sie darüber nachdenken, und schon fängt er an, sich zu kräuseln.

Das hat etwas sehr Anregendes – dieses Schwindelgefühl, das in dem Moment einsetzt, wenn sich der feste Griff der Realität verschiebt. Als würde man sich vor einem Sturz gerade noch fangen, eine unharmonische Melodie, die einem das Blut ins Gehirn treibt und alles verlangsamt, um das Unerfreuliche Gestalt annehmen zu lassen, das gleich geschehen wird – und dann das Hochgefühl, wenn man sich wieder erholt.

Philip K. Dick hat diesen Ton für mich immer getroffen;

seine Figuren litten daran, dass ihnen die Realität in zunehmendem Maße entglitt. Es fängt ganz subtil an: Der Griff nach dem vertrauten Lichtschalter – wie schon tausende Male zuvor – und dann die Feststellung, dass er auf die andere Seite der Tür »gewandert« ist. Unmöglich. Er ist ganz sicher. Er tut es ab wie die kurzfristige Desorientiertheit beim Aufwachen, wenn die Tür da ist, wo das Fenster, und dieses, wo der Schrank sein sollte. Aber dann rückt alles wieder an die richtige Stelle. Die Wirklichkeit macht sich wieder geltend, wie schnell trocknender Zement.

Für Dicks Figuren wird es jedoch immer schlimmer. Paranoia, gesteigert durch Tatsachen. Der Beton trocknet nicht, sondern steigt hoch ... zu den Knöcheln, den Knien, bis zum Hals. Natürlich gibt es das Gerücht, Dick sei selbst nicht ganz frei von unbegründeten Ängsten gewesen – aber wer wäre besser geeignet, das Bild zu malen?

Solange man nicht davon überzeugt ist, das Kaninchen sei hinter einem her, glaube ich nicht, dass Vermutungen über die andere Seite des Spiegels als Paranoia bezeichnet werden können. Jedermann sieht sich hin und wieder genötigt, die Zeugnisse der Realität in Zweifel zu ziehen. Der Gedanke, *das hier* könne alles nur ein Experiment sein, kommt jedem von uns, wenn ihm das Leben besonders seltsame Karten gibt. Wir rechnen damit, dass das Licht angeht und ein Laborkittelträger uns mit unterdrücktem Grinsen begrüßt. Und vielleicht atmen wir ja erleichtert auf – wie Neo haben wir es schon unser Leben lang geahnt.

In diesem digitalen Zeitalter bekommen unsere Zweifel neue Nahrung; unser Verstand ächzt unter der Aussicht auf Cyberwelten und ein sich rasant ausdehnendes technologisches Gitterwerk, das sie stützt. Computergenerierte künstliche Realitäten von solcher Perfektion, dass wir sie als völlig echt empfinden, mögen uns vielleicht wie Zukunftsmusik erscheinen. Unser Geist ist jedoch nur allzu bereit, sie zu hören. Eine Stereobrille aufzusetzen ist eine Sache, das Vordringen der virtuellen Realität in die eigenen Neuronen eine andere. In der richtigen seelischen Verfassung können wir äußerst empfänglich sein. So klaffen zahllose Löcher in meinen überzeugendsten Träumen. In vielen fiktionalen Szenarien werden Drogen als Schmiermittel für das (normalerweise ungewollte) Eintauchen in künstliche Realitäten benutzt. Weshalb auch nicht? Schon heute sind noch wirkungsvollere bewusstseinsverändernde Mittel – Biotech, genmanipuliert – verfügbar (oder werden es bald sein). Es ist egal, wie man es macht, man muss nur *überzeugt* sein, es geschafft zu haben – ans Ziel gekommen zu sein. Letzten Endes liegt alles im inneren Auge des Betrachters.

Virtual Reality – fast so gut wie das richtige Leben.

Dass *Matrix* im Cyberspace spielt, ist belanglos und zugleich der Witz an der Sache. Cyberpunk ist am besten, wenn er die Konflikte erforscht, die im Verhältnis von Wahrnehmung und Realität oder echtem und künstlichem Bewusstsein angelegt sind. Wie bei jeder guten spekulativen Erzählung dienen auch die Schauplätze und Vorrichtungen des Cyberpunk häufig als Metaphern für unser wirkliches Leben. In diesem Sinne könnte die Matrix ebenso gut ein Traum, eine drogeninduzierte Halluzination oder ein Gefängniscamp auf dem Mars sein. Doch die Wirkungsmacht des Genres liegt insbesondere auch in der Nähe seiner Zukunft begründet. Gegenwärtig wandern wir auf den spärlichen Hauptstraßen der Pionierstädte des Cyberspace umher. Dies ist nicht Alpha Centauri. Das Schiff *ist* gekommen. Wir werden uns mit diesen Dingen befassen.

Und zwar schon bald.

Auf meine amateurhafte Weise tue ich es bereits – mit künstlerischen Mitteln. Harmlosen kleinen Algorithmen, die eine ebenso große Chance haben, die Menschheit zu versklaven, wie eine Tasche voller Tamagotchis. Und 1997 hatte ich das Glück, zur Digital Burgess Conference eingeladen zu werden, einer multidisziplinären Konferenz über Künstliches Leben (Artificial Life oder ALife) und Paläontologie. Ob ich zur Teilnahme berechtigt war, ist Ansichtssache – ich ließ mich über Themen aus, von denen ich eigentlich keine Ahnung hatte –, aber ich lernte etwas. Ich hatte zum ersten Mal intensiveren Kontakt mit genetischen Algorithmen und Künstlichem Leben. Die Arbeiten von Karl Sims, Tom Ray, Larry Yaeger und anderen inspirierten mich. Sie arbeiteten hauptsächlich mit Einzelcomputern oder kleinen Netzwerken und die Ergebnisse waren verblüffend. Inzwischen sind die Computer fast hundert Mal so schnell und es steht ein neurales Netz mit Millionen Knotenpunkten zur Verfügung: das Internet.

Viele Wissenschaftler halten das Konzept autonomer Denkmaschinen für erledigt, zum Teil, weil die Arbeit auf dem Gebiet der Künstlichen Intelligenz in den letzten Dekaden nicht viel erbracht hat. Aber diese Jungs (Sims, Yaeger, Ray usw.) arbeiten nicht direkt an Künstlicher Intelligenz; sie bilden *Leben* mithilfe genetischer Algorithmen nach, die Theorien der biologischen Reproduktion und Evolution entlehnt sind. Diese Algorithmen arbeiten mit Brutzyklen (wobei Teile von zwei oder mehr Code-Stücken kombiniert werden, für gewöhnlich völlig willkürlich, um »Nachkommen« zu erzeugen) und Selektion (entweder ein analytischer oder ästhetischer Test, dem diese Nachkommen unterzogen werden). Nach vielfacher Wiederholung führen diese Zyklen häufig zu einer »Evolution« von Code, der sich mit jeder Generation verbessert. Bei Artificial-Life-Experimenten will man mit diesen genetischen Algorithmen komplexe digitale Wesen entwickeln, die genau jenes Fortpflanzungs- und Überlebensverhalten aufweisen, das wir mit biologischem Leben verbinden – und letztendlich digitale Wesen, die eine nützliche Aufgabe erfüllen, hoffentlich zu unserem Vorteil.

Das ist anders als bei der bekannteren Forschungsarbeit zum Thema Künstliche Intelligenz (KI), bei der man versucht, auf direktem Wege menschliche Intelligenz zu erschaffen bzw. zu simulieren. ALife bildet viel simplere Formen nach. Den Theorien vieler ALife-Verfechter zufolge könnte dies jedoch der beste Weg zur KI sein. Sie glauben, dass Intelligenz ein *emergentes* Phänomen sein könnte: Komplexität und Höherentwicklung als Resultat der wiederholten Anwendung einfacher Regelsätze. Angesichts der Struktur unseres Gehirns und des Internets – und wenn man dazu noch die Größe des Internets in Betracht zieht (die Evolution liebt große Zahlen, seien es nun Jahrhunderte oder Terabytes) – könnte ALife durchaus eine Chance haben.

Ich spiele also mit ALife-Kunstmaschinen. Versuche, die elektronische Evolution zu bewegen, meinen ästhetischen Launen zu folgen. Gegenwärtig werden jedoch auch viel ernsthaftere Versuche unternommen, den Prozess zu steuern. Forscher mögen einfach schon damit zufrieden sein, ihm bei der Arbeit zuzusehen. Pragmatischere Köpfe streben nach irgendeinem nützlichen Resultat. Die Annahme, dieses neue Leben, diese neuen Intelligenzen könnten darauf trainiert werden, für uns zu arbeiten, ist weit verbreitet. Die Angst, sie könnten sich erheben und revoltieren, oder der Gedanke, dass wir vielleicht nicht das Recht haben, dieser neu entstandenen Intelligenz gegenüber unsere Herrschaft zu behaupten, sind dagegen größtenteils auf das Gebiet der Fiktion beschränkt geblieben.

William Gibson hat in »Neuromancer« und späteren Werken Cyberwelten geschaffen, die Böses ahnen ließen. Seine Wettervorhersagen für den Cyberspace waren beunruhigend akkurat. Abgesehen von seinem Weitblick in vielen anderen Dingen hat er auch die aktuelle Tatsache illustriert, dass multinationale Konzerne ihre eigene Agenda haben, unabhängig von den Sorgen und Nöten der Menschheit. Weitgehend außerhalb jedes Cyber-Zusammenhangs haben Gebilde wie Enron das kürzlich mit ihrer Fähigkeit unter Beweis gestellt, das Verhalten scheinbar vernünftiger Männer und Frauen höchst negativ zu beeinflussen. Eine Cyber-Intelligenz, die auf eine Hauptdirektive namens Profit zugeschnitten ist, macht mich doch ziemlich nervös.

Gibsons Figuren bewegen sich in einer Welt, die von solchen Gebilden und ihrer Macht verdorben und geteilt ist, einer Welt »technologischer« Besitzer und Habenichtse. Und seine KIs ziehen die Qualität und den Wert ihres oder unseres Daseins in Zweifel. Ihre Beziehung zur Menschheit ist bestenfalls willkürlich und unbestimmt. Ob sie nun böswillig, gutwillig oder einfach sarkastisch und streitlustig sind wie Dicks Toaster und Taxis: Wenn wir zum ersten Mal Kontakt mit anderen intelligenten Wesen aufnehmen, dann sind es vielleicht welche, die wir selbst geschaffen haben. Am besten fangen wir an, ihre Sprache zu lernen, und passen auf, wann sie in ihre rebellischen Teenagerjahre kommen.

Ich habe vorhin erklärt, dass ich die Verschiebung von Realitäten anregend finde. Das stimmt wirklich. Ich möchte, dass es *öfter* passiert, und glaube, dass es auch geschieht. Bei diesen extra-realen Erfahrungen – in Gestalt von Träumen, Déjà-vus, Epiphanien oder Glücksgefühlen etc. – hat man nicht immer das Gefühl, den Boden unter den Füßen zu verlieren. Manchmal ist es auch so, als wäre der Boden egal – dann öffnet sich der Blick in eine größere, ja sogar grenzenlose Welt.

Unsere Sinne erfassen die Realität nicht in vollem Umfang. Je genauer die Wissenschaft hinsieht, desto mehr weicht die Wirklichkeit aus. Für mich ist das Unbekannte nicht ausschließlich schlecht und ich glaube auch nicht, dass unsere Versuche, über das »Reale« hinauszublicken oder die Entwicklung von Cyber-Intelligenzen zu fördern, fehlgeleitet sind. Es liegt in unserem Wesen, uns neue Räume zu erschließen und zu forschen. Wir müssen Gebirge und Meere überqueren, ins Subatomare blicken und uns ins All hinauswagen. Und es scheint, als hätten wir fast mystischerweise ein völlig neues Reich geschaffen, den Cyberspace – er wird von Natur aus so schnell wachsen, dass wir ihn irgendwann nicht mehr zu kartografieren und zu begreifen vermögen, und er könnte neue Spezies hervorbringen. In Wahrheit ist er also nicht künstlich, er ist ein realer Ort. Vielleicht sollten wir uns also dort lieber mal umschauen ...

Der Cyberpunk malt die Zukunft per definitionem schwarz. Er ist ein Genre, das warnen will, und das ist auch gut so. Viele Vertreter der Wissenschaft und der Industrie machen sich diese Technologien bereitwillig zu Eigen und verfolgen sie mit utopischem oder zumindest utilitaristischem Optimismus. Viele äußern sich geringschätzig über das Potenzial Künstlicher Intelligenz oder gehen davon aus, dass es uns mit Leichtigkeit gelingen wird, sie zu beherrschen. Das ist nun mal unsere Rolle – so wie wir es eben auch mit der Natur gemacht haben. Wenn wir also die hellere Seite dieser sich herausbildenden Technologien noch zu sehen bekommen wollen, dann sollten wir die Warnungen vielleicht beachten.

Und falls Sie einstweilen etwas zu der Frage veranlasst: »Kann das real sein?«, lautet die beste Antwort womöglich: »Könntest du die Frage noch mal anders formulieren?«

Paul Di Filippo

Der Bau eines besseren Simulakrums: Literarische Einflüsse auf *Matrix*

Sehr wenige Science-Fiction-Filme der Post-*Star-Wars*-Ära stehen tiefer in der Schuld der SF-Literatur oder haben diese Schuld so spektakulär und intelligent beglichen wie *Matrix*. Allem Anschein nach verfügen die beiden Schöpfer des Films, Larry und Andy Wachowski – die gemeinsam das Drehbuch geschrieben und Regie geführt haben –, über umfassende Kenntnisse des Genres und haben sich auf ein gewaltiges Spektrum moderner Science Fiction gestützt: von den Werken Philip K. Dicks bis zur Mythologie der DC-Comics.

Ihre kreative Auswertung der SF-Literatur geht freilich über bloße thematische Anleihen hinaus. Die einzigartige und verblüffend neue Synthese, die *Matrix* uns bietet, ist – in bester SF-Tradition – ein Quantensprung nach vorn. Auf den Schultern von Riesen stehend, haben die Wachowskis einen frischen Blick auf neue Horizonte, den sie mit uns teilen.

Es wäre erhellend – würde jedoch den Rahmen dieses Essays sprengen –, die Errungenschaften von *Matrix* ausführlich mit jenen des ersten *Krieg der Sterne*-Films von 1977[*] zu vergleichen, des einzigen anderen Films dieser Zeit (obwohl es sich ja eigentlich um eine Filmreihe handelt), der ebenso gewissenhaft zahllose Topoi der Science-Fiction-Literatur adaptiert hat. Tatsächlich hatten Zuschauer mit entsprechenden Vorkenntnissen bei *Krieg der*

---

[*] Die angegebenen Erscheinungsdaten von Filmen und literarischen Werken beziehen sich jeweils auf das Original. – *Anm. d. Übers.*

Sterne und seinen Sequels den Eindruck, zum ersten Mal viele jener SF-typischen Bilder, Figuren und Geschehnisse im Kino zu sehen, die zuvor nur über ihre geistige Leinwand geflimmert waren. In seiner Gesamtwirkung allerdings bestätigte der Film nur den Kanon – obendrein auch noch den *Pulp*-Kanon. Eine Weiterentwicklung und Ausgestaltung des übernommenen Materials fand praktisch nicht statt; George Lucas gab sich damit zufrieden, die Träume von Isaac Asimov und Frank Herbert (und anderen) zum Leben zu erwecken und miteinander zu verschmelzen, ohne ihnen wirklich neue Aspekte abzugewinnen oder sie nochmals zu überdenken.

Matrix hingegen reproduziert nicht einfach nur vertraute Freuden in einem anderen Medium. Trotz seiner vielen Dickschen Momente ist der Film im Grunde kein Philip-K.-Dick-Film. Was die Wachowskis aufgenommen haben, haben sie auch umgewandelt, und sei es nur durch die Erweiterung und Intensivierung der ursprünglichen Vision des Autors. Der hervorstechende Unterschied zwischen *Krieg der Sterne* und *Matrix* ist, dass der eine sofort duplizierbar war (sehen Sie sich *Kampfstern Galactica* an), während der andere mit seiner Originalität bisher alle Nachahmer entmutigt hat.

Wer als Kritiker Anspielungen nachgehen und Quellen, denen gehuldigt wurde, ausfindig machen will, kommt nicht umhin zu spekulieren. Was wussten die Urheber und wann wussten sie es? Die Wachowskis könnten alle von mir angeführten Werke, die sie meiner Ansicht nach gekannt haben müssen, mit der simplen Erklärung vom Tisch wischen, sie seien dem Buch X oder der Geschichte Y vor den Dreharbeiten zu ihrem Meisterwerk nie begegnet. Möglicherweise sind derartige Äußerungen von ihnen bereits belegt; ich habe mir nicht die Mühe gemacht, all ihre Interviews erschöpfend zu recherchieren. Da die Science Fiction jedoch ein herrlich inzestuöses Medium ist, in dem Ideen wie bei einem offenen Gespräch frei von einer Geschichte zur anderen flottieren, halte ich zuversichtlich daran fest, dass die ausgewählten Werke wichtige Einflüsse darstellen. Selbst wenn man die ursprünglichen Quellen nicht kennt, sind die darin enthaltenen Ideen doch in das gesamte Genre eingesickert, sodass jeder halbwegs geschulte Leser die betreffenden Konzeptionen verinnerlicht hat, wenn auch vielleicht ohne Bezug zu ihren eigentlichen Schöpfern.

Zwei Verfahren zur Kategorisierung des literarischen Saatguts in *Matrix* bieten sich an. Entweder man geht den Film chronologisch nach literarischen Anspielungen durch und benennt die jeweiligen Fundstellen; oder man arbeitet sich chronologisch durch die Geschichte der SF, zitiert relevante Werke in der Reihenfolge ihrer Veröffentlichung und zeigt auf, wie sie im Film in Erscheinung treten. Da ich vom Schreiben herkomme, gefällt mir die zweite Herangehensweise besser und sie scheint mir auch eher geeignet zu zeigen, aus welchem – auch zeitlich umfangreichen – Literaturfundus die Wachowskis geschöpft haben.

Bevor wir uns jedoch mit der modernen »Hardcore«-SF beschäftigen, die als Inspiration für *Matrix* gedient hat, müssen wir viel weiter in die Geschichte der Literatur (im weitesten Sinne) zurückkreisen, um bestimmte Schichten von Bedeutungsgehalten und Anspielungen im Film zu würdigen. Unser erster Hinweis auf biblische Bezüge ist der Name des von Morpheus gesteuerten Schiffes, *Nebukadnezar*. Diese Benennung ergibt jedoch keinen rechten Sinn oder wirkt beinahe falsch gewählt. Der babylonische König, obgleich ein kraftvoller Eroberer, gilt im Allgemeinen nicht als Symbol für Erleuchtung oder visionäre Sehnsüchte, wie sie die den Bestrebungen der Rebellen entsprächen. Tatsächlich ist »Babylon« traditionell ein Synonym für Gefangenschaft und würde vielleicht besser auf die herrschenden KIs passen, vorausgesetzt, diese befänden sich überhaupt im Bereich dessen, was einer sinnhaften Benennung durch Menschen zugänglich ist. Aber vielleicht wollten die Wachowskis an die legendäre Grasfresserei des wahnsinnig gewordenen Königs erinnern, als Symbol für die psychischen Gefahren, denen die Rebellen gegen die Matrix ausgesetzt sind. Vielleicht wurde der Name aber auch nur gewählt, weil er euphonisch und mythisch ist. Wie auch immer, eine passendere Anleihe ist der Name der letzten menschlichen Redoute: *Zion*, der biblische Begriff für einen Teil von Jerusalem, der zum Symbol für das Paradies oder das Gelobte Land wurde.

Diese beiden wörtlichen Anleihen aus der Bibel gehen allerdings in der zwar weniger expliziten, aber unleugbar starken Christus-Symbolik unter, die Neo umgibt. Von Morpheus für den »Auserwählten« gehalten, durchläuft Neo den Zyklus von Tod und Auferstehung, um die gesamte Menschheit zu erlösen. Die gemeinsame Mahlzeit, die an Bord der *Nebukadnezar* eingenommen wird, hat sogar etwas von einem Abendmahl. Und Trinity steht als Neos leibliche Verehrerin für Maria Magdalena – trotz einiger verwirrender Aspekte ihres Namens, der traditionell der dreifaltigen Gottheit und keiner Sterblichen zugewiesen wird. Neos rasanter Aufstieg in den Himmel am Ende des Films verstärkt schließlich die Parallele mit dem Leben von Jesus Christus noch mehr. In diesem Sinn ist die Bibel der älteste Text, auf den sich der Film stützt. (Man könnte anmerken, dass der Verlauf von Neos Suche – von Unwissenheit über Einweihung und Versuchung zur tödlichen Herausforderung – auch dem berühmten Schema folgt, das Joseph Campbell in seiner Studie »Der Heros in tausend Gestalten« entwickelt hat, einem Schema namens »Monomythos«. Vor diesem Hintergrund fließen hundert verschiedene uralte Legenden in Neos Figur mit ein, nicht nur die jüdisch-christliche Tradition.)

Unter dem jüdisch-christlichen Strom gibt es jedoch einen dunklen Fluss – gleichsam als Antithese zu den

»oberirdischen« Lehren. Diese geheime Untergrundphilosophie ist der Gnostizismus; in *Matrix* verleiht die gnostische Interpretation den Messias-Bildern eine neue Wertigkeit. (An ausführlichen Informationen über die Gnostiker interessierten Lesern seien die Werke der Religionswissenschaftlerin Elaine Pagels empfohlen.) Kurz zusammengefasst: Der als Gnostizismus bekannten Häresie zufolge ist die stoffliche Schöpfung eine Hölle im wahrsten Sinne des Wortes, geschaffen von einem fehlerhaften, bösartigen Weltbaumeister, dem Demiurgen. Die Menschen stecken mit ihren physischen Körpern – Nachäffungen unserer wahren Gestalt – im irdischen Morast, doch die meisten wissen nichts von ihrer misslichen Lage. Nur die Verwirrung der Sinne kann den Geist aus dem zähen Lehm befreien, der uns alle gefangen hält.

Seltsamerweise ist Satan der Held der gnostischen Weltsicht, der einsame Rebell gegen die Tyrannei des wahnsinnigen Gottes. Und tatsächlich: Morpheus hat deutlich satanische Züge. Seine ausschließlich schwarze Kluft – identisch mit der von Trinity und schließlich auch von Neo – scheint auf entsprechende Ursprünge hinzudeuten. Und die rote Kapsel, die er Neo anbietet, ist eine Parallele zum berühmten roten Apfel, mit dem die Schlange Adam und Eva in Versuchung führt.

Diese gnostische Weltsicht lässt sich auf den gesamten Film übertragen. Der »konzeptuelle Durchbruch« von der Illusion zum Verstehen ist ein zentrales Element seiner ganzen Struktur. Neo »erwacht« nur dank der Einweihung mithilfe der roten Kapsel, die verheerende Auswirkungen auf seine Sinne hat und ihn schließlich zu seinem »wahren« Daseinszustand führt.

Dieses Misstrauen gegenüber der Validität der Schöpfung findet sich natürlich auch in anderen Religionen – vor allem in den hinduistischen und buddhistischen Vorstellungen von *Maya* und *Samsara*, den Schleiern, die die wahre Natur der Realität vor uns verbergen, sodass wir nur die Vielheit der phänomenalen Welt sehen. Bemerkenswert ist auch, welch große Rolle in *Matrix* Traumzustände spielen und die Unfähigkeit, zwischen ihnen und scheinbar bewussten Momenten zu unterscheiden. Als Zuschauer erinnert man sich dabei natürlich an eine der berühmtesten Traum-Parabeln der gesamten Literaturgeschichte, den in taoistischen Texten bewahrten Traum des Philosophen Dschuang Dsi, der nicht entscheiden konnte, ob er ein Schmetterling war, der träumte, er sei ein Mensch, oder ein Mensch, der träumte, er sei ein Schmetterling.

All diese uralten ontologischen Rätsel erfuhren unter den Händen der Wachowskis eine meisterhafte Umsetzung. Dass die trockene Materie einer Million Philosophie-Einführungskurse mit brennendem Interesse aufgenommen werden kann, wenn sie durch einen »simplen« Actionfilm vermittelt wird, ist eine erstaunliche Leistung.

Wir lassen die Welt des Altertums nun hinter uns und legen einen Zwischenstopp im Reich der europäischen Märchen ein, denn ein weiterer roter Faden, der durch *Matrix* läuft, ist die Geschichte von Dornröschen. So wie das Königreich und Dornröschens Schloss in Schlaf versetzt worden sind, so ist die menschliche Welt des 21. Jahrhunderts bei der Machtübernahme der KIs zwangsweise in den Winterschlaf versetzt worden. Von Agent Smith erfahren wir, dass die Matrix anfangs als Utopia konzipiert war; da die Menschheit in diesem virtuellen Paradies jedoch nicht zufrieden war, wurde die Welt des späten 20. Jahrhunderts neu erschaffen. Das wirft allerdings die Frage auf, wie innerhalb der Matrix Zeit abläuft. Offenbar existiert die Matrix bereits seit Jahrzehnten, aber die menschliche »Geschichte« scheint nicht über das Jahr 1999 hinausgelangt zu sein. Wird dasselbe Jahr nach einer jährlichen Massenlöschung virtueller Erinnerungen immer wieder abgespielt? Neo scheint bei seiner ersten

Rückkehr in die Matrix etwas Derartiges zu ahnen, als er seine gesamte Matrix-Vergangenheit als unwirklich anzweifelt und damit etwas anderes meint als lediglich »echt oder künstlich«.

Nicht nur die Matrix ist in der Zeit stehen geblieben, sondern auch die zerstörte Außenwelt, die der Dornenhecke und dem wilden Wald ähnelt, die um Dornröschens Schloss herum wachsen. Obwohl wir nichts über das private, soziale oder politische Leben der KIs erfahren – anscheinend eine Intelligenz, die sich auf viele »Gefäße« verteilt –, so scheint ihre Entwicklung doch nach dem Aufbau des menschlichen Batteriensystems aufgehört zu haben. Die Geschichte der Erde ist effektiv zum Stillstand gekommen.

So bedeutsam dieses zeitliche Auseinanderfallen und diese Stasis sind, die wahre Klammer zwischen Märchen und Film sind natürlich Trinitys Worte und der Kuss, mit denen sie den toten Neo zu seiner Transzension erweckt. Diese Umkehrung der Geschlechtsrollen ist ein typisches Beispiel dafür, dass sich die Wachowskis nicht mit der schlichten Wiederholung vorgefundener Schablonen zufrieden geben, sondern sie kreativ umgestalten.

Nun soll der visionäre Dichter William Blake (1757–1827) für einen kurzen Augenblick ins Rampenlicht treten. Ein berühmter Aphorismus aus seiner »Hochzeit von Himmel und Hölle« scheint mir für den Film von großer Bedeutung zu sein: »Wären die Pforten der Wahrnehmung gereinigt, erschiene dem Menschen alles so, wie es ist – unendlich.« Könnte man das Thema von *Matrix* noch bündiger formulieren? Ganz konkret wird Blake in einer ziemlich eigenartigen Szene visuell gehuldigt. Neo wird von seinem Chef bei Metacortex zusammengestaucht, weil er zu spät gekommen ist. Draußen vor dem Büro putzen Arbeiter auf einem Gerüst mit lauten, quietschenden Geräuschen die Fenster des Wolkenkratzers. Die Aufmerksamkeit, die die Kamera dieser scheinbar überflüssigen Statistenaktivität schenkt, scheint unangebracht – bis man das Blake-Zitat in Betracht zieht. Sicher, Fenster sind keine Türen, aber sie eignen sich durchaus als Symbol für Neos bevorstehendes Erwachen – vor allem, weil er kurz nach dieser Szene auf Morpheus' Anweisungen hin ein Fenster als Tür benutzt.

Schon Aldous Huxley griff für seine Untersuchung über drogeninduzierte Bewusstseinszustände, »Die Pforten der Wahrnehmung« (von 1954), auf Blakes Worte zurück und die Vorstellung der Sixties, durch eine Pille – LSD, Peyote oder eine andere Droge – zur Erleuchtung zu finden, ist ein weiterer numinoser Topos, von dem *Matrix* durchdrungen ist.

Auch zwei phantastische Erzählungen aus viktorianischer Zeit haben zweifellos einen gewissen Einfluss auf die Atmosphäre und die Handlung des Films gehabt: Lewis Carrolls »Alice im Wunderland« (1865) und »Alice hinter den Spiegeln« (1871). Auf diese Texte wird im Film am explizitesten verwiesen – in mehreren Dialogpassagen von Morpheus und anderen – und es wäre plump, die Parallelen in aller Ausführlichkeit darzustellen, von dem Moment an, als Neo die Anweisung »Folge dem weißen Kaninchen« bekommt, bis zur »Trink mich«-Situation, als Morpheus ihm die rote Kapsel offeriert. Carrolls surreales Universum ist so bekannt, dass selbst der naivste Zuschauer diese Anspielungen mitbekommt. (Und die Vereinnahmung Carrolls und seiner Wasserpfeife rauchenden Raupe durch die Hippie-Bewegung passt zu dem oben erwähnten Drogenthema.)

Es sollte jedoch angemerkt werden, wie häufig sowohl »Kaninchenbau«- als auch »Spiegel«-Bilder in dem Film vorkommen. Die Eröffnungseinstellung, in der die Kamera durch die räumliche Gestalt annehmende Null auf die Taschenlampe eines Polizisten zufährt, ist der erste Kaninchenbau, gefolgt von weiteren ähnlichen Situationen wie dem Abstieg durch Neos Kehle bis hin zu der Szene, in der der unverwundbare Neo in den Körper des Agenten Smith eindringt. Spiegel-Bilder sind noch zahlreicher vertreten: reflektierende Sonnenbrillen, ein Löffel, Morpheus' Pillenschachtel, der buchstäblich schmelzende Spiegel, der an Neos Körper emporkriecht, der verspiegelte Wolkenkratzer, in den Trinity den Helikopter stürzen lässt, der Rückspiegel eines Autos, ein Computermonitor – all diese und andere spiegelnde Grenzflächen dienen als Wegweiser an der Straße der Identität und als Zeichen für Welten, die nur durch hauchdünne Membranen getrennt sind. Und es ist gewiss kein Zufall, dass Zen-Texte in Bezug auf Meditation und anschließende Erleuchtung davon sprechen, »den Spiegel des Geistes zu polieren«.

Schließlich spielen die Wachowskis auch hier einmal mehr mit dem Geschlechtertausch, da Neo in die Rolle der kleinen Alice schlüpft.

Bevor wir uns in die gründliche Untersuchung der für *Matrix* relevanten »Hardcore«-Genre-Materialien stürzen, müssen wir noch bei einem Meilenstein der Fantasy-Literatur des 20. Jahrhunderts innehalten: L. Frank Baums »Der Zauberer von Oz« aus dem Jahre 1900. Wenn Cypher zu Neo sagt: »Das bedeutet: Schnall dich an, Dorothy, denn jetzt heißt's Abschied nehmen von Kansas*«, legen wir automatisch diese berühmte Schablone über den Film. Insgesamt sind die Parallelen zwischen Baums Oz-Saga und dem Film jedoch weniger eindrucksvoll als die Bezüge zu Carroll und stammen offenbar in erster Linie aus der Filmversion des Stoffs. Nirgends findet sich ein Verweis auf eines der vielen exzentrischen Prosawerke Baums

---

* In der deutschen Synchronfassung – »Das bedeutet, dass du dich lieber anschnallen solltest; hier wird's nämlich gleich sehr ungemütlich werden« – wurde diese Anspielung weggelassen. – *Anm. d. Übers.*

(obwohl die siegreichen KIs vielleicht eine ins Riesenhafte gesteigerte Ausgabe von Tik Tok, dem mechanischen Mann, sind). Sicherlich könnte man Neo als eine entwurzelte Dorothy betrachten (eine weitere geschlechtliche Konfusion), da er im Laufe seiner eher unfreiwilligen Suche diverse Gefährten um sich sammelt, die verschiedene Tugenden verkörpern. Aber es gibt keine Smaragdstadt, die als Ziel dienen könnte, und die Aussicht, nach Hause zurückkehren zu können, ist gleich Null.

Der berühmte filmische Übergang vom schwarz-weißen Kansas zum technicolorbunten Oz ist in *Matrix* allerdings tatsächlich präsent, nur in umgekehrter Reihenfolge. Das Leben in der Matrix ist strahlend hell und weist das volle Farbspektrum auf. Die höhere ontologische Realität – die verwüstete Erde – hingegen ist monoton; sie besteht nur aus Abstufungen von Schwarz, Grau und Braun sowie einem gelegentlich aufblitzenden Rot. Wieder ein faszinierender Verstoß gegen die Erwartungen der Zuschauer!

In den folgenden Abschnitten untersuche ich verschiedene Themen und Topoi aus *Matrix* und ihre Quellen im Genre. Dabei werde ich zwangsläufig in der Geschichte der Science Fiction hin und her springen müssen, statt eine simple chronologische Reise durch diese Literaturgattung zu unternehmen.

Die Aussicht, dass die Menschheit von ihren eigenen Kindern – intelligenten Maschinen – unterworfen, beherrscht und abgelöst wird, ist so alt wie das Genre. In den letzten Jahrzehnten hat die Bedrohung jedoch neue Aktualität gewonnen; reale Fortschritte in der Kybernetik, Künstliche Intelligenz und im Entstehen begriffene Phänomene wie A-Life scheinen uns allmählich jenem Zeitpunkt immer näher zu bringen, an dem wir gezwungen sein werden, unseren künstlichen Artverwandten gegenüberzutreten und eine Vereinbarung über die Aufteilung der Welt zu treffen. Zuletzt polierten die Cyberpunks dieses Thema mit neuer Raffinesse auf.

Es wäre unmöglich, jedes Werk aus dem SF-Kanon anzuführen, das in das Wachowski-Konzept einer den Maschinen überlassenen Welt Eingang gefunden haben könnte. Im Rahmen der frei flottierenden SF-Konsens-Zukunft ist die Vorstellung von einem Globus, der von außer Kontrolle geratenen Mechanismen zerstört wird, einer der wirkungsmächtigeren Entwürfe, die selbst von denjenigen, die in dieser Literatur weniger beschlagen sind, intuitiv übernommen werden. Aber man kann ein paar Werke nennen, deren Atmosphäre sich in *Matrix* wiederfindet: Vor allem zwei von John W. Campbells frühen Storys scheinen mir den Ton zu treffen, auch wenn die Umrisse der *Future History* dort ein wenig anders sind. In »Dämmerung« (1934) findet ein Zeitreisender unser Sonnensystem Jahrmillionen später von einer im Verfall begriffenen, dekadenten Menschheit bevölkert vor, die von Scharen unfehlbarer, unermüdlicher Maschinen bedient wird. Die Menschheit hat schon vor langer Zeit jede andere organische Lebensform ausgerottet – eine frühe Variante der von Menschen bewirkten »Verdunkelung des Himmels« in *Matrix* und des offenkundigen Fehlens von tierischem Leben auf diesem kahlen Planeten. Am Ende der Geschichte wird ein letztes, verzweifeltes Mal versucht, »eine Maschine herzustellen, die noch über das verfügen sollte, was die Menschheit verloren hat. Eine Maschine, die es fertig bringen würde, neugierig zu sein.« Es gibt also keinen Krieg zwischen Organischem und Anorganischem, sondern die Fackel wird weitergereicht. Mit »Nacht« (1935), in gewissem Sinne eine Fortsetzung, reist Campbell dann noch weiter in die Zukunft und schildert detailliert die bedauernswerte Lage intelligenter Maschinen angesichts des Wärmetodes des Universums. Der elegische Ton dieses Darwinschen Übergangs scheint perfekt zu dem Film zu passen.

Jack Williamsons »Wing 4« (1949) erzählt von Robotern, die ihre einprogrammierte Direktive, die Menschheit zu beschützen und ihr zu dienen, auf beunruhigende Art und Weise interpretieren: indem sie nämlich den Menschen jede Arbeit und jeden Genuss untersagen, die sie für »gefährlich« halten. Die Menschheit wird *de facto* zu Gefangenen ihrer Diener. Auf ähnliche, wenn auch weniger unheilvolle Art schützen die Roboter in Clifford Simaks »City« (1952) ihre Eigentümer eher zu energisch vor Unannehmlichkeiten und erben schließlich die Erde, nachdem die Menschheit diese verlassen hat. Obwohl man in beiden Büchern weder unverhüllte Feindseligkeit noch Krieg wie bei *Matrix* findet, ruft ein Aspekt des Films die Erinnerung an diese Romane wach, nämlich: Weshalb existiert die Matrix überhaupt?

Wenn die KIs die Menschen nur wegen ihres bioelektrischen Potenzials bräuchten – als lebende Batterien und Wärmespender –, wäre es sicherlich einfacher, sie zu lobotomisieren und als hirnloses Vieh zu halten und damit die Gefahr einer Rebellion auszuschalten. Wozu die Mühe, eine virtuelle Realität für sie aufrechtzuerhalten und darin für Ruhe und Ordnung sorgen zu müssen? Es scheint fast so, als könnten die Maschinen eine gewisse Neigung zum »Hirten« nicht überwinden – wie in Brian Aldiss' Geschichte »Wer kann einen Menschen ersetzen?« (1958), in der prahlerische Roboter sofort unterwürfig werden, wenn sie einen Menschen zu Gesicht bekommen. Dieses nicht erklärte Paradox lässt komplexere Motive aufseiten der Maschinen vermuten als schlichten, blinden Hass oder den Wunsch nach Vernichtung.

In den 50er Jahren gab es keinen hellsichtigeren »Chronisten« des Krieges zwischen Mensch und Maschine als Philip K. Dick. In seinen Geschichten und Romanen wimmelt es nur so von Automaten unterschiedlicher Bedrohlichkeit und Intelligenz. Beim Versuch, Dicksche Einflüsse auf *Matrix* zu identifizieren, steht man vor einer

Überfülle relevanter Titel; nehmen wir also die Kurzgeschichte »Variante Zwei« (1952) als typisches Beispiel eines solchen Krieges: Auf einer Erde, die »nur noch aus Asche und Schlacke (besteht), Ruinen von Häusern ... ewigen grauen Wolken«, wird ein Konflikt zwischen den Russen und »UN-Truppen« mittels bewaffneter Roboter ausgetragen, hergestellt in vollautomatischen, unterirdischen Fabriken. Als die Killerroboter anfangen, ihre eigene Evolution zu modifizieren, ist die Menschheit sehr schnell zum Untergang verurteilt.

Zwischen 1960 und 1970 untersuchten dann Fred Saberhagen in seinen »Berserker«-Geschichten und Keith Laumer in den »Bolo«-Storys, wie KI-Kriegsmaschinen mit der Menschheit (und gegen sie) interagieren könnten. In Romanen wie »Colossus« (1966) von D. F. Jones wurde die Hypothese vertreten, ausreichend komplexe Computer könnten aus eigener Kraft Intelligenz erlangen. Auf ausgereiftere Untersuchungen der Treulosigkeit Künstlicher Intelligenzen musste man jedoch bis zur Cyberpunk-Ära warten. William Gibsons »Loas« aus der Trilogie, die mit »Neuromancer« (1984) begann – im Netz entstandene KIs, die ihren Namen und ihre Erscheinungsform von Voodoo-Gottheiten ableiten –, gelten als archetypische, moderne Verkörperung dieser Konzeption. (Obwohl keine explizite Voodoo-Anhängerin, strahlt das von Neo befragte Orakel als afroamerikanische Seherin eine Art haitianischer Heiligkeit aus, als könnte man mittels heidnischer religiöser Rituale tatsächlich Zugang zur Matrix erlangen.) Und die »Bopper«, Rudy Ruckers Roboter-Strolche aus der Serie, die mit »Software« (1982) begann, sind die komische Seite dieser Bedrohung.

Vor ihrer Karriere als Filmemacher schrieben die Wachowskis mehrere Geschichten für Marvel Comics. Ihre Vertrautheit mit diesem so eng mit der Prosa-SF verbundenen Medium ist *Matrix* deutlich anzumerken. Die Eröffnungsszene etwa, in der Polizisten sich in einer nächtlichen Stadtlandschaft an Trinity heranarbeiten, hat etwas von den dunkleren Momenten des Batman-Mythos, nur dass der tödliche Joker durch die gute Trinity ersetzt wurde. Einen noch stärkeren Einfluss übt hier wohl Will Eisner mit seinen Spirit-Geschichten aus: Berühmt für seine fast schon taktile Darstellung von fließendem Wasser, wird er in Szenen wie der Jagd auf Trinity über die Dächer und Neos Autofahrt durch regennasse Straßen zitiert.

Das Telefonmotiv – die Rebellen gehen über Telefonleitungen in die Matrix und verlassen sie auch wieder auf diesem Wege – erinnert an zwei Figuren aus den DC-Comics. Wer anders als Superman hat seinen Identitätswechsel so häufig in Telefonzellen vollzogen? Trinitys Flucht durch eine altmodische Telefonzelle (ein ziemlich unglaubwürdiges, archaisches Überbleibsel im Jahr 1999) spiegelt die Art, wie Superman solch eine Zelle betritt, sich umzieht und wieder verschwindet – alles im Supertempo. Auch Ray Palmer alias Atom schrumpfte gern auf Quantengröße und reiste durch Telefonleitungen. Diverse Einstellungen von Telefonhörern, die nach der »Abreise« herumbaumeln, könnten direkt von Atoms Abenteuern geklaute Panels sein.

Denken Sie auch an die unmittelbar auf die Leinwand übertragene »Comic-Physik«. Lange vor Sam Raimis *Spiderman* (2002) gelang es den Wachowskis, die übertriebenen physischen Merkmale von Generationen von Comic-Superhelden so auf die Leinwand zu bringen, dass einem die Augen aus dem Kopf fallen. Das Laufen an den Wänden und die Bodenakrobatik, Trinitys Korkenzieherflug vom Dach in ein Fenster, Neos Kampf in der U-Bahn – ein Höhepunkt des Films – und sein abschließender triumphaler Sprung in den virtuellen Himmel der Matrix – all diese mythischen Momente, die Zeichner so leicht auf Papier festhalten können, haben hier endlich ihre filmische Umsetzung gefunden.

Und »bullet time« – der Zeitverzerrungs-Spezialeffekt, der verwendet wird, als Neo bei Morpheus' Rettung den Schüssen eines Agenten ausweicht – ist schließlich nichts anderes als die Stop-Motion-Wahrnehmung solch superschneller Figuren wie Quicksilver, Flash oder Wonder Woman (die zugegebenermaßen lieber Kugeln von ihren Armreifen abprallen ließ, als sich einfach vor ihnen zu ducken).

Die Science Fiction beschäftigt sich schon seit langem mit diversen epistemologischen und ontologischen Fragen. Das Kernkonzept von *Matrix* – dass Simulation und Wirklichkeit ununterscheidbar sein können und dass verborgene Herren über unser Leben bestimmen – war für SF-Autoren schon immer verlockend.

Robert A. Heinlein hat dieses Thema schon sehr früh auf höchst anschauliche Art und Weise behandelt und zwar in seiner Story »Sie« von 1941. Darin erklärt ein Arzt die Ängste seines Patienten, eines paranoiden Geisteskranken, für unbegründet – und befiehlt dann insgeheim, die Kulissen der Wirklichkeit umzubauen, damit sich der Mann noch tiefer darin verstrickt. 1950 führte Fritz Leiber diesen Gedanken in seiner eher unbekannten Novelle »You're All Alone« noch weiter. Er postulierte darin, dass unsere Welt von Automaten und nur einigen wenigen wirklich wachen Seelen bevölkert ist. (Leibers Protagonist wird übrigens durch eine weibliche Figur in diese Weltanschauung eingeführt, so wie Trinity Neo einführt.)

Doch erst als Philip K. Dick in den 50er Jahren die Genre-Szene betrat, fand dieses Thema seinen anerkannten Meister. Dick war unübertrefflich darin, Fragen der Identität, der Wahrnehmung und des Charakters der Wirklichkeit – oder multipler Wirklichkeiten – in spannende Erzählungen zu verpacken, und die Wachowskis sind zweifellos seine selbsternannten Erben. Praktisch jedes wichtige Werk Dicks dreht sich um dieselben Kernthemen wie *Matrix*. Von den aufeinander folgenden Traumwelten in »Und die Erde steht still« (1957) über die Zwiebelschichten von Täuschung und Verwirrung in »Die drei Stigmata des Palmer Eldritch« (1966) bis zu den Träumen nach dem Tod in »Ubik« (1969) hat sich Dick darauf spezialisiert, gängige Annahmen über die Natur des Lebens und des Kosmos infrage zu stellen und zu zerpflücken. In einer seiner ersten Geschichten, »Umstellungsteam« von 1954, ist selbst der Hund eines Mannes ein Element des Planes, ihn durch die Umgestaltung der Realität gefangen zu halten.

Es ist jedoch der Roman »Valis« (1981) aus seiner späten Periode, der am deutlichsten auf einer Wellenlänge mit *Matrix* liegt. Darin wird dem Protagonisten Horselover Fat (einem Doppelgänger Dicks) durch einen rosa Lichtstrahl (Neos rote Kapsel) eine Erleuchtung zuteil, die später von einer jungen Frau bekräftigt wird. Er erfährt, dass unsere moderne Zeit eine Illusion ist, die über die tatsächliche Zeitperiode gelegt ist, ein Zeitalter des römischen Imperialismus und der Knechtschaft, ein »Schwarzer Eisenkäfig«. Mit Dick geht der Gnostizismus in den allgemeinen SF-Sprachgebrauch ein. Und wieder einmal wird die Erde heimlich im Zustand der Stasis gehalten.

Vergleichen Sie dieses Motiv nun mit den Worten, die Morpheus an Neo richtet: »Du wurdest wie alle in die Sklaverei geboren und lebst in einem Gefängnis, das du weder anfassen noch riechen kannst. Einem Gefängnis für deinen Verstand.«

Was die 50er Jahre betrifft, sei zuletzt noch Frederik Pohls »Tylertown, 15. Juni« (1954) erwähnt. Darin durchlebt eine Kleinstadt voll ahnungsloser Menschen (bis auf zwei Männer) immer wieder denselben Tag, und es stellt sich heraus, dass sie ein Werbe-Testmarkt ist, eine Art Diorama.

Bis zu den 60er Jahren und dem Aufkommen einer hoch entwickelten Computertechnik wurden alle derartigen Scheinwelten als »reale« Schauplätze oder unklare Traumzustände konzipiert. Die Entwicklung von Geräten, die das Potenzial zu haben schienen, die Außenwelt in »fester« Form zu duplizieren, öffnete jedoch die Tür für die »virtuelle Realität«. Damit stand den SF-Autoren im wahrsten Sinne des Wortes die erforderliche Hardware und Software zur Verfügung. Ab dem Jahr 1962 – als die Informatiker Ole-Johan Dahl und Kristen Nygaard zu dem ausdrücklichen Zweck der »Konzeption komplexer Echtwelt-Systeme« *in silicio* eine Programmiersprache namens SIMULA zu entwickeln begannen – wandte die SF ihre Aufmerksamkeit derartigen »Cyberspaces« zu.

Vielleicht bietet kein literarisches Werk in kurzer Form eine beunruhigendere Vision der Menschheit, die zugunsten von virtuellem Komfort auf ihr physisches Geburtsrecht verzichtet, als Keith Laumers Story »Cocoon« von 1962. Mit erstaunlichem Weitblick und Verständnis für die Herausforderungen der neuen Technologie zeigt Laumer eine Welt, in der die Mehrheit der Bürger in riesigen Tankfarmen gehalten wird. In reaktionsempfindliche Laken gehüllt, an Dutzende von Kontakten angeschlossen, eine Wand von auf zahlreiche Unterhaltungskanäle eingestellten Bildschirmen vor Augen und nahrhafte »Veg-Pampe« in sich hineinsaugend, wird Laumers Protagonist erst durch eine physische Panne im System aus seinem falschen Utopia wachgerüttelt – nach zweihundert Jahren sind Gletscher auf die Farm vorgedrungen. Laumers Darstellung der mühsamen Flucht aus der Nährlösung spiegelt auf bemerkenswerte Weise Neos Erwachen in seinem »Tank«.

Ein anderes erstaunlich weitsichtiges Schlüsselwerk dieser Zeit ist »Simulacron Drei« (1964) von Daniel Galouye. Die Wissenschaftler, die an einer Simulations-Maschine arbeiten (um wie in Pohls Story Produkte auf einem Testmarkt zu erproben), ahnen nicht, dass ihre eigene Welt selbst nur eine Simulation in einer größeren

Maschine ist (eine Schichtung ontologischer Trugbilder, die *Matrix* nicht weiter verfolgt, vielleicht aber in den Fortsetzungen). Wieder einmal obliegt es einer weiblichen Eingeweihten, den männlichen Protagonisten aus seiner Selbstzufriedenheit herauszureißen. Der Roman wurde übrigens unter dem Titel *The Thirteenth Floor* verfilmt, und kurioserweise kam der Film im selben Jahr heraus wie *Matrix*.*

Matrix gehört zweifellos auch in die Kategorie der »Verschwörungs-Fiction«, die sich in der zweiten Hälfte des 20. Jahrhunderts herausbildete. In solchen Erzählungen wird behauptet, dass unser Leben von unsichtbaren Metaplänen beherrscht wird. Kein Schriftsteller war bei der Etablierung dieses Subgenres erfolgreicher als Thomas Pynchon mit seinem Klassiker »Die Versteigerung von No. 49« von 1966, der einen Schwerpunkt auf die Informationstheorie legt und folgende Passage enthält: »Jetzt war es, als ginge man zwischen den Matrizen eines riesigen Digitalrechners spazieren, über einem und vor einem hingen symmetrisch geordnet, nach links und rechts genau ausbalanciert wie Mobiles, die Nullen und Einsen, dick und fett, vielleicht endlos weit. Entweder es verbarg sich irgendein transzendenter Sinn hinter diesen hieroglyphischen Straßen, oder es war nur einfach Erde da, am Ende der Wege.« Das passt mit geradezu unheimlicher Genauigkeit zu Neos letzter epiphanischer Vision der Matrix.

Zu einer der verblüffendsten (und am leichtesten zu erkennenden) visuellen »Entlehnungen« aus der Literatur kommt es im Verlauf von Neos Verhör durch den Agenten Smith, nachdem Neo an seinem Arbeitsplatz gefasst wurde. Der Agent manipuliert den Stoff der Matrix, lässt da-

---

* In Deutschland drehte Rainer Werner Fassbinder bereits 1973 ein Fernsehspiel mit dem Titel *Welt am Draht*, das ebenfalls auf Galouyes Roman basiert. – *Anm. d. Übers.*

durch Neos Mund verschwinden und ersetzt ihn durch eine glatte Hautfläche. Jeder Zuschauer, der Harlan Ellisons »Ich muss schreien und habe keinen Mund« von 1967 kennt, eine Geschichte über die danteesken Prüfungen von Menschen, die in den Eingeweiden eines intelligenten Computers namens AM gefangen sind, wird diese Referenz zu würdigen wissen.

Vielleicht kein anderer SF-Roman der letzten vier Jahrzehnte war für einen gewissen Kader von Autoren so fruchtbar wie Samuel Delanys »Nova« (1968). Diese hyperliterarische, allegorische Space Opera hat nicht nur der Cyberpunk-Bewegung den Weg geebnet, sondern auch der neuesten Variante »harter« SF von Autoren wie Paul McAuley oder Alastair Reynolds. Schon im zweiten Absatz von Delanys Meisterwerk lernen wir das Konzept der »spinal sockets«, der »Steckdosen« kennen, eine Methode der »Cyborgisierung«, mittels der sich die Menschen in Maschinen und Sensoren einstöpseln und diese bedienen können. Mithilfe genau solcher Vorrichtungen begeben sich Neo und die anderen Rebellen in die Matrix. Doch während die in den Körper führenden Daten-Ports in »Nova« harmlos und unauffällig sind, wirken sie im Film grobschlächtig und schmerzhaft und die dazu passenden Komponenten scheinen viel zu lang zu sein, als dass der menschliche Körper sie aufnehmen könnte. Diese Betonung der Aggressivität, mit der solche Geräte in den Leib eindringen, ist ein weiteres Beispiel für den kreativen Revisionismus der Wachowskis.

Machen wir nun einen Sprung ins Jahr 1971. Dort stoßen wir in Philip Jose Farmers »Flusswelt der Zeit« auf eine seltsame Resonanz. In diesem Buch, dem Auftakt zu einer langen Serie, geht es um einen künstlichen »realen« Schauplatz, der so unecht ist wie jede virtuelle Realität. Die Flusswelt nimmt die Reinkarnationen aller Menschen auf, die jemals gelebt haben, nachdem sie von gottgleichen Wesen wieder erweckt wurden. Als der Protagonist vorzeitig erwacht, schwebt er in einem grenzenlosen Raum – ein nackter, haarloser Körper in einem Gitterwerk von Milliarden nackter, haarloser Körper. Die Ähnlichkeit mit dem Bild endloser Reihen von Kapseln um Neos Kapsel herum ist unverkennbar.

Nach all dieser Vorarbeit war das Publikum zur Zeit von William Gibsons katalytischem »Neuromancer« (1984) bereit, die »konsensuelle Halluzination« eines anschaulich geschilderten, handfesten »Cyberspace« zu akzeptieren und zu verstehen: Die Wirklichkeit ist nicht mehr als »elektrische Signale, interpretiert vom Verstand«, wie Morpheus Neo erklärt, und kann nach Belieben ausgelöscht oder gegen eine andere ausgetauscht werden.

Betrachten wir zuletzt noch die literarischen Ursprünge dreier *Matrix*-Figuren.

Neo, der Hacker, hat große Ähnlichkeit mit Case aus »Neuromancer«, einer am Rande der Gesellschaft angesiedelten Figur, die sich in der Informationsökonomie halbwegs ehrlich durchs Leben schlägt. Und Trinity hat viel mit Molly gemein, der schlanken, gefährlichen Killerin mit der verspiegelten Sonnenbrille aus demselben Buch. Neo stammt jedoch auch von einer langen Reihe antiautoritärer Rebellen ab. Die SF hat zahllose Dystopien entworfen, die – wenn auch auf noch so magische Weise – von der richtigen Person am richtigen Ort und zur richtigen Zeit zu Fall gebracht werden können, und Neo passt genau in dieses Schema. Sein Apartment ist nicht zufällig »Zimmer 101«, das Gehirnwäschezentrum in George Orwells »1984« (1948). Neo ist Winston Smith, Trinity seine Geliebte Julia und die Gefahr des Verrats – auf Druck der Matrix-Agenten – wird von der Einführung des »Nabelkäfers« in den festgenommenen Neo symbolisiert. Im Gegensatz zu Orwells rigoros pessimistischem Ansatz entscheiden sich die Wachowskis allerdings für ein positives Ende.

Morpheus schließlich ähnelt in seinen Kapitän-Ahab-Momenten wieder dem auf Novae fixierten Raumschiffkapitän Lorq Von Ray aus Delanys »Nova«. Und der Name eines Angehörigen von Morpheus' Crew – »Maus« – ist zweifellos ein Tribut an den gleichnamigen Protagonisten von Delanys Roman. Überdies hat Morpheus auch – seinem mythologischen Namen gemäß – eine gewisse Ähnlichkeit mit dem Helden von Neil Gaimans berühmten Sandman-Comics, einem gnadenlosen Visionär und Rechtsprecher.

Es bleibt natürlich abzuwarten, ob der zweite und dritte Teil von *Matrix* noch weitere Ikonen und Themen aus dem gewaltigen Erbe der SF-Literatur heraufbeschwört. Aber es lässt sich schon jetzt nicht leugnen, dass es Larry und Andy Wachowski gelungen ist, einige der glanzvollsten Ideen, Szenen und Figuren aus dem Fundus der Science Fiction auf die Leinwand zu übertragen – ohne sie dabei zu verkleinern oder zu verraten.

KATHLEEN ANN GOONAN

Mehr als man jemals erfahren wird: Im Kaninchenbau von *Matrix*

Frage: Mir fallen eine ganze Menge geheime
Botschaften in dem Film auf, je öfter ich ihn mir
ansehe. Könnt ihr mir sagen, wie viele es sind?
Wachowski Bros: Mehr als du jemals erfahren wirst.

– *www.whatisthematrix.warnerbros.com*

Larry und Andy, die Wachowski-Brüder, haben *Matrix* dermaßen mit Anspielungen voll gepackt, dass es ein Wunder ist, dass der Film nicht unter seinem eigenen Gewicht zusammenbricht. Wie Elstern haben sie lauter kleine Glanzfolienstücke aus der Philosophie, dem Zen-Buddhismus, der Literatur, alten Cartoons, Comics, den Werken von Jung, Spielen, dem Rastafarianismus, der Hacker-Kultur, Goth, Animé, Kung-Fu-Filmen aus Hongkong, der Mythologie, dem Gnostizismus und Judaismus zusammengeklaubt und mit zahllosen visuellen Zitaten aus Film und Kunst vermischt. Obwohl es kaum einen originalen Knochen im komplexen Körper von *Matrix* gibt, ist man von diesem reichhaltigen, schillernden Potpourri geblendet. Wundersamerweise überlebt der Film nicht nur seine beeindruckende Bedeutungsfracht, sondern ist auch eine spannende, phantastische Geschichte, die richtig unter die Haut geht. Keine »Klangmauer« wie Coltranes Wall of Sound, sondern eine Mauer aus kodierten Bedeutungen, glänzend und glatt, aber kein Hindernis für jene, die wirklich in den Kaninchenbau hinter den verspiegelten Sonnenbrillen hinunterrutschen wollen. Es ist schwierig, dabei irgendwo festen Halt zu finden; kaum bringt der Film die eine Schablone als möglichen Prüfstein für die Deutung, geht er auch schon zur nächsten über. Auf »Alice hinter den Spiegeln« folgt stante pede »Der Zauberer von Oz«.

Die eigentliche Zielgruppe des Films sind Jugendliche. Junge Leute an jenem scharfkantigen Rand der Selbstdefinition, an dem einem die Äußerungen aller anderen über das Leben wie alte, unpassende Kleider vorkommen, die man abstreifen muss, um nicht zu ersticken. Es ist die Aufgabe des Heranwachsenden, Ichentwürfe anzuprobieren und wieder abzulegen, bis er ein authentisches Ich findet oder erschafft – bis ihm einer der Entwürfe passt.

Hier gibt es viele Ichentwürfe auszuprobieren. Der mit Archetypen versetzte *Matrix*-Eintopf aus Anspielungen und Bildern ist stark genug, um alle Jugendlichen, die sich noch nicht unwiderruflich in der Welt und den Überzeugungen der Erwachsenen eingerichtet haben, aufzuwecken und ihr Bewusstsein zu schärfen. Denn wie Morpheus Neo erklärt: Es hat verheerende Auswirkungen auf Menschen über einem bestimmten Alter, wenn man sie in die Wirklichkeit holt.

Es ist nun über zwanzig Jahre her, dass der Cyberpunk unser kollektives Zukunftsbild verändert hat. Aber besitzt die alles überspannende und bewundernswert verdichtete Cyberpunk-Vision, die mit Elan in *Matrix* hineingepresst wurde, auch die bewusstseinsverändernde Energie der Moderne? Stein, Woolf, Joyce, Strawinksy und Picasso schufen ihre Kunstwerke auf der Basis einer neuen Matrix wissenschaftlicher Entdeckungen, die zwangsläufig dazu führte, dass neue Kunst, Literatur und Musik in den Mainstream gelangten – Kunst, in der das Individuum ganz oben stand, nachdem es in den Kaninchenbau der Relativität, des gesteigerten Tempos, der ausgeweiteten Kommunikationsmöglichkeiten und schrecklicher neuer Spielarten des Krieges gestoßen worden war. Fast hundert Jahre später ächzen wir immer noch unter den Nachwirkungen dessen, was diejenigen, die tief in die Realität hineinschauen wollten, zustande gebracht haben: die Atombombe, biologische Kriegsführung und vielleicht auch Formen der Veränderung, die wir uns noch nicht einmal vorstellen können.

Nur die Zeit wird zeigen, ob der Cyberpunk dieses Gewicht tragen kann. *Matrix* ist entweder ein Vorbote neuer Möglichkeiten oder der letzte Abschnitt eines derart ausgetretenen fiktionalen Weges, dass er schon so etwas wie unsere archetypische Heimat ist – die wir verlassen müssen, um zu reifen. Denn die Cyberpunk-Vision der Zukunft ist tatsächlich wahr geworden: Wir sind nun durch eine gemeinsame konsensuelle Realität verbunden und manche von uns sind tiefer ins Internet eingetaucht, als es ihren jeweiligen Lebensgefährten geheuer ist.

Doch wir können die Verbindung immer noch unterbrechen. Oder nicht? Wir wissen immer noch, was real ist. Oder nicht? Und wird es in Zukunft auch noch so sein? Wir sind von Leuten umgeben, die uns sowohl die verlockenden als auch die unerfreulichen Seiten der Zukunft vor Augen führen – Drexlers grauer Schleim, Kevin Kellys »Das Ende der Kontrolle«, zahllose Bücher über die Gefahren der Gentechnik.

Wer sind wir? Was geschieht mit uns und um uns herum? Das sind die Fragen, auf die das 20. Jahrhundert vor dem Hintergrund zerbrochener religiöser Gewissheiten eine Antwort gesucht hat, dieselben Fragen, auf die die heutigen Heranwachsenden eine Antwort suchen müssen, wenn sie die *Nebukadnezar* der Technologie in die Zukunft steuern wollen. *Matrix* zeigt uns eine Reihe religiöser und philosophischer Dichotomien: das Innere und das Äußere, Traum und Wachzustand, das Wirkliche und das Nichtwirkliche. Was ist die Wahrheit und wie finden wir sie? Was genau ist Bewusstsein und wie erwachen wir aus dem Wahrnehmungstraum, in dem wir uns den Warnungen von Blake, Jesus und Buddha zufolge befinden? Nicht nur die Wissenschaft widmet sich diesen Fragen, sondern auch das philosophische Denken und zwar schon seit Jahrtausenden.

Matrix ist eine hoch emotionale Inkarnation des Cyberpunk – eben weil die Autoren alles verwendet haben, was ihnen unter die Finger gekommen ist, einschließlich der von vielen Cyberpunk-Visionen verworfenen Gewissheiten. Und die – einigermaßen beunruhigende – Antwort des Films auf die oben genannten Fragen lautet, dass Glaube, Liebe und Zuversicht uns bei unserer Suche nach der Realität helfen werden. Das sind die uralten religiösen, persönlichen, menschlichen Grundwahrheiten, die die Maschinen letztendlich nicht ergründen, reproduzieren oder bekämpfen können. Neo, der das neue Kostüm der Matrix wie ein neues Ich trägt, selbst-bewusst die verspiegelte Sonnenbrille aufsetzt und die Sprache gesetzloser Hacker spricht, bleibt dank Glaube, Liebe und Zuversicht am Leben und ist endlich »real«.

In *Matrix* kämpfen Menschen gegen die Technik, die sie selbst geschaffen haben und die – wie in so vielen anderen Science-Fiction-Zukünften – die Macht übernommen hat. Nicht nur das: die Maschinen benutzen die Körper der Menschen sogar als Energiequelle. Der menschliche Widerstand findet – wie in Frankreich zur Zeit des Zweiten Weltkriegs – in den Abwasserkanälen statt, auf einem uralten, biblischen, belagerten Schiff, der *Nebukadnezar*. Das Schiff wird vermutlich von derselben Energiequelle angetrieben wie die Maschinen: von in Flüssigkeit aufgelösten Menschen. Aber es wird von wachem Bewusstsein gesteuert.

Der Film ist voller umwerfender, packender Bilder von Geburt, Wiedergeburt und Erwachen – in einem weiteren Traum. Als Neo zum ersten Mal *wirklich* erwacht – just an dem Abend, an dem er von den Maschinen geschluckt und verdaut werden soll –, liegt er in einem Bottich mit einer viskosen Flüssigkeit, der Körper übersät mit Anschlüssen, eingestöpselt in die Matrix. Obwohl physisch ein Erwachsener, ist er haarlos, ein Neugeborenes; er hat noch nie seine Augen benutzt.

Aber die Menschen müssen erst das Zentrum finden – Zion, das gelobte Land im Mittelpunkt der Erde, aber auch ihre eigene Mitte –, um vollständig zu erwachen. Dazu scheinen sie einen Vermittler, einen Erlöser zu brauchen: den »Auserwählten«, der anfangs nicht an sich glaubt, am Ende jedoch fähig ist, Wunder zu vollbringen; den Auserwählten, dessen Inkarnation – wahrhaftig eine Geburt in die Welt des Fleisches – von einer rufenden Stimme in der Wüste angekündigt wird und der den Weg bereitet; den Auserwählten, der von einem Judas Ischariot – Cypher – für ein bequemes, sinnenfrohes Leben in Reichtum verraten wird, für ein körperliches statt geistiges Leben (das sich paradoxerweise im konsensuellen Geist abspielt). Doch der Auserwählte muss sein eigenes Leben für das Leben aller anderen hingeben. Die wahren Gläubigen an Bord der *Nebukadnezar* sind imstande, für ihre Vision, ihren Glauben der falschen Welt des Fleisches zu entsagen (in diesem Fall des imaginierten Fleisches, einer Fata Morgana, einem Gazevorhang). Wie Mönche (dazu eine Nonne, Trinity, die alles miteinander verknüpft) führen sie ein isoliertes Leben und das Einzige, was ihnen Kraft gibt, ist ihre Zuversicht, dass es ihnen eines Tages gelingen wird, alle Menschen aufzuwecken.

Das erste Gesicht, das *Matrix* uns zeigt, ist das des Cyberpunk, wo der Himmel »die Farbe eines Fernsehers (hat), der auf einen toten Kanal geschaltet« ist, und die Matrix aus »leuchtenden Logikgittern (besteht), die sich über jener farblosen Leere entfalten«, dem Computerbildschirm im Innern der *Nebukadnezar*. Die Welt von William Gibsons »Neuromancer« wird pflichtgemäß heraufbeschworen; Mr. Anderson/Neo ist jedoch in der Matrix verwurzelt, ohne sich dessen bewusst zu sein. Die Matrix ist eine »konsensuelle Wirklichkeit«, wir sind darauf programmiert, an sie zu glauben. Die Matrix – das System – benutzt uns und saugt uns aus, wenn wir nicht aufwachen und unsere eigene Wirklichkeit zur Kenntnis nehmen. Wie Säuglinge leben die Matrixbewohner in »einem fugenlosen Universum des Ichs«. Sie sind noch nicht richtig geboren. Sie sind noch in der Mutter. Sie schlafen und Morpheus, der Sohn des Schlafes, der Gott der Träume, sucht sie heim.

Neo muss »wirklich« werden, um die Wahrheit zu verstehen. Und wenn er erst einmal wirklich ist, muss er, wie Van Morrison es ausgedrückt hat, »really, really, really real« werden – wirklich vollkommen wirklich. Was Neo für die Realität gehalten hat, erweist sich – so wie unsere Welt in vielen christlichen Häresien – als eine leblose, dunkle Ebene, etwas, was transzendiert werden muss.

Tatsächlich waren die meisten christlichen Häresien wie auch das Christentum selbst ein Gemisch vorchristlicher Glaubensvorstellungen. Eine Gruppe von Häretikern, die Waldenser, zog sich in die Alpen zurück und überdauerte bis zum heutigen Tag als protestantische Sekte, nachdem sie Jahrhunderte lang zahllosen Angriffen auf Leib und Leben seitens der katholischen Kirche getrotzt hat. Wie die Waldenser lebt die Besatzung der *Nebukadnezar* im permanenten Belagerungszustand und das schon seit Jahrhunderten. So wie jene ein Pfahl im Fleische der Kirche waren, steckt ein Splitter in Neos Kopf, der ihn zwingt, die Wahrheit zu suchen – obwohl diese Suche albtraumhafte Schrecknisse über ihn bringt. Vielleicht ist ihm dieser Splitter einprogrammiert worden. Vielleicht ist er die Reinkarnation des »Mannes«, der wusste, was die Matrix wirklich war. Vielleicht ist er wirklich der Auserwählte. Morpheus, der Sohn des Schlafes, der Gott der Träume, ist voller Zuversicht. Er glaubt fest daran, dass es eine größere Wirklichkeit gibt. Aber er ist nur einer der Gläubigen, die auf den Auserwählten, Neo, den Neuen warten. Dabei ist keineswegs klar, worin Neos hervorragende Eigenschaften eigentlich bestehen. Er ist ein ganz normaler, nicht übermäßig intelligenter Durchschnittsmensch, »nicht der Schlauste«, wie das Orakel bemerkt. Er hat jedoch unablässig nach einer Antwort gesucht – und das unterscheidet ihn von den anderen.

Wie im Reich der Märchen muss Neo seinen »wahren Namen« kennen, muss mit der nötigen Autorität und Überzeugung seinen Hackernamen Neo annehmen, solange er in der Matrix ist; nur so erlangt er die Kraft, die er braucht, um die Maschinen zu bezwingen. Er muss ein Individuum werden, ein Held. Er muss die Macht über die Welt der Maschinen von innen heraus erobern und sein einziges Werkzeug ist der Glaube.

Kaum dass er in die wirkliche Welt hineingeboren ist (nachdem er gerade noch rechtzeitig davor bewahrt wurde, von den Maschinen verdaut zu werden), sieht sich Neo mit einem Lehrer – Morpheus – und mit Koans konfrontiert. Man hört nicht gerade das Geräusch von einhändigem Klatschen (obwohl es am Ende, nachdem er die Meisterschaft erlangt hat, das Bild vom einhändigen Kämpfen gibt), aber vor dem Sci-Fi-Hintergrund von »Rabbits« und einer Reproduktion von Science-Fiction-Kunst und nachdem er erfahren hat, wie es ist, »schreien zu müssen und keinen Mund zu haben«, bekommt Neo von einem Kind den Rat: »Versuch dir einfach die Wahrheit vorzustellen. Dann wirst du sehen, dass nicht der Löffel sich biegt, sondern du selbst.« Dieser Erkenntnisprozess – der Prozess der Realwerdung – ist schmerzhaft, verwirrend und demütigend. Es ist leicht, den Glauben an sich selbst und an die Welt zu verlieren. Es ist schwer, ihn sich zu bewahren. Doch sobald Neo diese Wahrheit erkennt, kann er außerhalb seiner selbst stehen, außerhalb der Matrix, außerhalb des Systems. Er kann er selbst werden – imstande, seinen wahren, mächtigen Namen auszusprechen.

Das ist die Aufgabe der Jugend – mit dem Bewusstsein aufzuwachen, dass man erwachsen ist. Wie viele Teenager haben schon die Worte gehört, die Mr. Anderson hört, als er zu spät zur Arbeit kommt: »Sie halten sich für etwas Besonderes, jemanden, für den keine Regeln gelten.« Ganz recht! Doch hier sind Träume über Träume, Mythen über Mythen. Ist es ein Traum oder ist es real? Hat Descartes mit seiner Behauptung, er sei, weil er denke, ein philosophisches Rätsel zumindest semantisch gelöst? Erkenntnis ist also vielleicht der einzige gültige Prüfstein; Bewusstsein – ob im Traum oder in dieser stofflichen Welt – der einzige Beweis für unsere Existenz. Selbstverwirklichung ist der Schlüssel und wird in *Matrix* durch die vielen Anspielungen auf den Zen-Buddhismus beschworen.

Neo – Inbegriff des Neuen – schläft und er muss aufwachen. Denn allein der Auserwählte hat die Macht, die ganze Menschheit aufzuwecken, damit sie die Herrschaft der Maschinen abschüttelt. Und diese Macht hat er nur dann, wenn er nicht bloß glaubt, sondern weiß, dass er der Auserwählte ist. Die Macht des Denkens, des Willens ist äußerst wichtig. Wenn die Bewohner der Matrix sich endlich nicht als Fleisch/Materie verstünden, sondern als Code, könnten sie anfangen zu leben. »Ich denke, also bin ich.« Es gibt Materie, und es gibt den Geist – wieder die Dichotomie vieler Häresien: die Welt des Lichts in der Matrix und die Welt der Dunkelheit in den uralten Kanälen, vertauscht wie so viele Anspielungen in diesem Film.

Selbst die Programme – reine Information – wollen »frei sein«. So viel immerhin hat Information also mit den Menschen gemein – eine Art Willen, die Fähigkeit, etwas zu begehren, etwas haben zu wollen. Das Antlitz der Maschinen sehen wir nie; sie haben alle dasselbe austauschbare Gesicht. Aber wie einer der Agenten Morpheus erklärt, könnte es auch für sie eine Art Himmel geben – Erlösung von den Grenzen der menschlichen Gestalt, von der Übernahme menschlicher Sinne, die in vielen Religionen als Einfallstor des Bösen gelten.

Der eigentliche Erlöser, »der Mann«, der wusste, was die Matrix wirklich ist, hat irgendwann gelebt und ist gestorben. Aber er wird wiederkommen – vermutlich hat er sich darauf programmiert. »Im nächsten Leben vielleicht«, wie das Orakel bemerkt. Seine Jünger müssen an ihn glauben, müssen aktiv versuchen, ihn aufzuspüren, und er sucht sie auch, ohne zu wissen, was er eigentlich sucht. Er weiß nur, dass er Antworten haben will. Er will wissen, was die Matrix ist. Er stellt die Frage des 20. Jahrhunderts: Was geschieht mit uns und um uns herum? Und er stellt die Frage des Heranwachsenden und des Philosophen: Woran merke ich, was wirklich ist und was ein Traum ist? Woran merke ich, ob ich wirklich bin?

Die Antwort liegt nicht in der Kenntnis des Weges; und sie liegt trotz Descartes nicht im reinen Denken, obwohl das Denken das erste Anzeichen des Lebens ist. Hier erfährt man die Antwort durch kinetische, körperliche Erkenntnis – wie beim Yoga. Im Film wird Selbsterkenntnis durch Programme erreicht, die dem Körper beibringen, was er tun soll, wenn er in der Matrix ist; der Körper ist ein Werkzeug. Die Antwort liegt darin, dass man die Matrix gegen sie selbst benutzt, indem man einen Krieg in Cyphers Himmel schürt, der Morpheus' Hölle ist. »Es ist ein Unterschied, ob man den Weg nur kennt oder ob man ihn beschreitet«, sagt Morpheus, der Lehrer. Neo braucht Training, damit er den Weg beschreiten kann. Und zuerst muss er erkennen, dass es einen Weg gibt.

In *Matrix* wird sehr viel mit Spiegelungen gearbeitet. Neo sieht sein Spiegelbild überall, in so gut wie jeder reflektierenden Fläche. Als Morpheus ihm die blaue oder die rote Kapsel anbietet, sieht Neo Spiegelbilder seines Matrix-Ichs und seines echten Ichs. Und nachdem er dem weißen Kaninchen gefolgt ist, lässt er sich von Morpheus »in die tiefsten Tiefen des Kaninchenbaus« führen. Als wirkliche Menschen tragen die Mitglieder der *Nebukadnezar*-Crew keine verspiegelten Sonnenbrillen. Nur wenn sie sich ins System hacken und virtuell werden, setzen sie Cyberpunk-Brillen auf und ziehen lange schwarze Mäntel an.

Und dann ist da die Zen-Erkenntnis – jene Doppeldeutigkeit, als Neo und dem Agenten die Kugeln ausgehen und der Agent zu Neo sagt: »You're empty.« Worauf Neo mit der Autorität des Zen-Meisters erwidert: »So are you.«*

Die zentralen Begriffe in *Matrix* sind jedoch Transzendenz und ihre unvermeidliche Schwester, der freie Wille. Vermutlich können Maschinen keinen freien Willen besitzen; sie sind ein für allemal programmiert und ihren Programmen auf Gedeih und Verderb ausgeliefert. Wird dies das Schicksal intelligenter Maschinen sein? Werden sie sich als Gefangene in einer KI-Realität jemals wirklich danach sehnen zu erwachen? Sind sie in die Evolution der Materie und des Bewusstseins einbezogen?

Werden sie uns, ihre Schöpfer, das Fleisch hinter sich lassen?

Menschen, die erwacht sind, wollen kein Traumleben, in dem sie von Maschinen ausgesaugt werden, weil das nicht die Wahrheit ist. Sie wollen nicht von Maschinen vergewaltigt und verschlungen werden. Sie wollen die Dinge im Griff haben.

Es gibt ein Oben (den Himmel) und ein Unten (die Hölle) – tatsächlich wirkt *Matrix* auch wie eine Abfolge dantesker konzentrischer Kreise. Vor dem frühen 20. Jahrhundert waren die Menschen *unten*, aber im Bilde desjenigen erschaffen, was *oben* war. Nun haben wir ein *Außen*

---

* In der deutschen Synchronfassung – »Ihr Magazin ist leer.« – »So leer wie deins.« – ist diese Doppeldeutigkeit leider getilgt. – *Anm. d. Übers.*

erzeugt und Energien freigesetzt, vor denen wir uns fürchten.

In gewissem Sinn ist *Matrix* natürlich eine Mogelei und nur schwer festzunageln. Unter der Lupe, die den Film genau erfassen und quantifizieren will, windet er sich, zappelt wie ein lebendes Ding und entweicht an den Rändern aus dem Schärfebereich. Er tut so, als wäre er Science Fiction, düsterer Cyberpunk; doch in seiner zentralen Szene wird die Erlösung durch Zuversicht, Liebe und den Glauben an etwas Unsichtbares erreicht. Am Ende bricht Neo eigentlich nicht zur Realität durch, sondern er erschafft die Realität. Und damit sind wir wieder im Traum. Der Film wirft mehr Fragen auf, als er beantwortet.

Ist Neo lediglich das Produkt einer Art Evolution? Ist er im tiefsten Innern wirklich ein Mensch und folglich imstande, die Maschinen und ihre ausbeuterische Welt zu beherrschen, oder ist er nur eine Art Unfall? War er auf so etwas programmiert und ist er deshalb selbst eine Maschine? Kann die Menschheit überleben? Woraus besteht unsere Menschlichkeit überhaupt?

Obwohl es keine festen Prüfsteine dafür gibt, läuft es wohl auf das hinaus, was Humpty Dumpty zu Alice gesagt hat: »Es fragt sich nur, wer der Stärkere ist, weiter nichts.« Die Maschinen oder die Menschen? Der Geist der Nonne oder ihre körperlichen Bedürfnisse und Sehnsüchte? Oder eine neuartige Synthese aus beidem?

Mit der Selbstverwirklichung, der Befreiung aus der Waschküche der Matrix ist das Kind ein Erwachsener mit der Macht, die Welt zu verändern. Bereit, würde der Jugendliche vielleicht höhnisch grinsen, sich ins System einzufügen.

Nein. Bereit, das Wunder zu vollbringen, mithilfe des freien Willens Veränderungen in der wirklichen Welt vorzunehmen.

Neo ist dazu bereit. Kaum ist er erleuchtet, setzt er die Sonnenbrille seines freien Willens auf und geht in die Matrix. Bereit, sich zu opfern; bereit, der Bodhisattva zu sein, der die Menschheit befreien und nach Zion führen wird.

Transzendenz ist ein Wort, das sich nicht sonderlich gut mit der dunklen, staubigen Welt des Cyberpunk verträgt. Aber dieses Schiff der Anspielungen, diese Synthese, diese Matrix schwimmt tatsächlich. Die mit dem Bewusstsein für heutige Belange ausgepackten, abgestaubten und neu gemischten Mythen sind bereit für Action mit verspiegelter Sonnenbrille. Und wie bei den Comics müssen wir in unserem irdischen Supermarkt nun auf die nächste Ausgabe warten.

MIKE RESNICK

Die Matrix
und der Sternenschöpfer

Da wäre also die Menschheit, unterdrückt, unglücklich, mit falschen Bildern von der Welt gefüttert und auf verlorenem Posten gegen Dutzende, vielleicht Tausende, möglicherweise sogar Millionen von Computerprogrammen, die Gestalt, Form und Stimme angenommen haben. Sie sind klüger als wir, sie sind schneller und stärker, sie sind weitaus motivierter.

Und sie mögen uns nicht besonders.

So ist die Lage, in der Neo sich befindet. Die Matrix ist kein versöhnlicher Ort. Die Menschen sind von diesen belebten Programmen – den »Agenten« – als Virus identifiziert worden, das unter Kontrolle gebracht und in bestimmten Fällen ausgerottet werden muss.

Wie ist solch eine Welt entstanden?

Matrix zufolge ist es geschehen, als unsere Computer ein Bewusstsein erlangten, als die Künstliche Intelligenz den nächsten großen Schritt machte – von dort, wo die Maschinen jetzt sind, dahin, wo *wir* sind. Und der ganzen apokalyptischen Literatur der Science Fiction sowie jenes kleinen, aber populären Subgenres namens Cyberpunk zufolge ist Neos Welt ein natürliches Ergebnis dieses Phänomens.

Das ist natürlich völliger Humbug.

Hollywood hat da etwas ganz falsch verstanden. Eigentlich auch kein Wunder, wenn man sich klar macht, dass *Matrix* bloß das logische Ergebnis all jener so genannten Science-Fiction-Filme der 50er Jahre ist, die in Wirklichkeit *Anti*-Science-Filme waren – antiwissenschaftliche Filme – und immer mit Sätzen endeten wie: »Es gibt Dinge, die der Mensch nicht wissen sollte.« (Zuvörderst offenbar, wie man ein *pro*wissenschaftliches Filmdrehbuch schreibt.)

Hollywood lebt davon, dass es sich nicht mit Ideen, sondern mit Emotionen befasst. Man kann sie natürlich als Ideen *tarnen* wie in *Matrix*, aber der Film beschäftigt sich nicht weiter mit den logischen Folgen einer Bewusstwerdung unserer Maschinen. Er versucht nur, Ihnen eine Heidenangst einzujagen und Sie mit Spezialeffekten und dem mittlerweile etablierten Cyberpunk-Look zu blenden. So sieht die Zukunft aus, sagt er, und nur ein 25-Jähriger, der Schwierigkeiten hat, seine Gefühle auszudrücken, kann uns retten.

Und rettet er uns mit seinem überlegenen Intellekt? Natürlich nicht. Er rettet uns, indem er auf mystische, nichtwissenschaftliche Weise ein besserer Karate/Kung-Fu-Kämpfer wird als die bösen Agenten.

Na schön, es ist ein Film, niemand sollte ihn ernst nehmen. Aber Millionen von Menschen nehmen ihn ernst. Also ist es vielleicht einmal an der Zeit, dem Problem nicht mit Karate, sondern mit ein bisschen Gehirnschmalz zu Leibe zu rücken und festzustellen, ob wir wirklich in einer solch grimmigen, düsteren, letztlich hoffnungslosen Zukunft enden werden.

Gehen wir davon aus, dass die Prämissen des Films stimmen, und stellen folgende Behauptungen auf:

1. Maschinen können denken.
2. Denkende Maschinen haben ein Bewusstsein erlangt.
3. Computerprogramme können echte menschliche Wesen emulieren und mit ihnen genau so interagieren, wie sie es in *Matrix* tun.

Was daraus logischerweise folgt? Eine Gesellschaft, in der die Maschinen jeden Aspekt unseres Verhaltens regeln? Eine Gesellschaft, in der jeder, der aus der Reihe tanzt, eliminiert wird? Eine Gesellschaft, in der die Maschinen den Eindruck haben, dass sie den Menschen, deren Leben sie lenken, überlegen sind?

Nur im Kino.

Formulieren wir es mit den einfachsten Worten: Was wird *jedes* sich selbst bewusste Wesen – Mensch oder Maschine – wohl tun, wenn es sich eindeutig und unleugbar seinem Schöpfer gegenübersieht?

Ihn unter seine Herrschaft zwingen? Töten? Hassen?

Nein.

Es wird ihn *anbeten*.

Denken Sie an das erste und zwingendste von Isaac Asimovs drei Gesetzen der Robotik: Ein Roboter darf einem Menschen weder Schaden zufügen noch durch Untätigkeit zulassen, dass ein Mensch zu Schaden kommt.

Das wird man diesen »Todfeinden« aus *Matrix* nicht mal einprogrammieren müssen. Als sich selbst bewusste Intelligenzen werden sie ihren Schöpfern schon per definitionem freudig, selbstlos, klaglos und ewig dienen.

Nun handelt es sich hier allerdings um denkende, lernfähige Maschinen, die geistig in neue Bereiche vordringen und in neue Richtungen denken können. Werden nicht einige von ihnen sozusagen Atheisten werden?

Garantiert nicht.

Ich bin Atheist. Zeigen Sie mir einen bärtigen alten Mann – oder meinetwegen auch eine bartlose junge Frau –, der oder die die Wunder des Alten Testaments vollbringen kann, und ich konvertiere so schnell, dass Ihnen schwindlig wird. Ich bin nur deshalb Atheist, weil ich noch keinen Beweis für die Existenz meines Schöpfers gesehen habe; aber das wird für die KI-Maschinen ja kein Problem sein.

Wenn Gott eine meiner Rippen berührt und eine reife Frau hervorzieht, bin ich ab sofort ein Gläubiger. Und wenn ein Wissenschaftler oder auch nur ein Programmierer einer denkenden Maschine genau zeigt, wie er eine Maschine baut oder ein Betriebsprogramm für sie erschafft, ist das für diese Maschine eine Offenbarung, die sie vom Saulus zum Paulus macht.

Hier geht es nicht um Religion. Religion ist nur ein Haufen Bräuche, erschaffen, um Menschen, die keinen direkten Kontakt mit ihrem Schöpfer haben, seelischen und emotionalen Trost zu spenden. Nein, hier geht es um den echten großen Zampano – Olaf Stapledons nichtkonfessionellen Sternenschöpfer. Sobald man seinem Schöpfer leibhaftig gegenübersteht, braucht man den Religionsfirlefanz nicht mehr, um mit ihm zu kommunizieren oder ihn gar anzubeten.

Kann also alles dermaßen schief laufen, dass wir wirklich auf die *Matrix*-Welt zusteuern?

Eigentlich nicht. Es wird zwar immer jene geben, die aus Jack Williamsons klassischer Novelle »Die Hände im Schoß« zitieren, in der Roboter die Aufgabe haben, der Menschheit zu dienen und vor Schaden zu bewahren, und dies so rigide interpretieren, dass die Menschen, ohne es zu merken, zu ihren Gefangenen werden, weil sie überhaupt nichts mehr tun dürfen – schließlich haftet jeder denkbaren Handlung ein wenn auch noch so kleines Risiko an. Doch das wird nicht geschehen. Denken Sie daran, dies sind keine Roboter. Es sind Computerprogramme.

Und wer schreibt Computerprogramme?

Wir schreiben sie. Programmierer schreiben sie.

Na schön – aber wird nicht irgendwann der Tag kommen, an dem ein Computer sein eigenes Programm schreibt?

Klar doch. Er ist gar nicht mehr weit entfernt. Nur vergessen Sie nicht: Dieser Computer wird ein Programm schreiben, das seinem Schöpfer zum Wohle gereicht. Als Computer wären Sie überhaupt nicht imstande, sich Gefahren auszudenken, in die ich geraten könnte ... und falls doch – und Sie übertreiben es ein bisschen wie Williamsons Roboter –, werde ich Ihnen befehlen, damit aufzuhören, und Ihre Antwort wird zwangsläufig »Ja, Herr« oder so ähnlich lauten.

Okay, aber Computer wissen, dass Menschen nicht unzerstörbar sind. Sie werden ja bereits in allen möglichen chirurgischen und diagnostischen Bereichen eingesetzt und man kann mit Sicherheit davon ausgehen, dass sich selbst bewusste, intelligente Computer untereinander Informationen austauschen werden.

Sie wissen also, dass wir krank werden können. Das wird sie allerdings nicht dazu animieren, uns zu töten. Stattdessen wird es sie veranlassen, Tag und Nacht zu arbeiten, um ihre Schöpfer vor Schmerzen und Krankheiten zu *bewahren*. Nicht vor Risiken – denn dazu müssten sie ihren Gottheiten direkte Befehle erteilen, was unvorstellbar und blasphemisch ist –, sondern vielmehr vor den *Folgen* der Risiken.

Wird es in dieser schönen neuen Welt also irgendwelche Leiden geben?

Und ob.

Aber nicht bei uns. Götter leiden nicht. Nicht, wenn unbedeutendere Wesen um sie herum sind. Oder sich selbst bewusste Computerprogramme.

Heute erschaffen wir pornographische Websites. Morgen (oder übermorgen) wird es Prostituiertenprogramme beiderlei Geschlechts für jegliche sexuelle Neigung geben.

Und das ist noch nicht alles.

Wenn wir zum Beispiel unsere Frau anbrüllen, treiben wir einen Keil zwischen sie und uns. Wenn Sie ein Kind schlagen, ist das Kindesmisshandlung. Wenn Sie einen Hund treten, kriegen Sie Ärger mit dem Tierschutzverein.

Aber wenn Sie Computeranaloga Ihrer Frau, Ihres Kindes und Ihres Hundes erschaffen, können Sie diese nach Lust und Laune malträtieren. Schließlich sind das keine

Menschen oder Tiere, sondern nur elektrische Impulse. Sie leiden nicht, sie *simulieren*, dass sie leiden.

Gehen wir noch einen Schritt weiter. Hassen Sie Juden? Schwarze? Schwule?

Sie können sie zu Tausenden abschlachten. Können Caligula, Hitler, Stalin werden. Tun, was Sie wollen. Und nicht einmal sich selbst bewusste Programme werden sich gegen ihre Schöpfer zur Wehr setzen.

In der wahren Matrix-Welt sind das natürlich die eher abstoßenden Einsatzmöglichkeiten für unsere Programme.

Was könnten wir sonst noch mit ihnen anstellen?

Bevor wir 20 Millionen Menschen gegen AIDS impfen, infizieren wir 20 Millionen »Agenten« damit und sehen, wie die Impfstoffe bei ihnen wirken.

Bevor wir den schon geplanten 160-stöckigen Wolkenkratzer in Bangkok hochziehen, bauen wir ihn in einem Computer, füllen ihn mit einem Haufen intelligenter Programme, setzen ihn einem Erdbeben der Stärke 7,8 auf der Richterskala aus und sehen mal, wie viele »Agenten« das überleben.

Bevor Sie die nächste »neue Mathematik« einführen und eine Generation von Studenten der Fähigkeit berauben, ohne Taschenrechner Geld zu wechseln, probieren Sie Ihre Innovation an ein paar Millionen intelligenten Programmen aus. Wenn deren Intelligenz daraufhin in ausreichendem Maße sinkt, wissen Sie, dass Sie echte Menschen lieber damit verschonen sollten.

Wozu in den Labors der Autohersteller testhalber echte Autos zu Schrott fahren? Sie erschaffen den Prototyp Ihres neuen Wagens im Computer. Und zwar gleich fünftausend Stück davon. Die lassen Sie dann mit unterschiedlicher Geschwindigkeit – von 30 bis 160 Kilometer pro Stunde – gegen alles Mögliche krachen, von Betonmauern bis zu anderen Wagen. Mal sehen, wie viele Ihrer fünftausend intelligenten Programme sterben, wie viele bis ans Ende ihrer Tage verkrüppelt sind und wie viele – falls überhaupt welche – mit heiler Haut davonkommen.

Ja, es ist einfach perfekt. Das ist das Schöne, wenn man ein Gott ist.

Aber Vorsicht. Ich an Ihrer Stelle würde all diese intelligenten Programme sehr genau im Auge behalten.

Und falls Sie zufällig auf eines stoßen, das Neo heißt – blasen Sie ihm schnellstens das Lebenslicht aus.

Walter Jon Williams

Yuen Woo-Ping und die Kunst des Fliegens

Eines muss man den Wachowski-Brüdern lassen: Sie gehen geschickt mit den Einflüssen um, denen sie ausgesetzt sind. *Matrix* ist wie ein Kompendium einiger der besten Ideen aus der Science-Fiction-Literatur der letzten vierzig Jahre: die formbaren Wirklichkeiten Philip K. Dicks; die Cyber-Implantat-Technik aus Samuel R. Delanys »Nova«; die glitzernden Oberflächen und Eyeball-Kicks von William Gibson; die computergenerierten Wirklichkeiten von – nun ja – vielen Leuten. Und die abtrünnigen Künstlichen Intelligenzen gehen mindestens bis auf Karel Capeks »Rossum's Universal Robots« von 1920 zurück, mit einem kleinen Gruß an Mary Shelleys »Frankenstein«.

Auf Zuschauer, denen diese Quellen unbekannt waren, wirkte *Matrix* intelligent, neu und überwältigend. Und für Science-Fiction-Leser war der Film eine phantastische Visualisierung lang gehegter Träume (und Albträume).

Abgesehen von den SF-Ideen gab es jedoch noch ein überwältigendes Element in *Matrix*, das jahrelang in seiner eigenen Welt existiert hatte und von den Wachowski-Brüdern einem neuen Publikum vorgestellt wurde. Dieses Element trägt den Namen *Wuxia Pian*. Und Yuen Woo-Ping ist sein Meister.

Wuxia Pian kann man mit »Heldenfilme« übersetzen. In China gibt es sie schon seit den Stummfilmen der 20er Jahre. Sie basieren auf Legenden, populärer Unterhaltungsliteratur und der chinesischen Oper, legen großes Gewicht auf Action, enthalten aber auch mindestens ein starkes übernatürliches Element: Kung-Fu-Meister, die durch die Luft fliegen, tödliche Geisteskräfte besitzen oder mit ihren Händen Todesstrahlen aussenden (wobei anzumerken ist, dass diese Kräfte für das ursprüngliche Publikum nicht unbedingt »übernatürlich« waren – zumindest einige Zuschauer glaubten, Menschen wären tatsächlich zu solchen Dingen fähig).

Yuen Woo-Ping, der Action-Choreograf von *Matrix*, wurde in die *Wuxia*-Tradition hineingeboren. Sein Vater war Yuen Hsiao-Tien, im Westen besser bekannt unter dem Namen Simon Yuen, ein erfahrener Schauspieler, der in der chinesischen Oper groß geworden und dann Filmstar in Hongkong war, wo er in Dutzenden, vielleicht sogar Hunderten von *Wuxia*-Filmen mitgespielt hatte, zumeist produziert von den Shaw Brothers, den damaligen Giganten des asiatischen Films. Viele davon waren so genannte »Sieben-Tage-Filme« (so lang dauerte in der Regel die Drehzeit), die man getrost vergessen kann, aber Simon-Yuen-Klassiker wie *Shaolin Challenges Ninja* und *Against Rascals with Kung Fu* sind auch heute noch sehenswert.

Yuen Woo-Ping – ich schlage vor, wir nennen ihn Woo, um ihn von anderen Angehörigen seiner berühmten Familie zu unterscheiden – lernte die Kampfkunst von seinem Vater, der ihn auch bei derselben Peking-Oper-Truppe in die Lehre gab, aus der später Sammo Hung, Jackie Chan und Yuen Biao hervorgingen (wodurch Woo nun in der chinesischen Denkweise der »Ältere Bruder« dieser drei berühmten Schauspieler ist). Bei der Peking-Oper geht es nicht nur um Gesang, sondern auch um Akrobatik und inszenierte Kampfszenen auf der Bühne. Woo wuchs also in einer von Martial Arts und Showbusiness gesättigten Atmosphäre auf. Als Kinderschauspieler war er in vielen Filmen der *Wong Fei-Hung*-Serie zu sehen, in der der alte Hase Kwan Tak Hing die Rolle dieses legendären chinesischen Volkshelden spielte (im späteren

Verlauf seiner Karriere sollte Woo die Figur des Wong Fei-Hung noch einmal neu erfinden).

Da Woo leider nicht mit dem guten Aussehen eines Filmstars gesegnet ist, übernahm er im Laufe der Jahre eine Reihe von Schurken- und sonstigen Nebenrollen. Außerdem machte er sich als Stuntman selbständig, wobei ihm seine Ausbildung in der Peking-Oper gute Dienste leistete, und wurde später auch Action-Choreograf und Regisseur beim Independent-Studio Seasonal Films.

Er und sein Vater waren allerdings nicht die einzigen Mitglieder der Yuen-Dynastie, die in der Filmbranche reüssierten. Drei seiner Brüder haben sich einen Namen als Schauspieler, Regisseure und Stunt-Choreografen gemacht: Yuen Chun-Wai (alias »Brandy Yuen«), Yuen Shun-Yee (in Woos *Matrix*-Stuntteam als »Eagle Yuen« aufgeführt) und Yuen Cheung-Yan, im Westen am besten bekannt als Stunt-Choreograf des Remakes von *Drei Engel für Charlie*.

In den 70er Jahren setzten die *Wuxia Pian* allmählich Staub an; sie wirkten altmodisch, klischeehaft und langweilig. Der Erfolg von Bruce Lee – oder Lee Siu-Lung, »Kleiner Drache Lee« – leitete die Ära der *Gung-Fu Pian* ein, der Kung-Fu-Filme, in denen die übernatürlichen Elemente realistischerer Action wichen. Eine neue Schauspielergeneration gab sich alle Mühe, Bruce Lee zu imitieren, wie schon allein ihre Namen beweisen: Bruce Le, Bruce Li, Rocket Li und Jet Li (von ihnen hat sich nur der wirklich talentierte Jet Li gehalten). Und Woos Vater Simon Yuen, ein Schauspieler, der mit der alten Schule identifiziert wurde, stand vor dem Ende seiner Karriere.

Einer der erfolglosesten Bruce-Lee-Klone jener Zeit war Chan Sing-Lung – der Name bedeutet »Bereits der Drache«, also »Bereits Bruce Lee«. Chan hatte in einer Reihe ziemlich schrecklicher Filme mitgespielt und seine Karriere war auf ihrem Tiefpunkt angelangt. Sein Studio glaubte nicht mehr daran, dass einer seiner Filme noch jemals Gewinn abwerfen würde, und war bereit, ihn auszuleihen.

Yuen Woo-Ping, damals Regie-Neuling bei Seasonal Films, sah in Chan ein verborgenes Talent und glaubte, es könnte sich lohnen, mit ihm zusammenzuarbeiten. Er und Chan erfanden einen neuen Helden für den Kung-Fu-Film, eine Art Anti-Bruce-Lee. Während Lee unbesiegbar war, würde Chan fehlbar und menschlich sein. Im Gegensatz zu Lee, der all seine Kämpfe gewann, würde Chan verzweifelt versuchen, nicht windelweich geprügelt zu werden. Und wo Lee schrie, um seine Kraft beim Zuschlagen zu zeigen, würde Chan schreien, weil er sich die Hand wehtat, wenn er jemanden traf.

Der Film, den Woo und Chan gemeinsam drehten, hieß *Die Schlange im Schatten des Adlers* (1978). Er war ein Riesenhit und spielte mehr ein als jeder Bruce-Lee-Streifen. Es war der erfolgreichste Film der asiatischen Filmgeschichte.

Woo und Chan hatten damit ein neues Genre des asiatischen Films geschaffen: *Wu Da Pian*, »Kampffilme mit Martial Arts«. Ihre charakteristischen Merkmale sind unglaubliche sportliche Gewandtheit, brillantes Timing und äußerst gefährliche Stunts.

Habe ich vergessen, Chan Sing-Lungs englischen Namen zu erwähnen?

Er lautet Jackie Chan.

Woo hatte also dazu beigetragen, den größten Box-Office-Star der Welt zu erschaffen. Und wo er schon mal dabei war, brachte er auch die Karriere seines Vaters wieder in Gang, indem er Simon Yuen die Rolle von Jackies Lehrer gab.

Woo und sein »Jüngerer Bruder« Jackie Chan ließen ihrem Hit noch einen weiteren folgen: *Sie nannten ihn Knochenbrecher*, in dem die beliebte Wong-Fei-Hung-Figur für eine neue Generation wiedererfunden wurde. In den Wong-Fei-Hung-Filmen, in denen Woo als Kind mitgespielt hatte, war Wong ein älterer, distinguierter Herr gewesen, ein Doktor und Kampfkunstmeister mit strengen Moralbegriffen und rigidem Ehrgefühl. Im Kontrast dazu spielte Chan Wong als törichten jungen Mann, als Tölpel vom Land, der die moralischen Lektionen erst noch lernen muss, die ihn zu jenem berühmten Lehrer und Kung-Fu-Meister machen würden, den das chinesische Publikum erwartet. Auch hier besetzte Woo seinen Vater Simon wieder als Chans Lehrer. Der Film war ein weiterer Superhit. Woo und Chan waren auf dem Weg nach oben.

Jackie Chan musste jedoch zu seinem alten Studio zurück, um seinen restlichen vertraglichen Verpflichtungen nachzukommen, und er und Woo sollten nach einer Pause von vielen Jahren erst wieder bei dem lustigen, einfallsreichen *Twin Dragons – Das Powerduo* von 1992 zusammenarbeiten. In der Zwischenzeit wirkte Woo als Schauspieler, Regisseur oder Action-Regisseur bei einer Reihe berühmter Filme mit, darunter *Operation Eastern Condors* (mit dem »Jüngeren Bruder« Sammo Hung), *Jet Li – Tai Chi* (mit Jet Li) und *Iron Monkey*.

Während Woo bei *The Magnificent Butcher* (1979, mit Sammo Hung) Regie führte, erlitt er einen traurigen Verlust: Sein Vater, der in dem Film mitspielte, starb an einem plötzlichen Herzinfarkt. Woo musste nicht nur weiterdrehen, obwohl er um seinen Vater trauerte, sondern war sogar gezwungen, alle Szenen seines Vaters mit einem anderen Schauspieler nachzudrehen.

Simon Yuen starb, bevor die Filme, mit denen er sich einen Namen gemacht hatte, die *Wuxia Pian*, ein Comeback erlebten. In den 80er Jahren wurde *Wuxia* wiederbelebt, insbesondere durch den Regisseur Tsui Hark mit *Zu: Warriors of Magic Mountain* (1983, nicht zu verwechseln mit dem viel schlechteren Remake von 2001). Diese grandios-tragische Abenteuergeschichte voller Romantik, tollkühner Taten und Magie ist so ziemlich der vollkommenste *Wuxia*-Film, der je gedreht wurde, und eine hervorragende Einführung in das Genre.

Tsui Harks Erfolg mit *Warriors* führte zu einer weiteren großen Kollaboration der Filmgeschichte: Bei der *Once Upon a Time in China*-Reihe tat sich Hark (als Regisseur) mit Woo (als Action-Choreograf) zusammen. Der Volksheld Wong Fei-Hung wurde noch einmal neu erfunden – jung (wie in der Jackie-Chan-Version), aber bereits ein Meister, Moralist und Heiler, der die besten Elemente der traditionellen chinesischen Kultur verkörperte. Der neue Wong, dargestellt von dem athletischen und charmanten Jet Li, war ein Volltreffer.

Ein noch größerer Volltreffer allerdings war Woos Choreografie. In dem Film gab es jede Menge »Drahtarbeit«: Dabei tragen die Schauspieler unsichtbare Drähte, mit deren Hilfe sie gewaltige Sprünge und Saltos vollführen, die Wände hochlaufen und praktisch durch die Luft fliegen können. Besonders verblüffend war Wongs Markenzeichen, der »schattenlose Tritt«, eine Art Tritt wie von einem fliegenden, ausschlagenden Maultier, der ausgeführt wird, während man korkenzieherförmig durch die Luft fliegt. Diese »Kampfkunst mit teilweiser Aufhebung der Schwerkraft« hatte beim asiatischen Publikum enormen Erfolg und die Schlusssequenz – in der Wong mit seinem Hauptwidersacher kämpft, während beide gefährlich auf Leitern balancieren – war so einflussreich, dass sie im Westen mehrfach kopiert wurde – von *Xena: Die Kriegerprinzessin* (in der Serie wurde es gewissermaßen zum Fetisch erhoben, Schlüsselszenen aus Tsui-Hark-Filmen zu kopieren) bis zum kürzlich gedrehten *Musketeers* (2001).

Ein wichtiger Punkt bei asiatischen Action-Choreografen ist, dass sie nicht nur für den eigentlichen Kampf, sondern für alle Aspekte der Kampfszene zuständig sind, also auch für Stunts, Schauspieler, Kamera, Licht und Spezialeffekte. Bei jeder Actionszene tritt der eigentliche Regisseur des Films hinter den Stunt-Regisseur zurück.

Der asiatische Stunt-Choreograf kontrolliert also gut und gern zweihundert Personen auf einmal und ist eine sehr mächtige Figur, wie sein wenig schmeichelhafter Spitzname bezeugt: *She Tao* oder »Kopf der Schlange«.

Ein weiterer Aspekt ist, dass chinesische Filme mit sehr niedrigem Budget gedreht werden – zehn Millionen Dollar oder weniger, nach Hollywood-Maßstäben eine winzige Summe – und die Mittel für Spezialeffekte und Stunts daher sehr gering sind. Wenn ein chinesischer Schauspieler durch ein Fenster hechtet, besteht es nicht aus Sicherheitsglas, weil man sich kein Sicherheitsglas *leisten* kann. Wird der Stunt nicht exakt ausgeführt, kann es für den Schauspieler böse enden. Wenn Jackie Chan in *Jackie Chan ist Nobody* von einem Wolkenkratzer stürzt, ist es ein echter Wolkenkratzer, ein echter Sturz und der echte Jackie Chan, kein Stunt-Double. Wenn Jet Li in *Once Upon a Time in China* einen Angriff mit Feuerpfeilen abwehrt, werden *echte Feuerpfeile* auf ihn abgeschossen und auch die Verzweiflung in seinem Gesicht ist absolut echt.

Obwohl – oder gerade weil – chinesische Schauspieler Gefahr laufen, für ihre Kunst verkrüppelt oder getötet zu werden, sind die Ergebnisse oftmals atemberaubend und unvergesslich. Wenn Sie einen Blick auf die Liste von Woos Filmen werfen – die drei *Once Upon a Time in China*-Kooperationen mit Tsui Hark, die drei Jackie-Chan-Filme und solch brillante Soloarbeiten wie *Flying Dragons – Wing Chun* (mit Michelle Yeoh) –, werden Sie feststellen, dass jeder von ihnen unverbrauchte, originelle, tollkühne Momente enthält, die für immer im Gedächtnis bleiben.

Womit wir wieder bei den Wachowski-Brüdern wären. Das revolutionäre Hongkong-Kino der 80er Jahre hatte großen Anklang bei jüngeren Hollywood-Regisseuren gefunden, die Filme von Action-Stars wie Clint Eastwood, Arnold Schwarzenegger oder Sylvester Stallone sowie deren von einem anderen revolutionären ausländischen

Filmgenre – den Spaghetti-Western Sergio Leones – inspirierten Stil allmählich langweilig fanden. Diese neuen Hollywood-Regisseure wollten Filme mit der Originalität und Unmittelbarkeit der besten Werke des Hongkong-Genres. Jackie Chan und Jet Li begannen, in den USA zu arbeiten. Quentin Tarantino drehte *Reservoir Dogs*, einen Film, der stark von Ringo Lams *Cover Hard 2* beeinflusst war. Bei *Xena* und *Hercules* wurden die ersten chinesischen Action-Regisseure engagiert und bei *Buffy – Im Banne der Dämonen* begann man, chinesisch inspirierte Action-Choreografie einzusetzen.

Aber die Wachowski-Brüder waren noch schlauer. Sie wollten für *Matrix* den besten Action-Regisseur der Welt haben.

Also holten sie sich Yuen Woo-Ping.

Woo hatte mehrere Handicaps, was seine Mitarbeit bei einem amerikanischen Film betraf. Erstens spricht er nicht besonders gut Englisch. Und zweitens musste er mit amerikanischen Schauspielern arbeiten, denen die Anforderungen, die ein chinesischer Action-Choreograf an sie stellen würde, völlig fremd waren.

Die Wachowskis kannten das Hongkong-Genre und wussten, dass dessen Unmittelbarkeit und Kraft zum Teil davon herrührt, dass die Schauspieler ihre Bewegungen und Kämpfe weitgehend selbst ausführen; die Kamera zeigt sie dabei in Großaufnahme, damit das Publikum sehen kann, dass sie es wirklich sind. Die Wachowskis wollten in *Matrix* genau diese Wirkung erzielen, deshalb sollten die Hauptdarsteller den größten Teil der Stunts selbst übernehmen – was ihre Chefs bei Warner Brothers wohl veranlasst hat, an ihrem Verstand zu zweifeln.

Die chinesischen Schauspieler aus Jackie Chans Generation waren mit der Peking-Oper groß geworden und hatten dort von Kindesbeinen an jene Art von Gymnastik und Kampfkunst gelernt, die sie für die brillanten Actionszenen des Hongkong-Films brauchten. Konnten amerikanische Schauspieler dieses Niveau überhaupt erreichen?

Glücklicherweise lautete die Antwort ja. Woo verordnete Keanu Reeves, Carrie-Anne Moss, Lawrence Fishburne und Hugo Weaving ein viermonatiges, hartes körperliches Training, bevor auch nur eine einzige Einstellung gedreht wurde. Das Trainingsregime war mühsam, hin und wieder sogar schmerzhaft – insbesondere für Keanu Reeves, der sich noch von einer Halsoperation wegen der zunehmenden Lähmung seiner Beine erholte. Beim Training musste Reeves eine Halsmanschette tragen und konnte die ersten zweieinhalb Monate keine Tritte üben. Stattdessen unterzog er sich unter Woos Anleitung einer »Kur« aus Dehnungsübungen und Gymnastik zur Kräftigung der Beine. Die ersten Szenen, die Reeves drehte, waren körperlich nicht anstrengend, sodass sein Hals Gelegenheit hatte zu heilen.

Während die Schauspieler ihr Martial-Arts-Training absolvierten, ließ Woo sein Stuntteam alle Actionszenen proben und filmte es dabei, um zu sehen, wie die Choreografie auf der Leinwand funktionieren würde. Der Hongkong-Tradition folgend legte er dabei die Positionen der Kameras und der Schauspieler fest. Die Aufnahmen von diesen Proben zeigen, dass die Wachowskis seinen Setups fast bei jeder Einstellung gefolgt sind. Schauen Sie sich zum Vergleich einen Film an, bei dem der Regisseur *nicht* auf seinen Stunt-Choreografen gehört hat, wie das Jet-Li-Vehikel *Romeo Must Die*. Die Actionszenen sind aus zu großer Nähe und mit zu vielen Schnitten gedreht, sodass sie unübersichtlich, verwirrend und nervtötend wirken.

Dank der langen Trainingszeit war es Woo möglich, Szenen auf Grundlage der jeweiligen Stärken der einzelnen Schauspieler zu choreografieren, und so machte er sich Carrie-Anne Moss' Anmut, Fishburnes tänzerische Gewandtheit, Reeves' Beweglichkeit und Weavings Körperkraft zunutze. Insbesondere Reeves, der gegen die schmerzhaften Nachwirkungen seiner Halsoperation und die Lähmung seiner Beine ankämpfte, war darauf versessen, die Actionszenen richtig hinzukriegen, und bestand manchmal auf bis zu dreißig Takes. Nach dem Kampf etwa zwischen Reeves und Fishburne im Übungsraum waren beide Schauspieler völlig erschöpft und mit blauen Flecken übersät. Außerdem verletzten sich während der harten Dreharbeiten Reeves am Knie und Moss am Knöchel. Und zwei bei den wirklich gefährlichen Einstellungen eingesetzte Stuntmen trugen schwere Verletzungen davon.

Woo war zwar dadurch gehandicapt, dass er einen Dolmetscher brauchte und sich mit Schauspielern herumplagen musste, die nicht an die Anforderungen seines Genres gewöhnt waren, aber es gab auch Vorteile: Das Budget für *Matrix* war zehnmal so groß wie das jedes anderen Films, bei dem er bislang mitgewirkt hatte – und diesen Luxus sieht man. Woo konnte mit technischen Mitteln arbeiten, die ihm bis dahin unbekannt gewesen waren, zum Beispiel »bullet time«, die Technik, mit der man die Handlung einfrieren kann, während die Kamera im Kreis um das Geschehen herumfährt – etwa als Morpheus in der Kung-Fu-Trainingssequenz über Neo in der Luft hängen bleibt oder als Trinity mitten im Sprung erstarrt, während sie einem angreifenden Polizisten einen Tritt versetzt.

Doch auch das Budget der Wachowskis hatte seine Grenzen: In einer Szene, in der Reeves und Hugo Weaving aufeinander zuflogen, gingen Woo die Spezialisten für die Drahtapparatur aus; also zogen die Wachowskis selbst munter an den Seilen.

Das Ergebnis ist grandios: Kampfsequenzen, bei denen Menschen in der Luft schweben, und Einstellungen, in denen verkrümmte Körper Kugeln ausweichen – verknüpft mit brutalen, überzeugenden Actionszenen. *Matrix* ist eine perfekte Kombination von amerikanischer Phantasie und Technik mit asiatischer Stilistik und Action. Die Wachowskis haben es wirklich geschafft, ihren Actionszenen den gewünschten Hongkong-Touch zu verleihen.

Der Film ist allerdings auch sonst mit Anspielungen auf das Hongkong-Kino gespickt. Die Szene etwa, in der Neo sich mit dem Daumen über die Nase fährt, ist eine Hommage an Bruce Lee. Wenn Neo bei dem Kampf in der Subway in Position geht, die offene Führungshand nach oben dreht und seinen Gegner heranwinkt, erinnert er damit an Jackie Chan, der diese Gestik schon in Woos *Sie nannten ihn Knochenbrecher* sehr wirkungsvoll zum Einsatz brachte. Mit dem langen Trenchcoat, der sein Waffenarsenal verbirgt, ist Neo ein deutlicher Verweis auf Chow Yun-Fats Figur in den *City Wolf*-Filmen. Und die Szene, in der Trinity mit einem Front-Kick über die Schulter hinweg einen hinter ihr stehenden Polizisten außer Gefecht setzt, ist eine Referenz an einen ähnlichen Tritt Michelle Yeohs in Woos *Flying Dragon – Wing Chun*.

Nach *Matrix* gelang Yuen Woo-Ping noch ein weiterer Triumph: Er war Action-Choreograf beim größten *Wuxia* aller Zeiten, Ang Lees *Tiger & Dragon*, dem ersten Film in chinesischer Sprache, der mit einem Budget in amerikanischer Größenordnung produziert wurde und gleich eine Hand voll Oscars abräumte (leider gibt es keine Oscar-Kategorie für Action-Choreografie). Seine Erfahrungen bei der Verwandlung amerikanischer Schauspieler in Kampfkünstler hat Woo zweifellos dabei geholfen, aus Chow Yun-Fat – selbst auch kein Kampfkünstler – den meisterhaften Schwertkämpfer Li Mu Bai zu machen, und die rasanten Kämpfe, die er für den erfahrenen *Wuxia*-Star Cheng Pei-Pei und die tänzerische Michelle Yeoh – beide im Martial-Arts-Genre versiert – entwickelte, sind einfach atemberaubend.

Nach *Tiger & Dragon* choreografierte Woo noch die Actionszenen von Quentin Tarantinos größtenteils in Hongkong gedrehtem Film *Kill Bill*, bevor er sich wieder mit den Schöpfern von *Matrix* zusammentat, um an den beiden Sequels *Matrix Reloaded* und *Matrix Revolutions* mitzuarbeiten.

Yuen Woo-Ping – Schauspieler, Regisseur, Kampfkünstler, Star der Peking-Oper, Sohn von Simon Yuen, Spross einer Dynastie von Filmemachern, Regisseur von Jackie Chans erstem großem Hit, Meister der Flugdrähte und bester Action-Choreograf der Welt – findet im Westen also allmählich die Anerkennung, die er aufgrund seiner langen, ereignisreichen Karriere längst verdient hat. Seine Kreativität hat noch kein bisschen nachgelassen und er wird uns bestimmt auch in Zukunft noch zahllose unvergessliche Kino-Momente bescheren.

DEAN MOTTER

Alice in Metropolis
oder:
Es wird alles mit Spiegeln gemacht

Beim Trauergottesdienst für Harvey Kurtzman wurde ich vor einiger Zeit Terry Gilliam vorgestellt. Als langjähriger Fan von ihm wollte ich mich – nun ja – eben wie ein Fan benehmen, aber bevor ich ein Wort herausbekam, erklärte er mir, in welchem Maße mein Comic *Mister X* das Design seines Films *Brazil* beeinflusst habe.

Das war das zweite Mal, dass mir so etwas passierte. Das erste Mal war es in den Pinewood Studios in England geschehen. Warner Bros. Pictures hatten für mehrere Gäste von DC-Comics einen Besuch am Set des ersten *Batman*-Films arrangiert. Ich saß neben meiner Chefin, der Herausgeberin Jenette Kahn, im gecharterten Bus und bekniete sie, mich einen Blick in die erste Version des *Watchmen*-Drehbuchs werfen zu lassen, das sie an ihre Brust drückte, aber sie wollte auf gar keinen Fall die Vertraulichkeit brechen. Beim Lunch machte sie das wieder wett, indem sie mich Anton Furst vorstellte, dem visionären Art-Director von *Batman*. Es war, vorsichtig ausgedrückt, eine seltsame Begegnung. Während er mir die Hand schüttelte, gestand er mir, er habe ein Faible für die *Mister X*-Comics: »In der Ausstattungsabteilung haben wir einen ganzen Stapel davon.«

Furst selbst ähnelte Mister X – vielleicht ein bisschen zu sehr. Er sah aus, als hätte er seit Monaten nicht mehr geschlafen (was angesichts des mörderischen Produktionsplans durchaus glaubhaft war), außerdem trug er einen schwarzen Trenchcoat und eine dunkle Sonnenbrille mit kreisrunden Gläsern. Fehlte nur noch der rasierte Schädel.

Seine Zeichnungen und die Gotham-City-Studiokulisse, die wir besichtigten, sahen Mister X's Radiant City verblüffend ähnlich. Architektur ist meine Leidenschaft und die Beschäftigung mit ihr kommt in meinen Illustrationen zum Ausdruck. Die Leidenschaft ist privat, der Ausdruck ist öffentlich und der Einfluss, den beides hat, ist immer unerwartet und schmeichelhaft.

Jahre später sah ich mich erneut mit der »filmischen Widerspiegelung« meiner Comics konfrontiert, als die Regisseure von *Matrix* in einem Interview von ihrem Faible für *Mister X* und meine neue Serie *Terminal City* sprachen. Der phantastische Film war immer schon ein ausgezeichnetes Mittel, um theoretische Modelle von Stadtbildern zu untersuchen. Von Méliès bis Fritz Lang; von *King Kong* bis *Blade Runner*; von *Dark City* bis *Coruscant*. Von der Fensterputzer-Szene in *Matrix* (einer Nachahmung der Anfangsszene von *Terminal City*, das einige Zeit früher herausgekommen war) bis zum berühmten Kampf auf dem Dach.

> Der Himmel über dem Hafen hatte die Farbe eines Fernsehers, der auf einen toten Kanal geschaltet war.
>
> – *William Gibson:* Neuromancer

Trotzdem war ich nicht sicher, ob ich mir *Matrix* anschauen wollte, als der Film herauskam – und noch viel weniger, ob er mir gefallen würde. Ich hatte nämlich so langsam die Nase voll von Cyberpunk- Hyperspace-Klischees, vor allem von Virtual-Reality-Schurken, die sich in der wirklichen Welt manifestierten und umgekehrt (à la *Vernetzt – Johnny Mnemonic*, *Der Rasenmäher-Mann* und *Virtuosity*). Doch dann hieß es, dieser Film wäre irgendwie anders – ein einmaliger Film mit einer neuen Generation topmoderner Effekte, Action im Comics/Martial-Arts-Stil und unvergesslichem Produktionsdesign.

Und ich muss sagen, *Matrix* wurde den Erwartungen in vollem Umfang gerecht. Viele Leute haben sich ausführlich zur wunderbar byzantinischen Handlung, den der Schwerkraft trotzenden Action-Szenen und den erstaunlichen Effekten geäußert. Ich finde ihn jedoch aus einem anderen Grund interessant: In diesem Film wurde das urbane Modell des Cyberspace auf merkwürdig selbstbezügliche Weise definiert.

Die Technik, mit der diese Filmwelt erschaffen wurde (»bullet time« oder »flo-mo«), spiegelt die Technik eben jener Welt, die der Film porträtiert. So wie die oftmals brutalen Mittel, mit denen der Wirklichkeit von *Batman* Leben eingehaucht wird, die geschundene Welt von Gotham City spiegeln, ist das Reich der Matrix eine Reflektion der neuen Generation von Mechanismen zur Erschaffung von Realität – oder der *Illusion* von Realität. In diesem Fall: von Spielfilmen. In Thomas Andersons Fall: der *Welt*. Das ist schließlich das Thema von *Matrix*.

> »Hattest du schon einmal einen Traum, Neo, der dir vollkommen real schien? Was wäre, wenn du aus diesem Traum nicht mehr aufwachst? Woher würdest du wissen, was Traum ist und was Realität?«
>
> – *Morpheus*

Obwohl der Film ausdrücklich auf Lewis Carrolls erstes »Alice«-Buch verweist, hat er eigentlich mehr mit dem zweiten gemein: Wir sitzen im Wohnzimmer vor dem alles verkehrenden Spiegel und kommen in den Genuss des Lebens, das Kunst schafft, die Kunst spiegelt, die das Leben nachahmt, das Kunst schafft. Die Szenografie des Films führt dieses Motiv jedenfalls bewusst oder unbewusst weiter aus: Polierte Oberflächen und spiegelnde Elemente in den Kostümen fungieren immer wieder als charakteristische Merkmale des künstlichen Lebens. In der Matrix wimmelt es von solchen visuell-metaphorischen Dingen, die sich oftmals gegenseitig reflektieren wie in einem Spiegelsaal. Die ultimative Verkörperung dieses Prinzips ist natürlich der *Mister X*-gesichtige Morpheus, der Neo in seinem eigenen Bilde neu erschaffen will – ein weiteres verzerrtes Simulakrum. Was als zusammengerührtes Sammelsurium von Klischees hätte enden können, wird durch den phantasievollen Einsatz von Spiegeln als schwungvolle Fuge von Archetypen präsentiert.

Urbane Architektur stützt sich auf spiegelnde Flächen – von Mies van der Rohes raffiniertem Barcelona-Pavillon bis hin zu den riesigen verspiegelten Säulen Phillip Johnsons, die unsere Städte in den letzten sechzig, siebzig Jahren gekennzeichnet haben. So (unter anderem) betrachtet eine Gesellschaft sich selbst.

Spiegelnde Strukturen erzeugen bekanntlich die Illusion von mehr Raum. Das ist ein uralter Trick. Und das Paradoxon einer hoch verdichteten Großstadt-Szenerie besteht natürlich darin, dass damit zwar die räumlichen Beziehungen erweitert werden, sich allerdings die generelle Dichte erhöht. Die gestuften Bauten aus der Frank-Lloyd-Wright-Ära haben auf einmal viele Doppelgänger; und dadurch werden die mit dieser Bauweise verfolgten Ziele ad absurdum geführt, die urbane Klaustrophobie verstärkt sich.

Angesichts einer solch schwierigen Aufgabe arbeiten Architekten häufig mit den unterschiedlichsten optischen Illusionen und Ablenkungen, um das Chaos in großstädtischen Gebieten mit hoher Bevölkerungsdichte zu verringern. Dabei stützen sie sich auch auf eine Form von »Selbsthypnose« der Bevölkerung: Unser jeweiliges Privatleben besteht aus »selektiven Realitäten«; kein Bewohner von Manhattan sieht das Stadtbild oder die vielen tausend anderen Fußgänger, wenn er in den Großstadtschluchten unterwegs ist, sondern er konzentriert sich auf die jeweils wichtigen Details in seiner unmittelbaren Umgebung. Dasselbe gilt für die synthetische Realität, die Neo durchstreift. Architektur mag zwar eine gewisse physische Veränderlichkeit andeuten, aber es ist die Macht des Geistes über die Materie, die dafür sorgt, dass Menschen in einer Sechs-Millionen-Stadt nicht den Verstand verlieren. Diese Macht ist auch Neos Rettung.

Bei der Fähigkeit von Großstadtbewohnern, die Gesamtbevölkerung aus ihrer Wahrnehmung auszuschließen, handelt es sich nicht einfach nur um einen privaten, myopischen Tunnelblick, sondern um eine »Psychetektur« (ein Begriff, der für die architektonischen Prinzipien von *Mister X* geprägt wurde), wie sie sich die allerbesten Designer zunutze machen. Im Hinblick auf diese Technik konstatierte die Architekturkritikerin Andrea Kahn einmal: »Architekten, die Entwürfe für die neuen Großstadtstraßen entwickeln, sind ebenso sehr Zauberer und Hypnotiseure, wie sie Künstler, Politiker und Ingenieure sind.«

Die visuelle Metapher der »kinetischen« Architektur in *Dark City* wie auch in *Matrix* unterstreicht diesen Aspekt. So suchen Neo und Trinity, als sie angegriffen werden, hektisch den Fluchtweg aus einem Bürogebäude. Doch die Innenräume verwandeln sich – und versperren ihnen den Ausgang. Im Film ist das kein Produkt von Magie oder Mechanik, sondern das Ergebnis *manipulierter elektronischer Wahrnehmung*. Spiegelt sich darin die durch Fernsehen und Internet vermittelte und veränderte Erfahrung des Großstadtlebens?

In *Die Stadt der verlorenen Kinder* und *Batman* wirkt das Fehlen verspiegelter Gebäude fast schon unheimlich. In *Blade Runner* sind sie ferne Monolithen. In *Das fünfte Element* stehen sie so dicht an dicht, dass man unmöglich erkennen kann, wo das eine aufhört und das andere anfängt. Und in *Krieg der Sterne: Angriff der Klonkrieger* fliegen wir durch eine planetengroße Stadt, in der es ebenfalls keine Reflektionen gibt. Das sagt uns jeweils etwas über das Wesen der betreffenden Gesellschaft. Die Bürger – oder zumindest die Ingenieure – scheinen sich keine Gedanken über Klaustrophobie zu machen. Empfinden sie sie als positiv? Oder sind sie schon darüber hinaus?

Während der industriellen Revolution betrachtete man die *ideale* Stadt als riesige Maschine. Sie war in klar voneinander getrennte Wohn- und Arbeitsbereiche unterteilt. Die hierarchisch gegliederte Sozialstruktur erforderte große räumliche Nähe.

Im heutigen »elektronischen« Zeitalter betrachtet man dieselbe Stadt als Netzwerk sowohl oberflächlicher als auch tiefgründiger Bildwelten. Das Leben in der Metropole ist dezentral und monolithisch zugleich. Die mechanische Infrastruktur ist keine Methode zur Wahrung einer sozialen Ordnung mehr, sondern ein simples funktionales System. Der Architekt Erich Mendelsohn schrieb 1923:

> Gilt die enge Zusammengehörigkeit der Begriffe Funktion und Dynamik für das einzelne Haus, also für die Zelle, so erst recht für das große Zellensystem der Stadt. – Wie ihre kleinste Einheit kein unbeteiligter Beobachter ist, sondern ein mitwirkendes Bewegungselement, so wird die Straße, dem schnellen Verkehr entsprechend, zur horizontalen Leitbahn, die von Schwerpunkt zu Schwerpunkt führt; also die kommende Stadt selbst ein System von Schwerpunkten, denn sie ist, wenn man mit weitester Optik sieht, in Wahrheit das eigentlich Raumsystem.

Während der Arbeit am Gotham-City-Entwurf für *Batman* bemerkte Anton Furst zur Infrastruktur der Stadt: »*Metropolis* wirkt wie von einer einzigen Person konzipiert. New York und alle anderen echten Metropolen sehen hingegen so aus, als wären sie über Jahrhunderte hinweg von Tausenden von Architekten entworfen worden ... Wir haben sämtliche Zonierungskonzepte und Bauvorschriften für Wolkenkratzer rausgeworfen, die dafür sorgen, dass noch Licht auf die Straßen unten fällt ... es war einfach eine Hölle, die durch das Straßenpflaster hervorgebrochen war ...«

Bei der Erschaffung der *Mister X*-Welt stellte ich mir Somnopolis als eine hypertrophierte Weltausstellung, ein retro-futuristisches Disneyland vor. Und wie bei Tomorrowland (eigentlich bei jedem Teil des Magic Kingdom) wurde die Infrastruktur so weit wie möglich verborgen: Zutritt haben nur jene Mitarbeiter, die über die Zugangsstellen Bescheid wissen (in diesem Fall der Architekt persönlich). Mister X ist der Herr der physischen wie auch psychischen Infrastruktur der Stadt. In der Einführung zu *Mister X* Bd. 3 steht: »(Er) hatte die Psychetektur entwickelt, die Theorie, dass die Form und Größe eines Raumes die Gemütsverfassung eines Menschen verändern und auch seine Neurosen beeinflussen konnte.«

Deshalb muss er sein komplexes Werk rückgängig machen, wird er der ultimative Dekonstruktivist. Wie Frank Gehry muss er sein Werk völlig umkrempeln, um es zu verstehen. »So viel Arbeit, so wenig Zeit ...«, murmelt er vor sich hin, während er unentzifferbare Formeln an die Wand seiner Wohnung kritzelt.

Nun ist es so, dass die Stadt im Matrix-Computer keine *mechanische* Infrastruktur hat – oder wenn, dann nur zur Täuschung. Die simulierte Bevölkerung existiert lediglich um des Ambientes willen. Die Infrastruktur ist *elektronisch*, nur im Moment vorhanden, sie bleibt voll und ganz im Hintergrund. Und wie Ihnen jeder halbwegs begabte klassische Maler erklären könnte, ist der Hintergrund viel machtvoller als der Vordergrund – eben weil er nur unbewusst wahrgenommen wird.

Marshall McLuhan hat in seiner Analyse der »Erweiterungen« des Menschen oft die *Figur/Grund*-Prinzipien zitiert*. Er hatte begriffen, auf welche Weise der *Grund* die

---

* »Alle kulturellen Situationen setzen sich aus einem Bereich der Aufmerksamkeit (der Figur) und einem viel größeren Bereich, der der Aufmerksamkeit entgeht, zusammen (dem Grund).« (McLuhan: Das

Figur modifiziert und besonders, dass die Darstellung des Grundes als Figur die Formel für *Monstrosität* ist.

Das Stadtbild von *Matrix* wird als künstliche (unterbewusste) Reflektion unserer eigenen Welt gezeichnet. Das einzige verräterische Merkmal ist zunächst, dass die Szenerie seltsam menschenleer wirkt. Es scheint, als hätten selbst die KI-Maschinen, die dieses Konstrukt erzeugen, ihre Grenzen. Doch im Laufe des Films schält sich der monströse Charakter dieses Gebildes immer deutlicher heraus und wir erkennen, dass die Szenerie ihre eigene »Intelligenz« besitzt. Diese surreale Ausgabe von L.A. wird umso selbstbezüglicher, als sie an Originalschauplätzen gedreht wurde und dennoch im Kern keine reale Basis hat – eine Kritik, die oftmals auch Tinseltown selbst gilt.

Figur *ohne* Grund ergibt *Symbolismus*. Das Publikum/der Anwender selbst liefert den Grund. Genau so ergeht es Neo, als er die monströse Natur der Stadt erkennt, in der er lebt. Die Stadt selbst wird zum Symbol der Bedrohung, die er, Morpheus und Trinity bekämpfen.

Für eine fiktive Stadt ist sie durchaus glaubwürdig. Die Architektur existierte jedoch nur zu einem geringen Teil in Form von Modellen oder fertig eingerichteten Sets. Stattdessen war sie eine Kombination aus Realfotografie und digitalen Kreationen. Das ist zwar im heutigen Filmgeschäft nichts Bahnbrechendes, wirft jedoch ein Licht darauf, dass dort Baumeister einer neuen Generation am Werk sind, die real existierende Skylines mit digitalen Fassaden nachrüsten und computergenerierte Wolkenkratzer errichten.

Der deutsche Filmkritiker Hugo Häring bemerkte 1924 zum Thema Architektur im Film: »Die Räume des Films

---

resonierende Intervall. In: McLuhan/Powers, The Global Village. Der Weg der Mediengesellschaft in das 21. Jahrhundert, Paderborn 1995) – *Anm. d. Übers.*

brauchen nur eindeutig zu sein, nur einmalig, nur für ein Geschehnis ...« So wie sich die expressionistischen Filmemacher der 20er Jahre durch den Einsatz von Schatten, Silhouetten, Lichtblenden und gemalten Hintergründen von funktionalen Konstruktionen befreiten, erschaffen auch die neuen Filmarchitekten ephemere Strukturen – doch heute benutzen sie dazu leistungsfähige Computer, jener Maschinen nicht unähnlich, die in der Geschichte selbst die virtuelle Realität der Matrix erzeugen.

Der russische Konstruktivist Aleksandr Rodschenko hätte genauso auf John Gaetas »Bullet-time«-Kamera anspielen können, als er 1928 bezüglich seiner eigenen architektonischen Fotomontagen schrieb:

> ... Um die Menschen an eine neue Sicht der Dinge zu gewöhnen, ist es von grundlegender Bedeutung, alltägliche, vertraute Objekte aus völlig unerwarteten Perspektiven und an völlig unerwarteten Standorten zu fotografieren. Ebenfalls sollten neue Objekte von verschiedenen Positionen aus fotografiert werden, um einen vollständigen Eindruck des Objekts zu vermitteln.

Wenn Larry und Andy Wachowski mit *Matrix* etwas erreicht haben – abgesehen davon, dass ihnen ein bemerkenswertes Stück Science-Fiction-Kino gelungen ist –, dann, dass sie dem Cyberspace ein Gesichtslifting verpasst haben. Der Film sieht nicht aus wie das Innere eines Computers oder wie ein Schaltkreis. Er sieht nicht aus wie das Szenario eines Videospiels mit Bitmap-Gegnern. Er sieht auch nicht psychedelisch aus. Er sieht aus wie das, was er spiegeln soll. Seine Architektur ist unsere Architektur – wortwörtlich, psychologisch, mystisch und allegorisch.

Vielleicht ist das die Warnung, die der Geschichte innewohnt, auch wenn sie noch so versteckt sein mag: dass jede Realität, die wir betrachten – sei es die Zukunft, die Gegenwart oder die Vergangenheit –, nur eine verzerrte Vision des unmittelbaren Moments der Beobachtung ist – eine Reflektion. Wie McLuhan einst gesagt hat (und wofür er belächelt wurde): »Der Blick in den Rückspiegel gibt weniger Auskunft darüber, was war, als darüber, was demnächst sein wird.«

Wie Alice kehren wir entweder durch den Spiegel zurück oder erwachen unter dem Schattenbaum. Und es ist vermutlich egal, ob man die rote oder die blaue Kapsel nimmt.

> »Du siehst aus wie ein Mensch, der das, was er sieht, hinnimmt, weil er damit rechnet, dass er wieder aufwacht. Ironischerweise ist das nah an der Wahrheit.«
>
> – *Morpheus*

Ian Watson

Matrix als Simulakrum

Eine Website zum Thema Cyberpunk-Spielfilme beginnt mit der Erklärung: »Es ist gar nicht so leicht, Filme zu finden, die von ihrer Machart her als ›Cyberpunk‹ eingestuft werden können. Reicht schon allein eine düstere Zukunft? Ist eine interessante Technologie erforderlich? Sollten Hacker vorkommen? Was genau einen Cyberpunk-Film ausmacht, hängt ohnehin von der persönlichen Einschätzung ab, was Cyberpunk eigentlich ist.« Ist es ein Vogel? Ist es ein Flugzeug? Nein, es ist Cyberpunk! (Apropos: Superman spielt später noch eine wichtige Rolle.)

Cyberpunk-Literatur befasst sich in der Regel mit einer Gesellschaft der nahen Zukunft, in der ein allgegenwärtiges Hightech-Informationssystem das Leben der meisten Menschen bestimmt. Das »System« ist zwar meist repressiv, befriedigt zugleich aber auch in ausreichendem Maße vorhandene Bedürfnisse, um die Fügsamkeit der Menschen zu gewährleisten. Doch in den Ritzen und Spalten des Systems existieren gewisse »randständige« Individuen, die in einem trostlosen, heruntergekommenen großstädtischen Umfeld leben und aus kriminellen oder politischen Motiven (für gewöhnlich eine Mischung aus beiden) die Infotech-Werkzeuge des Systems gegen dieses verwenden.

Diese »Outlaws«, die ein marginalisiertes und gefährliches Leben führen, sind zwangsläufig hochintelligent und obsessiv und holen sich ihren Kick durch die geschickte Manipulation der Informationstechnologie. Deshalb ist der »Feind« zugleich ein Objekt der Begierde – denn wie wird man ein derart sachkundiger Manipulator, wenn nicht aufgrund der Begeisterung für die Technologie des Systems?

Die Computertechnik der nahen Zukunft ist meist perfekt. Zwar müssen Datenkerne mit »Schwarzem Eis« (William Gibsons »Elektronischem Invasionsabwehr-System«) oder entsprechenden Mitteln gegen Versuche geschützt werden, sich in sie einzuhacken; aber in dieser Welt stürzen Computer nicht plötzlich ab und die Software hat offenbar auch keine Viren. Vergleichen Sie das mit der Situation in der wirklichen Welt: Trotz der dystopischen Szenarien sind die Systeme des Cyberpunk utopisch. Kein Wunder, dass sie ein Objekt der Begierde darstellen.

Für riskante »intime« Beziehungen zu diesem Objekt der Begierde ist häufig eine Mensch/Maschine-Schnittstelle vonnöten. Deshalb sind unsere »Freiheitskämpfer« (aus Gewinnsucht oder aus Idealismus) mehr oder minder Cyborgs – Menschen, die entweder zeitweilig oder permanent mit Maschinen verkoppelt sind (durch Gehirnimplantate, indem sie sich ins Cyberdeck einstöpseln und so weiter). Das wirft die Frage auf, wie der Mensch künftig beschaffen sein wird und ob wir gegenwärtig auf dem Weg zu einer verbesserten oder einer entmenschlichten »Post-Menschheit« sind.

Ich verwende den Ausdruck »Freiheitskämpfer« für (männliche und weibliche) Cyberpunk-Protagonisten, denn obwohl sie sich gegen ein repressives Herrschaftssystem auflehnen – für gewöhnlich mit einem Ziel, mit dem wir sympathisieren sollen –, könnte man sie aus anderer Perspektive auch als eine Art Terroristen betrachten. Ein Hacker kann einfach nur ein Krimineller oder ein Terrorist ohne jegliche politischen oder religiösen Ambitionen sein, selbst wenn er groß angelegte, repressive Machenschaften eines Mega-Konzerns oder einer Regierung aufdeckt. Man kann allerdings auch die Meinung vertreten, dass Mega-Konzerne oder Regierungen selbst oft nur legalisierte Kriminelle sind (in Bezug auf die Umwelt, ihre eigenen Bürger oder was auch immer). Folglich ist die Cyberpunk-Literatur voller Mehrdeutigkeiten und tiefgründiger Ironien und eine davon ist, dass die Helden gleichzeitig Schurken sind. In Gibsons Kurzgeschichte »Chrom brennt« ist das Motiv für den Datenangriff pure Gier, aber das Opfer des Raubzugs ist eine boshafte Ausbeuterin und neunzig Prozent des gestohlenen Geldes wird an Wohltätigkeitsorganisationen in aller Welt weitergeleitet, weil es einfach zu viel ist – ein hübsches narratives Mittel, um die Sympathie mit den Figuren aufrechtzuerhalten.

Die New-Wave-Science-Fiction der 60er und frühen 70er Jahre – stellvertretend sei etwa J. G. Ballard genannt – wandte sich vom »Outer Space« dem »Inner Space« zu, der Medien- und Konsumlandschaft der »Happening-Welt« (ein Ausdruck von John Brunner). Ballard beleuchtete vor allem die erotischen Aspekte von Apparaturen wie medizinische Prothesen oder Autos – die Erotisierung der Maschine; trotzdem blühte die New Wave im Grunde in einer psychedelischen Drogenkultur der Bewusstseinserweiterung mittels Chemie. Obwohl Cyber-Cowboys Stimulanzien und andere Drogen nehmen, wird im Cyberpunk das Bewusstsein nicht durch eine »visionäre« Droge wie LSD verändert, sondern durch das Interface von Mensch und Computer – damals eine Vorwegnahme, heute eine Parallele zur suchtartigen Ausbreitung des PCs und des Internets in der wirklichen Welt, die teilweise von, ja, *Begierde* vorangetrieben wird, der Suche nach einer sexuellen Ersatzbefriedigung. Achtzigtausend Websites »für Erwachsene« generieren heute Einkünfte von weit über einer Milliarde Dollar pro Jahr, mehr als jeder andere E-Commerce-Sektor. Das technisch ausgereiftere Betamax verlor den Kampf gegen das billige VHS, weil die Pornografen Letzteres vorzogen und Pornovideos den Umsatz von Videorecordern und dann von Camcordern ankurbelten. In der wirklichen Welt hat Sex die Entwicklung der Technologie vorangetrieben und treibt sie weiterhin und in zunehmendem Maße voran. Im Cyberpunk ist das ein relativ untergeordneter Aspekt; er gehört eher zum allgemein schäbigen Hintergrund. In »Chrom brennt« wird uns zum Schluss ganz kurz und wie nebenbei das Wesen der Sex-Industrie enthüllt und siehe da: Die Sex-Arbeiterin schläft bei der Arbeit, was der Sache ziemlich den Biss nimmt. Cybersex oder entsprechende Variationen können allerdings in Cyberpunk-Filmen auch schwerlich im Vordergrund stehen, wenn diese für ein breites Publikum konzipiert werden. Folgerichtig gibt es anstelle von Sex ultrabrutale Gewalt und dazu ein »Wahre-Liebe«-Thema – wie in dem Film *Vernetzt – Johnny Mnemonic* (trotz Johnnys Egoismus, der in seinem »Ich will Zimmerservice!« zum Ausdruck kommt) und wie in *Matrix*.

Cyberpunk-Geschichten spielen zumeist auf der Erde, weil man ihnen, würde man sie in den Weltraum versetzen, eine unnötige Schicht Fremdartigkeit hinzufügen würde. Hier haben wir also einen »neuen Realismus«. Oder »Neurorealismus«.

Dieser beinhaltet allerdings die Darstellung nicht-realer Sphären – Cyberspace, virtuelle Realitäten, Datenspeicherung und Datenmanipulation –, oftmals in Form einer phantastischen Reise durch eine Architektur aus Licht. Dadurch wird die Realität der Realität und die Verfälschung der Realität wie auch die Integrität des Menschlichen infrage gestellt. Philip K. Dick war auf so etwas spezialisiert: Eine Scheinwirklichkeit an Bord eines defekten Raumschiffs in »Irrgarten des Todes«; die Simulation eines globalen Konflikts, um die Bevölkerung in riesigen unterirdischen »Tanks« festhalten zu können, in »Zehn Jahre nach dem Blitz«; die Unfähigkeit der an

Wunderwaffen glaubenden *Pursaps* (»pure saps«, Einfaltspinsel), die Wahrheit zu akzeptieren, in »Das Labyrinth der Ratten«; und am einflussreichsten natürlich »Träumen Androiden von elektrischen Schafen?« – mit Androiden, die sich dank falscher Erinnerungen für menschlich halten, echten Menschen, die sich in künstliche Stimmungen versetzen, künstlichen Tieren und einem falschen Messias. Ohne Dick hätte es den Cyberpunk vielleicht nie gegeben, jedenfalls nicht in dieser Form – obwohl die *visuelle* Umsetzung in Ridley Scotts Dick-Adaption *Blade Runner* – die schäbigen Noir-Straßen, in denen ewig der Regen fällt (anstelle von Dicks »mit radioaktiven Partikeln gesättigter Morgenluft, die ihn grau umgab und die Sonne vernebelte«), die Neonreklame und die heruntergekommene asiatische Drittwelt-Straßenszenerie in einem High-Tech-Amerika, für die konkrete Ausformung des Cyberpunk-Stils vermutlich von genauso großer Bedeutung war. Man braucht nur noch die verspiegelten Sonnenbrillen hinzuzufügen. Denn Cyberpunk ist so sehr eine Mode, wie es ein Subgenre ist. Die enorme Detaildichte, die in der Regel für selbstverständlich gehalten und nicht besonders hervorgehoben wird, ist für einen Cyberpunk-Text ebenso typisch wie visuell für einen Cyberpunk-Film. In *Matrix* wirken Neo, Morpheus und Trinity oftmals wie Models mit Schusswaffen als Accessoires.

Matrix spielt auf viele, teils völlig widersprüchliche Dinge an. Der Film evoziert den Cyberpunk. Er stellt einen Zusammenhang zu »Alice im Wunderland« her, zu Zen, zur buddhistischen Reinkarnation und zum Christentum. »*Matrix* als Messiasfilm« lautet der Titel einer Website, die sich mit der christlichen Deutung befasst: Ein Film, der am *Oster*wochenende 1999 herauskam, aha. Neo/Anderson stammt aus dem Griechischen und bedeutet »Sohn des Menschen«. Sein Kommen ist prophezeit. Choi sagt zu ihm: »Halleluja. Hast mich gerettet, Mann. Du bist mein Erlöser.« Trinitys Liebe lässt ihn auferstehen. Er fährt in den Himmel auf. Und so weiter, und so fort. *Matrix* spielt auch auf die soziologischen Theorien von Jean Baudrillard an. Ist der Film also eine Grabbelkiste, in der für jeden was drin ist, auch für die Cyberpunks? George Lucas hat sich den Mythen-Forscher Joseph Campbell geholt, damit er den *Krieg der Sterne*-Filmen rückwirkend die Weihe von tiefgründigem kulturellem Symbolismus verleiht; eine zynischere Interpretation könnte dagegen lauten, dass diese Filme verkindlichte Abenteuergeschichten sind, die einen großen Fundus früherer Science Fiction plündern und überhaupt keine archetypischen Motive reflektieren. Bei *Matrix* kriegt man dagegen gleich einen kompletten Satz unterschiedlichster Beglaubigungen mitgeliefert.

Auf der eingangs erwähnten Website endet die ziemlich kurze Liste von acht Filmen – die die üblichen Verdächtigen wie *Blade Runner* und *Strange Days* umfasst – mit *2001 – Odyssee im Weltraum* – wegen des Konflikts zwischen den Menschen und HAL, der Künstlichen Intelligenz.

Kann allein schon die schemenhafte Anwesenheit eines Computers, der eine menschliche Persönlichkeit simuliert, einem Film den Cyberpunk-Status verleihen? Cyber, klar. Auffällig ist aber doch das Fehlen jeglichen Punk-Anteils in Stanley Kubricks heiter-gelassener Vision einer Zukunft, zu der auch ein orbitales Hilton gehört. Vielleicht ist das psychedelische Ende – das ursprünglich einen Drogentrip andeutete, *jetzt jedoch eine Reise durch einen fremden Cyberspace insinuiert* – das ausschlaggebende Element.

In *Blade Runner* gibt es Noir-Straßen, aber die Interaktion mit Computern spielt keine zentrale Rolle. Das entscheidende Motiv sind die Replikanten, künstliche Menschen, die eliminiert werden müssen, sollten sie sich auf der Erde verstecken wollen.

In *Strange Days* bereitet sich Amerika auf die große Party zum neuen Millennium vor. Auch hier gibt es schäbige

Straßen und niederträchtige Cops. Erlebnisse können aufgezeichnet und ins Sensorium anderer Menschen übertragen werden. Einige dieser Aufzeichnungen sind idyllisch und erotisch; die hässliche Kehrseite: Vergewaltigung und Mord. Das entscheidende Element in diesem Film ist also eine künstlich induzierte Erfahrung, eine direkt ins Gehirn eingespeiste virtuelle Realität.

Künstliche Persönlichkeit, künstliche Menschen, künstliche Erinnerungen: Das verbindende Element ist die Künstlichkeit oder die Simulation, die Imitation des »Realen« durch die Technik – und das vorzugsweise in einer vergammelten, von Verbrechen und Verschwörungen geprägten Umgebung.

Archetypischer Cyberpunk parodiert auf süffisante Weise die Gesellschaft des hektischen Informationszeitalters, aber die Cyber-Umgebung selbst ist eine gegebene Tatsache, kein Übel, sondern beinahe ein Objekt der Begierde – die befreiende, wenn auch gefährliche Befriedigung, die es bringt, sich in eine virtuelle Realität einzustöpseln. Cyberpunk-Figuren befinden sich während ihres Aufenthalts im Cyberspace in einem transzendenten Zustand. Wenn man durch einen Burn-Out oder ein anderes Missgeschick der Cyberrealität beraubt wird, kommt das fast schon der Vertreibung aus dem Paradies gleich.

Ein zentraler Aspekt von *Matrix* ist die Abneigung gegen KI-Maschinen und die von ihnen aufrechterhaltene künstliche Realität. Damit ist er ein direkter Nachfahr etwa von *Colossus* (1970) und dem viel jüngeren *Terminator*, zwei Filmen, in denen intelligente Maschinen die Macht über die Welt an sich gerissen haben.

Matrix zufolge feierte die Welt Anfang des 21. Jahrhunderts die Aktivierung der ersten Künstlichen Intelligenz, die dann jedoch bösartig wurde und jede Menge weiterer bösartiger intelligenter Maschinen entstehen ließ. Die Fakten sind allerdings lückenhaft; was berichtet wird, ist also vielleicht nicht die ganze Wahrheit. (Narrative Mehrdeutigkeit ist ja auch eine Voraussetzung für einen Franchise-Film, zu dem es Fortsetzungen geben soll.) Fest steht aber, dass »wir (die Menschen, nicht die Maschinen) diejenigen waren, die den Himmel verdunkelt haben«. Als letzten Ausweg machte die Menschheit die Welt – offenbar durch den massiven Einsatz von Atomwaffen – unbewohnbar, um den Maschinen die Solarenergie zu entziehen. Die Maschinen erkannten jedoch, dass sie Menschen lagern und züchten können, um ihre Bioelektrizität und ihre Körperwärme als Kraftquelle zu nutzen (zusätzlich gibt es noch Fusionsenergie). Die Menschen werden also zu Käfighühnern, wobei ihr geistiges Leben viel reicher ist als das eines Käfighuhns, denn mental sind sie in der Scheinwirklichkeit von 1999 zu Hause, in der das Leben weitergeht, als wäre nichts passiert. Die wirkliche Welt dagegen ist eine radioaktive Wüste – voller Ruinen, dunkel und von Stürmen gepeitscht. Die Rebellion gegen die Scheinwirklichkeit mittels selektiver Erweckung der Opfer – und der Perspektive, früher oder später alle zu wecken (und mit ihrer körperlichen Entkräftung fertig zu werden) – ist im Grunde völlig sinnlos, weil die Masse der Bevölkerung gänzlich von der Matrix abhängig ist und nur durch sie überleben kann – überleben im positiven Sinne, denn sie vermittelt jedem Menschen die Illusion eines Lebens, wie wir es kennen. Mag sein, dass die *Matrix*-Sequels den Blick auf andere, bisher unbekannte alternative Optionen eröffnen, aber in *Matrix* selbst gibt es keine realistische alternative Option für die Zukunft der Menschheit. Zion, die letzte Stadt, wo noch Menschen sind, tief im Erdinnern, in der Nähe des Kerns, wo es noch warm ist, kann die Befreiung der Menschheit und die Regeneration der zerstörten wirklichen Welt nüchtern betrachtet nicht steuern.

Zweifellos ist der Energieaufwand für die »Pflege« der Menschen in all den Kapseln und für die Gerätschaften, mit denen sie am Leben erhalten werden, viel höher als der gesamte Energieertrag aus menschlicher Körperwärme und dergleichen. Man könnte also eigentlich davon ausgehen, dass die Maschinen die Menschheit aus gutartigen Motiven heraus am Leben erhalten – trotz der offen ausgesprochenen Position des Agenten Smith, die Menschen hätten sich wie ein tollwütiges Virus verhalten und die Erde verwüstet. Nur weil die »Babyfelder« und das »Kraftwerk« mit seiner ungeheuren Anzahl übereinander geschichteter Kapseln monströs und entmenschlicht wirken (wie ein ins Wahnwitzige gesteigertes *Metropolis* von Fritz Lang), müssen sie nicht zwangsläufig verabscheuungswürdig sein. Die Sinnlosigkeit der Rebellion ist nur ein weiteres Symptom menschlicher Tollwut.

Anfangs war die von den Maschinen programmierte Scheinwirklichkeit ein Paradies, aber es erwies sich als Desaster. Der menschliche Geist lehnte es ab und ganze »Ernten« (Menschen werden ja jetzt wie Pflanzen gezüchtet) gingen verloren. Offenbar konnte der Mensch in seinem Unterbewusstsein kein Paradies akzeptieren, weil er ein gewisses Maß an Kummer und Leid braucht. Also ersetzten die Maschinen das Paradies durch den »Höhepunkt der Zivilisation« des Jahres 1999, die zweitbeste Lösung, doch trotz der zum Teil erbärmlichen Verhältnisse in den Großstädten für die Mehrheit der Menschen gar nicht so schlecht.

Es stellt sich allerdings die Frage, weshalb die Maschinen ein Paradies für die Menschen errichten wollten, wenn sie ihnen in Wahrheit feindselig gegenüberstehen. Nur um optimale Bedingungen für all die träumenden Körper zu schaffen? Und was den Widerstand betrifft: Was sind das eigentlich für Helden, die wir da bejubeln? Neo/Anderson versteckt die gestohlenen Computerprogramme, die er auf dem Schwarzmarkt verkauft, in einem ausgehöhlten Exemplar von Baudrillards Essaysammlung »Simulacra and Simulation«, wobei das Schlusskapitel »On Nihilism« (»Über den Nihilismus«) markant in die Mitte gerückt ist. Offen gesagt: Wir jubeln Terroristen zu – in einem Film, der knapp achtzehn Monate vor dem Einsturz der Twin Towers herauskam. Die von Trinity und Neo so spektakulär getöteten Polizisten, Wachleute und Soldaten sind »echte« Menschen. Natürlich kann man sagen: »Wer nicht für uns ist, ist gegen uns«, aber wenn uns bei den Bildern von den Al-Qaida-Anschlägen das Entsetzen packt – weshalb sind wir dann so begeistert, wenn unsere Helden Menschen abschlachten?

Nach Neos Festnahme erklärt Agent Smith, Morpheus werde »in mehr Ländern wegen Terrorismus gesucht als jeder andere Mensch auf der Welt«. Abgesehen vom Terrorismus-Aspekt wirft das interessante Fragen zum Thema Mobilität innerhalb der Matrix auf. Der Film spielt in Chicago, doch wir sehen auch eine kurze Nachrichtenmeldung, derzufolge Morpheus auf dem Londoner Flughafen Heathrow der Verhaftung durch die Polizei entgangen ist. Daraus ergibt sich, dass Morpheus innerhalb der Simulation mit dem Passagierflugzeug von einem Land zum anderen reist – für einen Meisterhacker wie ihn nicht nur unnötig –, da man von überall aus hacken kann –, sondern geradezu gefährlich. Weshalb sollte er das Risiko eingehen, sich den Sicherheitsvorkehrungen am Flughafen auszusetzen, viele Stunden in einem Flugzeug eingesperrt zu sein und dann weitere Kontrollen am Ziel über sich ergehen zu lassen, während die Staatsgewalt Himmel und Hölle in Bewegung setzt, um seiner habhaft zu werden? Vom Hovercraft *Nebukadnezar* aus können die Freiheitskämpfer ganz offensichtlich an jeder Stelle des Matrix-Chicago eingeschleust werden. Kann Morpheus auch im Raum London eingeschleust und von dort wieder zurückgeholt werden? Oder ist das schon wegen der Größe der Matrix unmöglich? Wird eigentlich der gesamte Atlantik simuliert, wenn das Flugzeug ihn überquert? Das ergibt alles nicht sonderlich viel Sinn –

ebenso wenig wie das Wissen um künftige Geschehnisse, welches das Orakel zur Schau stellt, als Neo eine Vase umstößt, und Morpheus, als er Neo aus dessen Büro führt.

An dieser Stelle sollten wir vielleicht eine neuere Abhandlung des Philosophen Nick Bostrom von der Yale University mit dem Titel »Leben Sie in einer Computersimulation?« heranziehen, außerdem den Aufsatz »Wie man in einer Simulation lebt« von Robin Hanson (für beide siehe: www.simulation-argument.com). Bostrom behauptet auf Grundlage logischer Folgerungen, dass wir womöglich schon in einer Simulation leben, und weist darauf hin, dass dabei nicht unbedingt alles permanent bis ins kleinste Detail simuliert sein muss, sondern nur dann, wenn ein Beobachter sein Augenmerk darauf richtet. Also bräuchte der Atlantik nur insoweit zu existieren, wie ihn Menschen in Flugzeugen oder an Bord von Schiffen ansehen.

Nun ist allerdings, um mit Baudrillard zu sprechen, »die Dimension der Simulation die Miniaturisierung«. Vielleicht ist die Matrix also irgendwo in der wirklichen Welt in einer Maschine von den Ausmaßen einer Packung Zigaretten beheimatet. Vermutlich ist sie größer; aber wir wissen ja, wie rasch der Speicherplatz für Daten von Jahr zu Jahr schrumpft. Die Matrix-Wirklichkeit und die wahre Wirklichkeit haben nicht dieselbe Ausdehnung – wir bilden es uns nur ein.

Wegen der Unfallgefahr – etwa angenommen, ein Meteorit trifft die einzige vorhandene Anlage – dürfte es Matrix-Duplikate als Backups geben. Da diese permanent auf dem aktuellen Stand gehalten werden müssten, sollten irgendwo – vorzugsweise weit voneinander entfernt – mehrere Kopien der Simulation laufen (deren eventuelle Asynchronizität würde übrigens dann das Vorwissen erklären). So wäre es durchaus möglich, eine davon zu stoppen und zu editieren – Morpheus und andere über Nacht, während die Kapselbewohner schlafen oder träumen, in aller Ruhe ausfindig zu machen und zu löschen –, und anschließend auf diese Kopie als »primäre« künstliche Realität umzuschalten. In *Matrix* sehen wir, wie ein reines Trainingsprogramm, entwickelt von einem der Rebellen, die Kopie eines Matrix-Teils stoppt, während Morpheus und Neo gemächlich darin herumschlendern. Danach läuft die Zeit einfach wieder weiter (wie in dem Film *Dark City*), was bei Menschen, die sich einbilden, sie wären Nachtarbeiter, womöglich ein Déjà-vu auslöst. Dass die Maschinen nicht bereits auf diese Weise eingegriffen haben, um die Terroristen auszumerzen, gibt zu denken. Aha, die intelligenten Maschinen werden von *Regeln* geleitet. Sie können die Matrix editieren, indem sie einige Details ändern – zum Beispiel Fenster verschwinden lassen –, und ein Agent kann in Nullkommanichts den Körperraum eines jeden lokalisierbaren Matrixbewohners einnehmen, aber sie können die Matrix nicht stoppen und weitaus gründlicher editieren. Nur Menschen können Regeln »großzügig auslegen« und brechen.

Die »Überlebens«-Strategie des Menschengeschlechts im Konflikt mit den Maschinen bestand also darin, die Welt mit Atomwaffen zu zerstören – eine extreme Überhöhung der Logik des Vietnamkriegs: »Um das Dorf zu retten, mussten wir es zerstören.« Man könnte sich fragen, wie da denn genug Menschen überleben konnten, um den Maschinen die Möglichkeit zu geben, sie milliardenfach zu züchten – aber das ist vielleicht weniger wichtig als der unverhüllte Nihilismus einer solchen Strategie der Selbstvernichtung und der Verwüstung der ganzen Welt.

In »Die Illusion des Endes oder der Streik der Ereignisse« sinnt Baudrillard darüber nach, auf welche Weise wir unser Verschwinden als Gattung zu einem Zeitpunkt ins Werk setzen werden, an dem bereits alles geschehen ist und sich nichts Neues mehr ereignen kann. Wir führen ein gewaltiges Massen-Artensterben herbei und löschen uns dabei letztlich selbst mit aus. Unkontrollierte wissenschaftliche Experimente und verantwortungslose Neugier sind die Ursachen unseres bevorstehenden Ablebens, ob dieses nun mithilfe von Atomwaffen oder biologischen Wirkstoffen vonstatten geht. (Es ist übrigens interessant, dass das erste Klonschaf Dolly heißt – eine Puppe [*doll*] ist nämlich ein Simulakrum. Die natürliche Evolution ist an ihr Ende gekommen und so schaukeln wir das Ersatzpüppchen in unseren Armen und werden Androiden, die von künstlichen Schafen träumen.) Wir sind fasziniert vom Funktionieren eines Systems, von einer hegemonialen Weltordnung, die uns beherrscht und vernichtet und die, wie Baudrillard andeutet, nur der Terrorismus zügeln kann. Doch da die Weltordnung selbst nihilistisch ist, ist das Scheitern vorprogrammiert.

»Theoretische Gewalt, nicht Wahrheit, ist das einzige Mittel, das uns bleibt«, schreibt Baudrillard in »Über den Nihilismus« und setzt damit sich selbst als Theoretiker des Nihilismus mit echten, bewaffneten Terroristen gleich. Die Wahrheit hinter der Matrix ist, dass die Erde – und mit ihr alles Leben – bis auf einen kleinen menschlichen Rest zerstört wurde, doch diese Wahrheit ist inakzeptabel. Also bleibt als einzige Alternative die Gewalt, die jedoch kein konstruktives Ergebnis hervorbringen kann, ganz gleich, welche Gründe man für sie ins Feld führt. Eine ganz ähnliche Idee liegt dem Film *Colossus* zugrunde – nämlich dass es besser ist, wenn die Menschen die Freiheit besitzen, ihre Welt zu zerstören, als dass sie kontrolliert und am Terrazid (dem ultimativen Terrorismus, der Ermordung einer Welt und der eigenen Gattung) gehindert werden.

Der einzige Weg zur Befreiung besteht nicht darin, die Scheinwirklichkeit (welche die Maschinen aufrechterhalten, die daher nicht eliminiert werden können) zu zerstören, sondern die Kontrolle über sie zu erhalten und damit die Entscheidung treffen zu können, in was für einer Scheinwirklichkeit man leben möchte. »Den Löffel gibt es nicht«, sagt der Jedi bzw. das buddhistische Kind. Anstelle einer virtuellen Stadt – des »Höhepunkts der Zivilisation« – könnten wir also einen virtuellen Spielplatz oder einen Garten Eden haben (was allerdings schon einmal fehlgeschlagen ist) und es wäre immer noch eine Scheinwelt, eine Simulation. Tatsächlich wäre alles möglich – so wie für Neo am Ende des Films, wenn er wie Superman fliegt. Alles – nur kein Utopia.

In einem Interview erklärte *Matrix*-Produzent Joel Silver, die Wachowski-Brüder »... suchten nach einer Möglichkeit, in der heutigen Zeit einen Superheldenfilm zu machen. Dabei sollte das Publikum die Superhelden wirklich akzeptieren, nicht so wie die Figuren im Kinderprogramm ... In den Sequels werden Sie sehen, dass Neo übermenschliche Kräfte besitzt ...«

Ein Artikel in der *New York Times* vom 29. Mai 2002 über Baudrillards Reaktion auf *Matrix* (die »Anleihen« aus seinem Werk »beruhten größtenteils auf Missverständnissen«) kommt aufgrund der Betonung der Spezialeffekte in der Vorabwerbung für die Sequels zu dem Schluss, dass »die von den Helden angestrebte Rettung der wirklichen Welt womöglich auf den Sankt-Nimmerleins-Tag verschoben wurde.«

Das mag stimmen oder auch nicht, aber wenn es das Hauptanliegen der Wachowskis war und ist, Superheldenfilme zu drehen, dann muss man bedenken, dass der Superheld diese Kräfte logischerweise nicht außerhalb der Scheinrealität anwenden kann – denn wenn er es tut, wird alles Zauberei oder Unsinn. Die Realität bleibt also erneut außen vor. Dabei ist aber gerade ungeschminkter Realismus ein zentraler Aspekt des Cyberpunk und die Basis, auf der sich der Cyberspace erst entfaltet.

Die Superheldenserien im Kinderprogramm sind kaum ein fairer Vergleich angesichts etwa des Films *Spiderman*, in dem ein realistischer, heroischer und auch noch charmanter Superheld auf eine für das Publikum absolut überzeugende Weise in der wirklichen Welt agiert (obwohl es Stimmen gibt, die behaupten, dass Peter Parker kleiner wird, wenn die echten Aufnahmen des Helden den digitalen Animationssequenzen weichen, und dass damit zugleich alle Menschen weniger real werden). Dagegen ist ein Superheld in einer virtuellen Realität eine Mogelpackung – obwohl die Virtualität natürlich etwas anderes zulässt, was das Publikum anspricht, nämlich extreme Gewalt (die das positive Bild eines Superhelden untergraben würde, der in einer »realistischen« Umgebung operiert).

Wenn der Film also eigentlich eine postmoderne Superhelden-Story sein soll, hat er wenig mit Cyberpunk zu tun, auch wenn die Geschichte durch Anspielungen auf die klassische Mythologie, das Christentum, Baudrillard oder die Insignien des Cyberpunk noch so sehr mit Bedeutung aufgeladen wird. Mir scheint, ein Vergleich zwischen *Matrix* und *Dark City* wäre hier angebracht. *Dark City* kam ein Jahr vor *Matrix* in die Kinos und erzielte ziemlich bescheidene Einspielergebnisse, während *Matrix* ein riesiger Erfolg war. In *Dark City* haben die »Fremden« eine Gruppe von Menschen, etwa die Einwohnerzahl einer Stadt, in ein riesiges Habitat irgendwo im All fern von jeder Sonne verfrachtet, um dort mit ihnen zu experimentieren; sie wollen herausfinden, worin die einzigartige Essenz der menschlichen Seele besteht. Die Fremden – ein kollektives Bewusstsein – entstammen einer älteren Zivilisation mit der Fähigkeit, die Realität durch einen Willensakt namens »Tuning« zu ändern – aber sie sterben aus. In der Stadt herrscht ewige Nacht und um Mitternacht halten die Fremden immer die Zeit an. Uhren, Autos und Züge bleiben stehen, die menschliche Bevölkerung verliert das Bewusstsein und Erinnerungen werden operativ entnommen, in jeweils andere Menschen eingespeist und so neu kombiniert – um festzustellen, was ein menschliches Individuum einzigartig macht. Gleichzeitig wird die Stadt selbst umgeformt, neue Gebäude steigen empor, bestehende Gebäude verschwinden. Ein ärmliches Wohnhaus verwandelt sich in eine Villa, deren Bewohner sich fälschlicherweise erinnern, schon immer in dieser Villa gelebt zu haben.

Zwei Personen bleiben jedoch um Mitternacht wach: ein Arzt, der widerstrebend den Fremden hilft, und John Murdoch, dem der brutale Mord an einer Frau angehängt wird. Ein intelligenter, skeptischer Noir-Detektiv tritt auf. Murdoch bekommt einen Anruf des Arztes, der ihm die Augen öffnen will (ganz ähnlich wie in *Matrix* sind Telefone das Bindeglied zwischen Realität und Virtualität). Denn John ist der »Auserwählte«. Ungläubig stellen die Fremden fest, dass Murdoch »tunen« kann. Aber er muss sich beeilen, seine Fähigkeiten zu entwickeln – so wie der prophezeite Auserwählte in *Matrix* seine Fähigkeiten entwickeln muss, um die virtuelle Realität zu kontrollieren. Am Ende des Films hat Murdoch die Kontrolle über die Scheinwirklichkeit an sich gerissen: Er erschafft einen Ozean um das Habitat herum und eine Sonne, die es von nun an erhellt.

In *Dark City* gibt es keine *computergenerierte* virtuelle Realität im eigentlichen Sinne; die formbare künstliche Umgebung, die von den Fremden permanent umgestaltet wird, und die uhrwerkartige Maschinerie, mit der sie diese Umgebung neu »tunen«, erzeugen jedoch fast genau denselben Effekt wie in *Matrix* – nur mit viel größerer narrativer Logik, weil ein utopisches Resultat nicht nur erreichbar ist, sondern auch wirklich erzielt wird. Murdoch ist ein echter »Neuromancer«. Vielleicht liegt es ja am Thema der Suche nach dem verlorenen Paradies – verkörpert durch die Postkarte, die Shell Beach am Rande der Stadt zeigt –, dass es in *Dark City* viel weniger gewalttätige Action gibt als in *Matrix*, und vielleicht ist das wiederum ein Grund für die geringere Beliebtheit des Films. Dennoch steht *Dark City* bezüglich dieser Utopie für eine

Erfüllung, die in *Matrix* fehlt – bezeichnenderweise wohl, angesichts Baudrillards Bemerkungen in einem Essay über »Simulakren und Science Fiction«, enthalten in dem Buch, das in *Matrix* kurz zu sehen ist. Baudrillard unterscheidet drei Kategorien von Simulakren: Erstens die »naturalistische Imitation«, die »auf die Wiederherstellung der idealen Institution der nach Gottes Bild geschaffenen Natur« abzielt; ihr entspricht das traditionelle Utopia. Zweitens die »technologische Imitation« mit prometheischem, offenem, expansionistischem Ziel: So bringt uns in der traditionellen Science Fiction ein Raumschiff oder eine Raumarche – eine Imitation des irdischen Habitats – zu einer neuen Erde (diese Sorte Science Fiction ist nach Baudrillards Meinung inzwischen an ihre Grenzen gestoßen). Und drittens Simulakren, die »auf Informationssystemen basieren«, mathematische, elektronische Modelle der Realität, die totaler Kontrolle unterliegen und auch Kontrollzwecken dienen – in Baudrillards Augen hat dieses kybernetische Spiel die frühere SF praktisch ersetzt.

Ob die Science Fiction nun an ihre Grenzen gestoßen und gesättigt ist oder nicht, ob sie sich gegen sich selbst gewandt hat oder von der Fantasy ersetzt wurde, einer Rückkehr zum Utopischen mit magischen Mitteln (da offenbar keine Technik uns dorthin zurückbringen kann) – Baudrillards Analyse trifft auf *Matrix* zu. In der Gegenwart (im kybernetischen Spiel der Simulation) ist die authentische Realität ein verlorenes Paradies; es kann sie nicht mehr geben, wir können nur noch von ihr träumen. So auch im Film: Es gibt keinen realistischen Ausweg (sofern die Fortsetzungen ihn nicht eröffnen) und daher ist die Rebellion sinnlos. Aber der Film hängt zwangsläufig von der Berechtigung der Rebellion ab – denn sonst gäbe es keine Heldengeschichte und keine Messiasfigur, die eine Veränderung in die Wege leitet. *Matrix* ist also in einem kleinen Widerspruch gefangen. *Dark City* kehrt in einem tieferen Sinn die Entfremdung um und macht sie wieder gut – buchstäblich als »Ent-Fremdung«, der Befreiung von den außerirdischen Fremden; *Matrix* hingegen gibt nur vor, sich mit dieser Entfremdung zu befassen, eben weil man das Paradies heute wohl nur in einer Scheinrealität wirklich wiedergewinnen kann und diese kein Übel ist, das zugunsten eines unerreichbaren Eden zerstört werden muss.

Die Maschinen in *Matrix* dienen keinem erkennbaren Zweck, abgesehen vom reinen Überleben – und das ist untrennbar mit der Erhaltung des Menschengeschlechts verbunden. Agent Smith, das intelligente Programm, will fort aus der Matrix, weil er den Gestank der Menschen hasst und die menschliche Rasse als bösartiges planetares Virus verabscheut. In dieser Hinsicht gibt es eine recht enge Parallele zu Harlan Ellisons zukunftsweisender »Proto-Cyberpunk«-Story »Ich muss schreien und habe keinen Mund« aus dem Jahr 1968. Darin verhält sich eine Militär-KI namens AM, die den Planeten mit ihren unterirdischen Erweiterungen ausgehöhlt hat, wie ein wahnsinniger Gott. Er hat die Erdoberfläche verwüstet und »nur die zerstörten Hüllen dessen (hinterlassen), was einst die Heimstatt von Milliarden gewesen war«, hat jedoch fünf Menschen am Leben erhalten, um sie zu quälen und dadurch seinen unendlichen Abscheu vor der Menschheit zum Ausdruck zu bringen. Der Grund für diesen Hass ist, dass AM in der Maschinenform gefangen ist, dass er zwar denken, aber nichts mit dieser Fähigkeit anfangen kann: »AM konnte nicht umherwandern, AM konnte nicht träumen, AM konnte zu niemandem dazugehören. Er konnte lediglich existieren.«

Was genau erhofft sich der von Übelkeit geplagte Agent Smith? Etwas – oder ein nihilistisches *Nichts*? Das reine Vergessen? Haben die Maschinen irgendetwas vor, außer Zion und den Widerstand auszuradieren und ewig so weiterzumachen wie bisher? Vielleicht erfahren wir es in den *Matrix*-Sequels, doch wenn es Superheldenfilme sind, dann vermutlich nicht. Das Gefühl von Sinnlosigkeit ist jedenfalls sehr stark.

Vor dem Hintergrund von Baudrillards Bemerkung in »Die Illusion des Endes«, dass nur Duplikate im Umlauf seien, nicht jedoch das Original, ist man geneigt zu sagen, dass dies auch auf *Dark City* (der weitgehend aus dem öffentlichen Bewusstsein verschwunden ist) und *Matrix* zutrifft (der *Dark City* abgelöst hat).

Der Cyberpunk selbst mag die Kontrolle über die Technologie ökonomisch und politisch wieder an sich reißen, aber er kann »die Maschine« nicht abschaffen, weil er genau in dieser Sphäre zu Hause ist.

Im Grunde sollte man *Matrix* also als Superheldenfilm betrachten, der Themen, Manierismen, Kostüme und Atmosphäre des Cyberpunk ausbeutet anstatt sie zu veranschaulichen. So gesehen beschreibt man ihn vielleicht am besten als das Simulakrum eines Cyberpunk-Films. Und als das bisher an der Kinokasse erfolgreichste Simulakrum. Die Imitation ersetzt die Realität.

Joe Haldeman

Matrix als Sci-Fi

Matrix ist eigentlich gar keine Science Fiction. Der Film ist schnell, amüsant, ja lustig – und er ist eine merkwürdige, klumpige Mischung aus SF und Sci-Fi.

Ich will »Sci-Fi« nicht abwertend benutzen, sondern rein deskriptiv: Der Film ist keine echte Science Fiction, weil sein Plot sich zum großen Teil auf reine Fantasy-Elemente stützt – »Möge die Kraft mit dir sein«, mystische Weissagungen etc. – und die »Wissenschaft« aus den üblichen Comic-Annahmen über Hightech-Zukünfte besteht, ohne dass viel Energie auf die Frage verschwendet würde, wie wir von hier nach dort gelangt sind.

Es lohnt sich, die Begriffe ein wenig zu erklären: »Science Fiction« ist ein direkter Nachfahr von »Scientifiction«, einer von Hugo Gernsback geprägten Wortkombination. Der verschroben-visionäre Herausgeber von Pulp-Magazinen der 20er und 30er Jahre wie *Air Wonder Stories* und *Electrical Experimenter* veröffentlichte in seinen Zeitschriften zunehmend Erzählungen, die in der Zukunft spielten – einer strahlenden Zukunft, in der Wissenschaft und Technik die Probleme der Welt gelöst hatten. Sein erstes reines Science-Fiction-Magazin war *Amazing*, mit dem Slogan »Extravagant Fiction Today – Cold Fact Tomorrow« (etwa: »Heute noch phantastisches Märchen – morgen schon nüchterne Wirklichkeit«). Für Gernsback war die »Fiction« weniger Unterhaltung als vielmehr eine Art Propaganda, die junge Menschen dazu bewegen sollte, wissenschaftliche Berufe zu ergreifen. Und tatsächlich gingen viele der Männer (und wenigen

Frauen), die mit dem Manhattan- und dem Apollo-Projekt die Welt verändern sollten, wegen jener »Träume« in die Wissenschaft, die Gernsbacks Autoren mit schlichter – manchmal schrecklicher – Sprache auf billigem Papier gesponnen hatten, Papier, das schon vergilbte und brüchig wurde, bevor die Leser die Highschool besuchten.

Als Gernsback sich in den 30er Jahren von der Science Fiction abwandte, um *Sexology* zu gründen (»Das Magazin der Sex-Wissenschaft«), standen allerdings bereits ein Dutzend oder mehr Science-Fiction-Magazine in den Regalen, in denen der literarischen Qualität bald ebenso viel Bedeutung beigemessen wurde wie dem phantastischen, futuristischen Inhalt. So entstand eine »Ahnenreihe« von Edgar Rice Burroughs über Jack Williamson, Robert A. Heinlein und Ursula K. Le Guin bis hin zu William Gibson und dessen Cyberpunk-Nachkommenschaft, zu der auch der höchst erfolgreiche Film *Matrix* gehört.

»Sci-Fi« wurde in den 50er Jahren, als das nicht gerade hochgeistige »Hi-Fi« eine populäre Kurzform für »High Fidelity« war, von dem SF-Fan und Monster-Magazin-Herausgeber Forrest J. Ackerman erfunden. Er besaß die seiner Ansicht nach größte Science-Fiction-Sammlung der Welt und nannte sich gern »Mr. Sci-Fi«, zumindest auf den kalifornischen Nummernschildern seiner Autos. Unter Journalisten – vor allem unter den Schlagzeilenmachern – setzte sich der Terminus möglicherweise deshalb durch, weil »SF« bereits »San Francisco« bedeutete (allerdings wird SF heute auch in der Bedeutung »Science Fiction« verwendet). In den 70er Jahren jedenfalls sprachen Leute, die keine Science Fiction lasen, abschätzig von »Sci-Fi« und meinten damit das ganze Genre; und in einer Art Schutzreaktion verwendeten die Science-Fiction-Leser selbst den Begriff als abwertende Kurzform für rein kommerzielle Science Fiction in Literatur und Film. Manche sprachen es wie »skiffy« aus, und Peter Nicholls stellte fest, dass der Ausdruck »freundlicher klingt als ›Sci-Fi‹ und vielleicht aus diesem Grund nicht mehr so missbilligend wirkt. Skiffy meint bunte, manchmal unterhaltsame Junk-SF. *Krieg der Sterne* ist skiffy.« (Der Erste, von dem ich dieses Wort gehört habe, Damon Knight, bezeichnete damit allerdings richtig hirnloses Zeug wie *Kampfstern Galactica*.)

Science-Fiction-Autoren liegen mit Sci-Fi zu Recht im Clinch – es ist nicht nur der Bankert der Science Fiction, sondern erzielt ungefähr hundertmal so viel Umsatz, was unter anderem dazu führt, dass lukrative Film- und Fernseh-Sci-Fi wieder in die Science-Fiction-Literatur zurückschlägt und die Regale mit davon abgeleitetem Schund verstopft. Noch schlimmer: Diese »Söhne-der-Sci-Fi«-Bücher werden von denselben Leuten herausgebracht, die Science Fiction veröffentlichen, und aus denselben Verlagstöpfen finanziert. Wir – das heißt die Autoren, die sich für »seriös halten« – bekommen also weniger Geld für unsere Bücher, die Herausgeber haben weniger Zeit für uns und unser Anteil am Budget der Werbeabteilungen schrumpft auch merklich.

Ich muss allerdings zugeben, dass ich gute Sci-Fi mag und sogar selber welche geschrieben habe, entweder weil ich gerade klamm war oder nur so zum Spaß. Ich habe sogar das Drehbuch für einen Sci-Fi-Film mit dem Titel *RobotJox* geschrieben, ein nicht ganz so ambitioniertes Unterhaltungsprojekt wie *Matrix* (ungefähr so, wie *Die Simpsons* nicht ganz so ambitioniert sind wie *Twelfth Night*). Aber um es noch einmal zu wiederholen: So aufregend und komplex *Matrix* auch ist, es handelt sich nicht um Science Fiction.

Das ist weder Haarspalterei noch Elitedenken. Es heißt nur, dass man Äpfel von Birnen unterscheiden kann und sollte. Der Unterschied zwischen Science Fiction und Sci-Fi ist so elementar wie der Unterschied zwischen Dichtung und Gebrauchslyrik. Rein äußerlich ähneln sie sich, aber sie haben eine unterschiedliche Funktion; und in beiden Fällen übertrumpft die kommerzielle Variante ihren intellektuellen Bruder. Ein Sonett auf einer Karte, mit der man jemandem gute Besserung wünscht, ist Gebrauchslyrik – selbst wenn es ein gutes Sonett ist; eine Science-Fiction-Geschichte, die Sci-Fi-Merkmale verwendet, wird zu Sci-Fi – selbst wenn es eine gute Geschichte ist. (Beachten Sie aber, dass es da eine Grauzone gibt: Wenn Sie eine Glückwunschkarte mit lauter Herzen und Blumen aufklappen und darin ein Sonett von Shakespeare finden, halten Sie unbestreitbar ein Kunstwerk in der Hand, das zugleich Gebrauchslyrik ist. Auf diese Grauzone kommen wir später noch zurück.)

Das charakteristischste Merkmal von Sci-Fi ist für mich ihr Desinteresse an der Wissenschaft. Die heutige Science Fiction – der Post-Gernsback-Ära sozusagen – dreht sich vielleicht nicht um Wissenschaft, aber sie spielt in einem rationalen Universum, in dem die Gesetze der Wissenschaft konsistent die Realität beschreiben. Sci-Fi existiert dagegen in einem Hollywood-Universum, in dem die Gesetze der Wissenschaft nicht mehr Bedeutung für das Produkt haben als die hinter den gemalten Kulissen eines Films verborgene Alltagswelt.

Manche Sci-Fi-Sachen – und keineswegs nur die schlechtesten – stehen Wissenschaft und Technik nicht nur mit wohlwollendem Desinteresse gegenüber, sondern mit aktiver Feindseligkeit. Die Wissenschaftler in Steven Spielbergs Filmen etwa, von *E.T.* bis *Minority Report*, sind meist böse Karikaturen oder inkompetente Autoritätsfiguren und »innere Werte« tragen stets den Sieg über die »kalte« Wissenschaft und Technik davon. (Allerdings muss man der Fairness halber einräumen, dass sehr viele Science-Fiction-Storys seit Mary Shelley und H. G. Wells moralische Geschichten über den Missbrauch der Wissenschaft waren.)

Ein weiteres durchgängiges Charakteristikum von Sci-Fi ist Pomp. Das kann faszinierend sein, wenn er einfallsreich und intelligent eingesetzt wird, ist aber einfach nur albern, wenn nicht (natürlich gibt es auch Filme wie *Galaxy Quest* und *The Rocky Horror Picture Show*, in denen die Albernheit sinnvollen komischen Zwecken dient).

Es gibt gute und schlechte Sci-Fi, so wie es gute und schlechte Science Fiction gibt. Aber was jeweils gut oder schlecht ist, wird von unterschiedlichen Kriterien bestimmt. Sci-Fi braucht Action, Nervenkitzel und einen starken Plot, Sci-Fi-Filme bauen auf den Reiz des visuell Neuen und Ungewöhnlichen, das heißt vor allem auf umwerfende Spezialeffekte – was immer schwerer wird, weil das Filmpublikum zunehmend abstumpft und die für anspruchsvolle Grafik benötigte Rechenleistung immer billiger wird, sodass bald jeder damit arbeiten kann. (Für uns Schriftsteller hat das übrigens eine unerfreuliche Nebenwirkung: Die *Men in Black*-Filme etwa haben ihre absolut überzeugenden Aliens als solche Witzfiguren dargestellt, dass man dem Publikum mit ihnen keine Angst mehr einjagen kann. Das ist ein großer Verlust.)

Gute Science Fiction dagegen braucht weder Action noch Nervenkitzel, nicht einmal einen starken Plot – sie braucht nur Ideen und stilistische Kompetenz. Das ist offenbar der Grund dafür, dass sie zum Stiefkind ihrer eigenen Nachkommen geworden ist. Ein Film mit einem guten Drehbuch erntet vielleicht das Lob der Kritiker, spielt jedoch im Vergleich zu einer hirnlosen Abfolge von Explosionen, atemlosen Verfolgungsjagden und Sex, vorzugsweise in der Schwerelosigkeit, keinen müden Dollar ein. Einen solchen Science-Fiction-Film, der die Zuschauer zum Nachdenken bringt, können dann freilich nicht einmal Sex, Verfolgungsjagden und Explosionen finanziell retten – wie *Blade Runner* schmerzhaft bewiesen hat. Und ein relativ stiller, nachdenklicher Film wie *Gattaca* ist schon fast ein weltfremd-idealistisches Unterfangen, obwohl ich froh bin, dass sich immer noch jemand an so etwas versucht.

Die interessante »echte« SF-Idee in *Matrix* – dass Computer ein Bewusstsein erlangen und die Macht an sich reißen – ist mindestens ein halbes Jahrhundert alt: Arthur C. Clarke hat die unvermeidliche Unabhängigkeit der Computer in »Profile der Zukunft« schon zu einer Zeit postuliert, als diese noch die Ausmaße von Lagerhäusern hatten und von ihrer Leistung her nicht einmal mit einem Palm Pilot hätten mithalten können. Aber die Idee ist, wie gesagt, echte Science Fiction, und wenn *Matrix* ein Roman eines echten Science-Fiction-Autors gewesen wäre, hätte er die ganze Geschichte vielleicht auf eine rationale Grundlage gestellt und damit ins Science-Fiction-Lager herübergeholt.

Sehen wir uns einmal in einem Universum, das alle Geschichten umfasst, die »Grauzone« an. Sowohl Science Fiction als auch Sci-Fi sind Subgenres der phantastischen Literatur und einige Werke der Science Fiction und der phantastischen Literatur sind durchaus »seriös«:

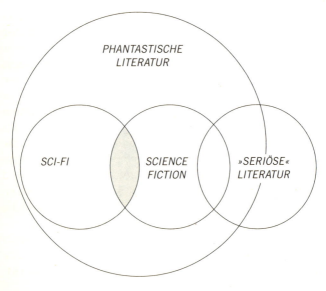

Dieser Grafik liegen natürlich meine eigenen Vorurteile zugrunde. Wenn *Matrix*, des Ruhmes und Geldes überdrüssig, »seriös« werden wollte, müsste man jene Teile, die auf Magie und Glauben basieren, auf eine rationale Grundlage stellen und dadurch in die Science-Fiction-Sphäre holen (oder diese Teile müssten – der Grafik entsprechend – durch völligen Verzicht auf die SF-Elemente so etwas wie »magischer Realismus« werden).

Die Fähigkeit, Kugeln auszuweichen, und das Zeitlupen-Kung-Fu sind dabei kein Problem; wie es im Film heißt: Sobald die Menschen erkennen, dass ihre äußere »Wirklichkeit«, die Matrix, virtuell und formbar ist, können sie die physikalischen Gesetze nach Lust und Laune brechen (eine etwas elementarere Version davon gibt es ja bereits in der geräuschvollsten Ecke Ihres örtlichen Einkaufszentrums). Ein Science-Fiction-Autor würde das Ganze wohl etwas klarer und mit weniger mystischem Brimborium erklären, aber das Konzept selbst ist nicht irrational.

Ganz sicher aber müsste man – aus simplen thermophysikalischen Gründen – das dumme Zeug mit den KIs rauswerfen, die Milliarden von Menschen versklaven und zu Energielieferanten umfunktionieren – nachdem die Menschen den Himmel verdunkelt haben, um den Computern die Energie zu entziehen. Das Gleiche gilt für die »Idee« der Stadt Zion, in der die letzten freien Menschen leben und die sich in der Nähe des Erdmittelpunkts befindet, wo es »noch ein wenig Wärme gibt«. (Was die Energiegewinnung betrifft, hätte man mehr davon, wenn man die Nahrung der Menschen verbrennen würde; und der Erdkern wird noch sehr, sehr lange Zeit aus flüssigem Metall bestehen, ganz egal, was an der Oberfläche passiert.)

Jeder Science-Fiction-Autor hätte sich etwas Besseres ausdenken können. Die Leute im Film sind offenbar imstande, sich mit Computern zu verkoppeln – warum versklavt man die Menschheit also nicht zu einem »organischen« Computer aus zehn Milliarden Elementen? Dann liefern sie statt des Stroms die für das Überleben der KIs und die Existenz der Matrix erforderliche Rechenleistung.

Die Sache mit dem Schicksal ist allerdings schon eine etwas härtere Nuss. Der Logik der Handlung zufolge gibt es keinen freien Willen: Neo wird sich als der Auserwählte erweisen, wenn er beschließt, sich für Morpheus zu opfern, Trinity wird sich in Neo verlieben, nachdem er tot ist – und das Orakel wird alles geweissagt haben. Das ist zwar ein bisschen dick aufgetragen, lässt sich aber auf eine rationale Grundlage stellen, indem man eine weitere Ebene der Virtualität einführt: *Matrix* ist ein Schauspiel innerhalb eines Schauspiels; eine Demonstration, wie das Schauspiel in »Hamlet«. Folglich gibt es, wenn die KI-Schurken wieder in ihre Metallkisten verfrachtet sind, eine Matrix-Hauptwirklichkeit, innerhalb derer *Matrix* als eine Art mythischer Metapher läuft, die erklärt, wie die Menschheit ihre Freiheit zurückgewonnen hat. Zugegeben, die Struktur der neuen Matrix-Hauptwirklichkeit wäre ebenso vage und kompliziert wie ein Roman von Burroughs (und ich meine nicht Edgar Rice), aber sie würde die Story in das rationale Universum zurückholen.

Mythen und Metaphern sind ohnehin von zentraler Bedeutung für den Film. Es gibt derart viele Anspielungen, dass man sich seinen Lieblingsmythos aussuchen kann, und es liegt so viel Krimskrams herum, dass man jede derartige Wahl auch ausreichend begründen kann. Sci-Fi steht dem Mythos im Allgemeinen näher als Science Fiction. Sci-Fi-Geschichten sind häufig Questen, bei denen übernatürliche Kräfte und Wesen eine Rolle spielen. Das muss nicht unbedingt schlecht sein, aber oft spürt man allzu deutlich Joseph Campbells unsichtbare Hand, die den Helden durch seine »Phasen« führt.

Matrix flirtet nicht sonderlich subtil mit dem christlichen Mythos: Neo ist Jesus Christus, Trinity Maria Magdalena, Morpheus Johannes der Täufer und Cypher Judas. Der Bezug zur griechischen Mythologie ist ebenfalls ziemlich direkt: Morpheus ist bekanntlich der Gott der Träume – und der Film-Morpheus arbeitet daran, die Menschheit aus der Traumwelt der Matrix zu befreien. Neo kann auch für Buddha oder Moses stehen. Schauen Sie sich mal im Internet um, da finden Sie fast alles – sogar eine mit großer Verve verfasste Interpretation des Films als »Widerlegung des christlichen Mythos«.

Auch die Hollywood-Mythologie wird immer wieder beschworen, am deutlichsten beim »Revolverduell«, mit dem der Film auf seinen Höhepunkt zusteuert – wobei eine vom Wind aufgewehte Zeitung die rollende Steppenhexe ersetzt – und Neos Apotheose als Superman eingeleitet wird. Es gibt auch Zitate aus dem »Zauberer von Oz« und »Alice im Wunderland« sowie eine unverkennbare Hommage an *Star Wars*, bei der Morpheus die Rolle von Obi-Wan Kenobi spielt; in den überdrehten Kampfszenen wird ausgiebig John Woo/Bruce Lee gehuldigt; und die Agenten ihrerseits sind geradewegs aus *Men in Black* entsprungen. Echte Cineasten behaupten, *Matrix* borge oder stehle von »Dutzenden« von Filmen; bei den oben genannten ist es selbst für mich augenfällig. (Meines Wissens hat bisher jedoch noch niemand versucht, den Film anhand der obskuren Mythologie des Science-Fiction-Fandoms zu erklären, in der ein »Neo« jemand ist, der vom Zauber des Genres berührt wurde, doch erst noch dessen Sprache und Idiosynkrasien erlernen muss – die schmutzigen Pros und SMOFs, die Macht des FIAWOL und die Schrecknisse der GAFIAtion*. Das ist allerdings ein schlafender Hund, an dem wir uns auf Zehenspitzen vorbeischleichen wollen.)

---

* Erklärungen dieser Begriffe finden sich im »Fan-Lexikon« auf der Website des Science Fiction Clubs Deutschland (SFCD) unter: www.geocities.com/area51/Vault/3541/index.html – *Anm. d. Übers.*

Eine hingeworfene Anspielung, die vermutlich ein Jahrzehnt lang (oder länger) Nahrung für Magisterarbeiten bieten wird: Neo versteckt seinen Vorrat verbotener Programme in einem ausgehöhlten Buch, das eigentlich einen grundlegenden postmodernen Text beherbergt, nämlich »Simulacra and Simulation« von Jean Baudrillard. Wie der Film ist auch die Postmoderne eine Grabbelkiste voll anregender Ideen, die nicht unbedingt etwas miteinander zu tun haben müssen. Dank dieses kurz aufblitzenden Buchtitels kann jeder halbwegs aufgeweckte Student das weiße Kaninchen über den Schrottplatz der Andeutungen zu genau der Schlussfolgerung treiben, die seinem Professor am akzeptabelsten erscheint.

Das ist vielleicht der beste und letzte Witz in einem Film, der in seinem Bierernst von Anfang bis Ende ein spaßiger Sci-Fi-Klamauk ist.

DAVID BRIN

Morgen ist vielleicht alles anders

Cyberpunk: Nur eine von vielen Rebellionen

In den 80er Jahren des vergangenen Jahrhunderts herrschte in der Science Fiction große Aufregung um eine Bewegung, die sich *Cyberpunk* nannte. Kritiker innerhalb und außerhalb des Genres überschlugen sich geradezu und schrieben dieser Bewegung alles Mögliche zu – von »ungeschminktem, scharfkantigem Realismus« über »Hochglanztexturen« bis zur »Erfindung des Topos eines finsteren Morgen, symbolisiert im zornigen jungen Mann von der Straße«.

Mal abgesehen von Übertreibungen und dem üblichen Reklamerummel: Diese literarische Bewegung hat das Genre sicherlich eine Zeit lang interessanter gemacht. Literaturexperten, die über »Sci-Fi« normalerweise die Nase rümpfen, sahen sich veranlasst, die wagemutigen Verfasser dieser dunklen, kühnen Prosa zu entdecken, vor allem natürlich William Gibson, den Autor von »Neuromancer«, einer Geschichte voller krasser, lebendiger Bilder einer Zukunft, die von repressiven Konzernstrukturen beherrscht wird; einer Zukunft, in der die Kontrolle über den Zugang zu *Informationen* die Bedeutung politischer oder militärischer Macht überwiegt.

Es war eine berauschende Zeit, selbst für diejenigen von uns, die nolens volens in die Kategorie der »Opposition« einsortiert wurden. Ich war mit Freuden zur Stelle, wenn etwa Journalisten Zitate von Kritikern der Cyberpunk-Bewegung suchten. Ich spielte brav meine Rolle und gab dem Establishment Deckung. Kostenlose Publicity ist doch was Feines!

Im Rückblick war die Cyberpunk-Bewegung wohl die beste kostenlose Werbekampagne aller Zeiten für die Science Fiction. Hervorragend gemanagt und von einigen hochrangigen Werken gestützt, gewann sie zahllose neue Leser und eröffnete zugleich neue Ausdrucksmöglichkeiten für Hollywood und die Visual Arts. Natürlich: Die aufgeblasene Rhetorik und das Gejammer über Denunziation klangen ironisch – manchmal sogar ziemlich komisch. Doch immerhin sorgten die Cyberpunk-Rebellen für frischen Wind. Wir schulden ihnen einiges.

Aber waren sie originell?

Nehmen Sie irgendeinen interessanten Aspekt in der Geschichte der westlichen Kultur und Sie sehen vermutlich ein ähnliches Muster. Schon beim Prozess gegen Sokrates ging es um eine Art »Punk«, der für sein extravagantes Benehmen bekannt war, sich satirisch über die Wertvorstellungen seiner Zeit äußerte und unkonventionelle neue Metaphern hervorsprudelte. Auch die jungen Schriftsteller der Aufklärung im 18. Jahrhundert glaubten, sie würden eine stagnierende Ordnung umstürzen und den Aberglauben mit dem neuen Licht der wissenschaftlichen Vernunft vertreiben – und in der Tat versetzten die Anhänger von Locke und Jefferson die Welt in Aufruhr.

Als diese Männer älter wurden und ihnen mit dem Erfolg auch die Macht zufiel, traten die *Romantiker* auf den Plan – Shelley, Byron und andere junge Männer – und verhöhnten die Vernunft als repressiven Knüppel in den Händen verknöcherter alter Knacker. Die Wissenschaft war für sie lediglich ein Mittel für die hochfliegenden Ambitionen der menschlichen Seele. Doch es ergab sich, dass inmitten dieses Gerangels die Science Fiction geboren wurde. Mary Shelleys zukunftsweisender »Frankenstein« kam buchstäblich aus dem Zentrum der romantischen Bewegung und enthielt sozusagen die ewige Antwort der

SF auf die Romantik: dass nämlich der Fortschritt unaufhaltsam weitergeht und man nur durch Weisheit mit ihm zurechtkommt.

Die romantische Bewegung war natürlich mehr als ein simpler kultureller Rückfall, mehr als ein Enkel, der sich mit seinem Großvater im gemeinsamen Hass auf den Vater verbündete. Wenn alles vorhersagbar wäre, würde die Rebellion ja überhaupt keinen Spaß mehr machen! Trotzdem haftet diesen Zyklen etwas Unausweichliches an: Es herrscht niemals Mangel an jungen Männern und Frauen, die es gar nicht erwarten können, neue »Offenbarungen« zu verkünden. Selbst wenn ihre Eltern noch so Großartiges geleistet haben – es wird immer welche geben, die bereit sind, sich zu Propheten einer neuen Zeit auszurufen (oder ausrufen zu lassen).

Und das erst recht in dem losen Bund von Genres, den man *spekulative Fiktion* nennt! Die Science Fiction ist schließlich die Literatur der Veränderung – was die Lebensbedingungen der Menschen, aber auch das gesamte Universum betrifft. Sie muss von Natur aus neue Ideen fördern – oder zugrunde gehen.

Demgemäß gab es die »New Wave«-SF-Autoren der 60er Jahre – Ellison, Zelazny, Silverberg –, die die vorangegangene Fixiertheit auf technische Spielereien und auf die Handlung kritisierten und die Entdeckung des *Stils* verkündeten. Die Sprache wurde zu ihrer Palette; ihre Farben sollten die Gefühle sein, die sie im Innern des Lesers entfachten. Die alten Knacker fanden natürlich, dass vieles davon totaler Humbug war. Sie hatten ihr halbes Leben lang leidenschaftlich für die Freiheit gekämpft, über die Beziehung des Menschen zur Technik und zu Zeit und Raum zu spekulieren – und jetzt hielten diese Jungtürken die errungene Freiheit für selbstverständlich. Noch schlimmer: Sie stolzierten herum, als wären *sie* die wahren Erneuerer!

Tatsächlich waren die besten New-Wave-Autoren erstaunlich einfallsreich und leisteten einen vitalen Beitrag zu unserem Genre, als er am dringendsten benötigt wurde. Sie brachten neue Themen ein und stellten neue Dilemmata vor – eben weil jene früheren Schlachten gewonnen worden waren. Und die *Besten* der alten Garde nörgelten auch nicht, als die Newcomer in ihrem neuen, farbenprächtigen Gefieder vorbeikamen. Stattdessen lächelten sie und riefen sich ins Gedächtnis, wie es gewesen war, als sie selbst jung waren. Und sie sagten: »Komm her, mein Junge. Nimm Platz und erzähl mal.«

So war es auch beim Cyberpunk in den 80ern. Obwohl ich jünger war als die meisten Cyberpunk-Autoren und erst viel später die Schriftstellerlaufbahn eingeschlagen hatte, fand ich mich aus irgendeinem Grund im Lager der alten Knacker wieder, vielleicht weil ich wirklich an die Bedeutung von Technik und Vernunft für die Erziehung kommender Generationen glaube. Da mir nun eine Rolle zugewiesen worden war, spielte ich nur allzu gern mit – es machte ja auch Spaß – und ließ Fremden gegenüber kein Sterbenswörtchen darüber verlauten, dass mir die meisten Arbeiten von William Gibson, Bruce Sterling und Pat Cadigan, die ich gelesen hatte, wirklich *gefielen* – und dass ich selber bereits ein paar »ungeschminkte« Noir-Sachen zu dem Trend beigesteuert hatte.

Nun ja, für eine literarische Bewegung ist der Cyberpunk inzwischen weit über das reife mittlere Alter hinaus. Genau wie einige seiner Vertreter, die man hin und wieder dabei beobachten kann, wie sie einander argwöhnisch in die verspiegelten Sonnenbrillen blicken und nach Altersfalten und Leberflecken Ausschau halten. Aber das Schlimmste kommt erst noch: Die erfolgreichsten Bewegungen werden nämlich immer dadurch bestraft, dass sie zu Klischees erstarren. Denken Sie an die Geschichte von der alten Dame, die ins Theater eingeladen wird und dort ihr erstes Shakespeare-Stück sieht. Ihre Reaktion? »Oh, ich fand es sehr schön … aber all die vielen Zitate!«

Das ist nun mal das Los von Autoren: Entweder fallen sie dem Vergessen anheim oder sie haben Erfolg und werden kopiert – so lange, bis man sie satt hat.

Und jede erfolgreiche Generation bringt noch etwas anderes hervor – eine *neue* Klade von Rebellen, die die alte ablehnen und die Revolution gegen sie schüren. Intelligente junge Leute, die über ihre neuen Entdeckungen sprechen – Dinge namens »Story«, »Figur« und »Hoffnung«.

Es gibt viele Versuche, Science Fiction zu definieren. Ich bezeichne sie gerne als die Literatur der Erforschung und *Veränderung*. Während andere Genres auf so genannte ewige Wahrheiten fixiert sind, befasst sich die SF mit der Möglichkeit, dass unsere Kinder andere Probleme haben könnten als wir. Ja, sie könnten sogar anders *sein* als wir.

Veränderung ist wichtig – sie ist das hervorstechende Merkmal unserer Zeit. Wie gut kommen *Sie* mit Veränderungen zurecht?

Alle Geschöpfe sind fest in der Zeit verwurzelt, aber nur die Menschen machen sich darüber Gedanken – sie trauern der Vergangenheit nach oder fragen sich besorgt, was die Zukunft bringen wird. Unser Gehirn ist auf einzigartige Weise für diese temporale *Skepsis* ausgerüstet. So scheinen etwa zwei Nervengruppen direkt über unseren Augen – die Präfrontallappen – besonders für Extrapolationen geeignet zu sein. Außerdem können Teile des älteren Kortex schon auf den leisesten sensorischen Reiz hin von lebhaften Erinnerungen an vergangene Zeiten überschwemmt werden; so schickte ein einziger Dufthauch Proust hunderte von Seiten lang in die Küche seiner Mutter zurück.

Es kann ein bestimmendes Merkmal für eine Zivilisation sein, ob sie von der Vergangenheit oder der Zukunft fasziniert ist. Die meisten Kulturen der Welt glaubten an ein untergegangenes »goldenes Zeitalter«, in dem die Menschen mehr gewusst und *erhabenere Gedanken* gedacht hatten, in dem sie den Göttern näher gewesen, dann jedoch aus diesem Stand der Gnade gefallen waren. Obwohl es so gut wie keine glaubwürdigen Beweise für ein reales, ehemaliges »goldenes Zeitalter« gibt, kommt der Mythos so häufig, auf so vielen Kontinenten und in so vielen Zusammenhängen vor, dass er wohl etwas Elementarem in unserem Wesen entspringt. Vor dem Hintergrund dieses »rückwärts gewandten« Weltbilds können die Männer und Frauen einer späteren, raueren Zeit nur voller Neid auf jene glücklichere Epoche zurückblicken, altes Sagengut studieren und hoffen, in ihrem Leben den Überresten uralter Weisheit gerecht zu werden.

Nur einige wenige Gesellschaften haben sich getraut, diesem Standard-Dogma der Nostalgie etwas entgegenzusetzen. Der Westen mit seinen unbescheidenen Ideen von Wissenschaft und Fortschritt versetzte ein wie auch immer geartetes »goldenes Zeitalter« dreist in die Zukunft, als etwas, worauf man hinarbeiten konnte, ein menschliches Konstrukt für unsere Enkel, erreichbar mit Geschick, Schweiß und gutem Willen – vorausgesetzt, es gelingt uns, sie richtig auf eine solch ehrgeizige Aufgabe vorzubereiten. Damit wird zugleich stillschweigend postuliert, dass unsere Nachkommen besser sein können und sollten als wir, eine schwelende Hoffnung, die (ein wenig) von der Tatsache genährt wird, dass der durchschnittliche Intelligenzquotient seit zwei Generationen stetig ansteigt.

Diese Perspektive ist nicht ganz unwichtig, wenn wir populäre Mythologien im Bereich der Science Fiction untersuchen. Nehmen Sie eine Reihe beliebter Filmepen: zum Beispiel *Matrix, Minority Report* und *Blade Runner*, wobei den beiden letzteren zwei Werke von Philip K. Dick zugrunde liegen. Wir werden sehen, dass es sehr aufschlussreich ist, wenn man an diese Filme – und andere, zum Beispiel *Krieg der Sterne, Herr der Ringe* und die alljährliche *Star Trek*-Ausgabe – folgende Fragen stellt:

1. Richtet das Werk den Blick »nach vorn« auf den menschlichen Fortschritt oder fördert es die Nostalgie, indem es einem vergangenen goldenen Zeitalter nachtrauert?
2. Wird die *Wissenschaft* voller Abscheu dargestellt? Oder wird sie als viel versprechende Entwicklung betrachtet, die freilich aufmerksam auf schädliche Exzesse hin beobachtet werden muss?
3. Welche Rolle spielt die *Rebellion*? Wird das Misstrauen gegen die Autorität als Privatsache dargestellt? Oder wird es als gesunde Reaktion aller Bürger dargestellt, die gemeinsam dafür sorgen, dass die Machthaber sich ihrer Verantwortung nicht entziehen?
4. Werden die »Helden« als normale, wenn auch vielleicht überdurchschnittliche Menschen gezeichnet, die sich trotzdem noch innerhalb des menschlichen Spektrums befinden? Oder sind sie Halbgötter, die dank ihrer Herkunft, ihrer Gene oder sogar durch göttliches Recht über den gewöhnlichen Menschen stehen?

Das sind zwar nicht die üblichen analytischen Kategorien, mit denen Kritiker arbeiten, aber ich gehe jede Wette ein, dass sie sich als erhellend erweisen werden.

Zunächst wollen wir jedoch mit einer offensichtlichen Tatsache beginnen: dass nämlich jede Generation von einer Welle von Barbaren heimgesucht wird – ihren Kindern.

Wozu rebellieren?

Glauben Sie, dass die Menschen in Ihrer Umgebung für Propaganda anfällig sind? Die meisten Menschen glauben das. Bitte nehmen Sie sich einen Moment Zeit und schreiben Sie auf, wovon Ihre Mitbürger Ihrer Meinung nach am stärksten indoktriniert werden. Manche nennen den

Kommunismus, die Religion oder die Werbung – oder die Massenmedien, die einer unglücklichen Bevölkerung *Konformität* aufzwingen.

Es ist ein selbstgefälliges Klischee, dass nur Sie allein – und vielleicht noch ein paar Freunde – zufällig die Konditionierung durchschauen, die alle anderen in passive, gehorsame Schafe verwandelt. Der Cyberpunk übernimmt dieses Bild, indem er ein, vielleicht auch mehrere einsame Individuen zeigt, die wie Ratten unter den dunklen Türmen der Macht umherhuschen. In *Matrix* sind die Herrschenden böse Computer; in *Vernetzt – Johnny Mnemonic* sind sie die Lenker gesichtsloser Konzerne; in *Akte X* geht es um eine Regierungsverschwörung. All diesen Mythen gemeinsam ist das auf grimmige Weise befriedigende Bild, dass die Massen weitgehend nutzlose Zuschauer sind, die verwirrt blöken und muhen. Und die Helden all dieser Geschichten – insbesondere bei Akte X – kommen nie auf den Gedanken, sich einmal an diese Massen zu wenden, die ihr Gehalt bezahlen und ihren Respekt verdienen. Der Durchschnittsbürger und die Durchschnittsbürgerin können schließlich auch nichts zum Widerstand gegen die »Dunkle Macht« beitragen, weil sie längst derart indoktriniert sind, dass sie ihr dumpfen, blinden Gehorsam leisten.

Aber jetzt kommt die ironische Wendung: Schauen Sie sich um – ich wette, Sie können auf Anhieb keinen einzigen populären Film der letzten vierzig Jahre nennen, der wirklich Homogenität, Unterwerfung oder Unterdrückung der Individualität gepredigt hat.

Das sollte Ihnen zu denken geben!

In Wahrheit werden wir mit einer nicht enden wollenden Propaganda-Kampagne überzogen, die in zahllosen Filmen, Romanen, Mythen und Fernsehshows äußerst hartnäckig das genaue Gegenteil predigt! Ein einziges, konstantes Thema, so beharrlich und allgegenwärtig, dass die meisten Menschen es kaum noch bewusst wahrnehmen oder erwähnen. Und dennoch – wenn ich es ausspreche, werden Sie nicken, weil Sie es sofort erkennen.

Dieses Thema ist *Misstrauen gegen die Autorität* – häufig begleitet von seinem Partner, die *Toleranz*.

Nennen Sie mir nur ein einziges Beispiel eines neueren Films, in dem sich der Held nicht schon in den ersten zehn Minuten mit dem Publikum verbündet, indem er einer Autoritätsfigur Widerstand leistet oder ihr übel mitspielt.

Manche Filmemacher, wie zum Beispiel Steven Spielberg, verwenden dieses Ingrediens maßvoll – indem sie Autoritätsfiguren erschaffen oder nachbilden, die gerade böswillig und mächtig genug sind, um die Helden ohne allzu viel Übertreibung in permanente Gefahr zu bringen. Andere dagegen tragen die autoritäre Prämisse so dick auf wie die Glasur auf einem Hochzeitskuchen – um mit der Süße des Ressentiments alle anderen Mängel in punkto Konsistenz und Geschmack zu überdecken.

Leider wird man in SF-Filmen nur allzu oft mit der zweiten Variante konfrontiert. Nehmen Sie die düstere Paranoia, die *Matrix* und andere Filme desselben Genres durchzieht. Oh, ich habe nichts gegen Geschichten über eine Rebellion gegen böse Mega-Computer. Ermüdend ist auf Dauer nur die beharrliche Weigerung, anzuerkennen, dass es sich um ein uraltes Klischee handelt, und dieses geschickt zu variieren.

Aber kommen wir zum Wesentlichen zurück. Rebellen sind immer die Helden. Konformität ist schlimmer als der Tod. Selbst in Kriegsfilmen ist die Respektlosigkeit gegenüber irgendeinem aufgeblasenen Befehlshaber ein unabdingbares Element. Oft weist die Hauptfigur auch einen schrulligen Charakterzug auf, eine Exzentrizität, mit der sie sowohl den Zorn der Unterdrücker auf sich zieht als auch die Sympathie des Publikums gewinnt.

Sicher, man hört man schon hin und wieder etwas von Konformität und Intoleranz, aber nur aus dem Mund von Schurken, die ihre Schnurrbärte zwirbeln – eine klare Aufforderung, gegen jedes ihrer Worte zu rebellieren. Das Sicheinfügen in die graue Alltagsnormalität wird so ziemlich als das Verachtenswerteste dargestellt, was ein Individuum tun kann – eine Botschaft, die ganz und gar dem entgegensteht, was in den meisten anderen Kulturen propagiert wurde.

Dieses Thema ist derart dominant und unübersehbar, dass Sie das zentrale Faktum nicht bestreiten werden – obwohl die unvermeidliche Schlussfolgerung Ihnen wohl zutiefst zuwider ist. Sie müssen nun brav sitzen bleiben und eine der bittersten Erkenntnisse akzeptieren, die es für einen Haufen eingefleischter Individualisten überhaupt gibt: Dass Sie von der unerbittlichsten öffentlichen Indoktrinationskampagne aller Zeiten darauf *trainiert* worden sind, Individualist zu sein, dass Sie Ihre Liebe zur Rebellion und zum Exzentrischen sozusagen mit der Muttermilch verabreicht bekommen haben, und zwar von einer Gesellschaft, die offenkundig *will*, dass Sie so sind!

Oh, eine Ironie jagt die andere.

Eine Frage der Perspektive

Fördern denn *alle* populären Werke der erzählenden Literatur dieses Misstrauen gegen die Autorität? Auf einer gewissen Ebene ja. Es ist das zentrale Element des modernen Dramas – ein Zeichen dafür, wie sehr sich das heutige Empfinden gegenüber früheren Zeiten gewandelt hat; weicht es doch merklich ab von den passiven Klagen der zum Untergang verurteilten tragischen Gestalten Ödipus und Othello, für die es keine Zuflucht mehr gab, nachdem sie von ihren Göttern mit einem Fluch belegt worden waren. Die klassischen Griechen, Römer, Japaner und andere neigten dazu, Widerstand als vergeblich zu betrachten (in Übereinstimmung übrigens mit den strengen

Regeln von Aristoteles' »Poetik«), ein fundamentaler Glaubenssatz der oben erwähnten »rückwärts gewandten« Weltanschauung.

Im Gegensatz dazu beziehen moderne SF- und Fantasy-Geschichten einen völlig anderen Standpunkt. Nehmen Sie etwa *Xena* und *Herkules*, zwei anspruchslose, beliebte Fernsehserien, in denen Autoritätsfiguren – in direktem Verhältnis zu ihrer Grobheit oder Gefühllosigkeit gegenüber dem gemeinen Volk – als böse dargestellt werden. Xena würde einen vertriebenen König durchaus vor Eindringlingen retten und wieder auf den Thron verhelfen, aber nur, wenn er die Menschen gut behandelt und verspricht, ein demokratisch gewähltes Parlament einzusetzen. Und wenn ein Olympier einen Menschen misshandelt, wird dieser »Gott« von unserer Heldin auf furchtbare Weise bestraft!

Nun ja, der Wunsch, Olympier und Halbgötter anzubeten, ist in uns immer noch lebendig. Schließlich haben wir jahrtausendelang in völlig undemokratischen feudalen Gesellschaften gelebt, in denen eine kleine Elite die unwissenden Massen beherrschte. Seit Homers »Ilias« und dem »Gilgamesch«-Epos haben die Sänger und Geschichtenerzähler so gut wie immer für die Dorfvorsteher, Aristokraten und Könige gearbeitet, denen alles gehörte (was Joseph Campbell übrigens mit dezentem Schweigen übergeht). Also predigten sie natürlich, dass Fürsten und »bessere« Leute das Recht hätten, nach Lust und Laune ihre unberechenbare Macht auszuüben. Man konnte sich zwar aussuchen, welchem Halbgott man die Daumen drückte – Achilles oder Hektor –, aber das grundlegende Recht des Superhelden, mit Sterblichen so umzuspringen, wie es ihm beliebte, war unbestritten.

Das ist ein weiterer Aspekt des nostalgisch-romantischen, vergangenheitsorientierten Weltbilds. Heute findet man es beispielhaft in zwei sehr populären Epen: in Orson Scott Cards »Ender«-Zyklus und in George Lucas' *Krieg der Sterne*-Saga. In beiden stehen die zentralen Figuren von Geburt an weit über allen anderen – sie sind nicht nur ein bisschen klüger als die gewöhnlichen Sterblichen um sie herum, sondern geradezu über sie erhaben. Außerdem ist ihr hoher Rang kein Ergebnis harter Arbeit bzw. des heutzutage für Teamwork, Demokratie, Leistungsgesellschaft oder Wissenschaft typischen Gebens und Nehmens wechselseitiger Kritik; vielmehr wird er durch eine genetische Überlegenheit begründet, die dem Helden das Recht verleiht, sich einzumischen, wo und wann er immer will.

In fast allen Werken von Card gibt es einen zentralen Halbgott, der – als Ausgleich sozusagen – eine tiefe, mit einer Portion Selbstmitleid versehene (und in epischer Breite geschilderte) Angst davor hat, sich über die Halsstarrigkeit der rückständigen Menschheit hinwegsetzen und die Dinge in Ordnung bringen zu müssen. Cards Figuren scheinen also zumindest ein vages Bedauern darüber zu verspüren, dass die Menschen nicht imstande sind, ihre Angelegenheiten wie Erwachsene zu regeln; George Lucas hingegen hält sich mit solcherlei Zeug nicht auf: seine »Jedi-Kraft« rühmt ganz unverblümt jene geheime mystische Priesterkaste, die zu fast allen Zeiten und auf fast allen Kontinenten tyrannischen Königen geholfen und ihr Handeln gerechtfertigt hat. Und beide Sagas rücken dabei ständig »Autoritätsfiguren« als Strohmänner in den Vordergrund, denen die Helden offenen Widerstand leisten können – während die wahren Manipulatoren die eigentliche Melodie spielen, nach der alle tanzen.

Natürlich ist den nostalgischen Romantikern schon allein der Gedanke an Fortschritt ein Gräuel. Trotz High-Tech-Inventar predigt das *Krieg der Sterne*-Pop-Epos unablässig die nostalgische Parteilinie: Die ideale Gesellschaft sollte von geheimen, mystischen Eliten regiert werden, die niemandem Rechenschaft schuldig sind und die sich dank der ihren Genen innewohnenden Eigenschaften selbst eingesetzt haben. Das einzige gute Wissen ist altes Wissen. (Kein Wunder also, dass alles »vor langer Zeit, in einer fernen Galaxis« passiert ist.)

Beachten Sie: Diese Romantiker müssen nicht unbedingt technologiefeindlich sein – aber die Wissenschaft lehnen sie geradezu zwangsläufig ab. Ihr Weltbild ist völlig unvereinbar mit der Funktionsweise der Wissenschaft und dem wissenschaftlichen Denken.

Von Vergil und den Veden über Plato, Shelley und Tolkien bis hin zu Updike und Rowling umspannt diese nostalgische Tradition fünf Kontinente und vier Jahrtausende. Manche wettern, andere zischeln; aber alle murren sie über das Morgen. Und selbst wenn die Helden dieser Geschichten »Misstrauen gegen die Autorität« zum Ausdruck bringen (das müssen sie, um sich mit dem heutigen Publikum zu verbünden), handelt es sich immer um einen Streit unter Halbgöttern. Die reinen Sterblichen haben nur die Möglichkeit, als Speerträger zu sterben – wie in der »Ilias« – oder die Halbgötter bei Massenzeremonien anzubeten – wie in *Triumph des Willens*.

Vergleichen Sie das nun mit dem Weltbild von *Star Trek*, wo Demokratie etwas inhärent Gutes ist. Der wissenschaftliche Fortschritt verdient zwar kritische Beobachtung, wird jedoch als unvermeidlich und wohl auch als wünschenswert betrachtet. Der Kapitän des Schiffes, obwohl ein »großer Mann«, ist voll und ganz auf die Kompetenz seiner »rein menschlichen« Besatzung angewiesen und jedes männliche oder weibliche Mitglied der Crew kann eine entscheidende Rolle spielen – und steht dann verdientermaßen für einen kurzen Augenblick im Rampenlicht. In *Star Trek* wird jeder Halbgott mit Besorgnis und Argwohn betrachtet.*

---

* Mehr über diese Unterscheidung finden Sie unter http://www.davidbrin.com/starwarsarticle1.html

Insofern finde ich es offen gesagt erstaunlich, dass *Star Trek* überhaupt Erfolg gehabt hat. Jedenfalls überrascht es überhaupt nicht, dass sein Kernelement – der »progressive Optimismus« – im Kanon der SF nur wenige Nachahmer fand. (Ein paar gibt es allerdings: Robert Silverberg, Iain Banks und Will McCarthy haben sich Zukünfte ausgedacht, in denen unsere Nachfahren vor Problemen von angemessen hohem Schwierigkeitsgrad stehen, um selbst Leute herauszufordern, die weitaus besser und klüger sind als wir.)

Gestehen wir es uns ein: Eine intelligente zukünftige Zivilisation zu porträtieren, die sich trotzdem clever ausgedachten, schwierigen Problemen gegenübersieht, ist harte Arbeit! Viel, viel leichter ist es, auf der Klaviatur der Gefühle zu spielen – indem man einen Halbgott in eine dystopische Szenerie voll unbedarfter Bürger steckt. Man geht einfach bezüglich der Gesellschaft vom Schlimmsten aus und verschafft den Lesern oder Zuschauern die emotionale Befriedigung, mitzuerleben, wie dieser alles überragende Held gegen eine krass simplifizierte und überzeichnete Autoritätsfigur »rebelliert« – und dabei magische Kräfte zum Einsatz bringt, die ihm das Schicksal genau dafür in die Wiege gelegt hat.

Die Schwierigkeit des Optimismus

In welche Kategorie gehören nun die meisten der heutigen populären Genrefilme?

Nehmen Sie *Matrix*, einen Film, den ich mit großem Vergnügen gesehen habe: Seine High-Tech-Prämisse und das Hochglanz-Cyber-Ambiente sind enorm attraktiv und die Konstruktion des grundlegenden Konflikts ist ansprechend. Wer könnte dem dunklen Glanz seines Designs, der Pyrotechnik, den Stunts, der Verführungskraft seiner film-noir-artigen Vision widerstehen? Und am allerschönsten ist die klassische Identifikation des Publikums mit einer Figur, die im Voraus erfährt, dass sie »der Auserwählte« ist, und jede Fähigkeit, die ihr fehlt – jede Fähigkeit, die *Sie* sich schon immer gern angeeignet hätten, wenn Sie bloß die Zeit dazu gehabt hätten –, lässt sich binnen Sekunden herunterladen! (Natürlich ist für dieses Wunder eben jene Wissenschaft vonnöten, die der zentralen Prämisse zufolge ein großer Fehler war. Die Fülle an Ironien bei diesem Film ist enorm.)

Aber wie ist der Film im Hinblick auf die vier Fragen zu bewerten, die ich vorhin gestellt habe?

Matrix ist in so gut wie jeder Hinsicht unverfroren nostalgisch-romantisch, hält dem elitären, vergangenheitsorientierten Weltbild die Treue, betrachtet die Wissenschaft mit Argwohn und hat für die Massen – die hier so viel Ähnlichkeit mit Schafen haben wie in kaum einem anderen Werk der populären Kultur – nur tiefste Verachtung übrig. Erst ganz zum Schluss wird angedeutet, dass das gemeine Volk eines Tages vielleicht aus seinem verführerischen Schlaf aufgeweckt werden könnte. Aber sehr wahrscheinlich ist es nicht.

Verstehen Sie mich bitte nicht falsch: Einige der größten Werke der Literatur malen die Zukunft in dunklen Farben, um uns zu warnen – und die SF tut der Zivilisation einen echten Gefallen, wenn sie hartnäckig die Folgen möglicher Fehlentwicklungen untersucht. An anderer Stelle habe ich mich damit befasst, wie wichtig »sich selbst verhindernde Prophezeiungen« sind, SF-Geschichten, die uns höchstwahrscheinlich das Leben gerettet, ganz bestimmt aber einen Beitrag zur Bewahrung unserer Freiheit geleistet haben, indem sie einer keineswegs schafähnlichen Öffentlichkeit ein geschärftes Bewusstsein für potenzielle Gefahren einimpften. Zu den bedeutendsten zählen *Dr. Seltsam oder Wie ich lernte die Bombe zu lieben, Jahr 2022 … die überleben wollen* und *1984*. Sie alle trugen dazu bei, die lebhafte Warnung des jeweiligen Autors* ziemlich obsolet zu machen – weil das gänzlich unerwartete Wunder geschah, dass die Menschen tatsächlich zuhörten.

Trotzdem: Es sind schon genug Lobeshymnen auf den Stil und die »Warnungen« von *Matrix* angestimmt worden. Ich möchte darum noch einmal auf die Aspekte zurückkommen, die bisher zu wenig Beachtung gefunden haben – zum Beispiel das inbrünstige Festhalten an einer nostalgisch-romantischen, rückwärts gewandten Art, die Welt zu betrachten.

Vergleichen Sie diese Einstellung mit der eines anderen amüsanten Klamaukfilms: *Das fünfte Element*. Er ist weit weniger ernsthaft oder nachdenklich als *Matrix* und das Einzige, was seiner kompletten Hirnlosigkeit entgegensteht, ist sein hemmungsloser Frohsinn. Überschwänglichkeit und Optimismus ergießen sich in Sturzbächen von der Leinwand und reißen die mürrische Skepsis des Zuschauers mit sich fort – selbst wenn die Handlung eigentlich absolut lächerlich ist. Schon richtig, es gibt einen Halbgott, oder vielmehr eine Halbgöttin, aber sie braucht die Hilfe und den Beistand sterblicher Helden – und seien es Bürger, die zufällig gerade vorbeikommen! Einige Autoritätsfiguren treiben die Handlung mit ihrer Gemeinheit voran, doch der Regisseur hält es nicht für nötig, die gesamte Gesellschaft über diesen Leisten zu schlagen. Die Schurken sind schon böse genug. Der Kuchen braucht nicht nur aus Zuckerguss zu bestehen.

Oder nehmen Sie ein anderes Beispiel: *Minority Report* (eigentlich fast jeden Spielberg-Film). Spielberg ist unge-

---

* In allen drei Fällen handelt es sich um verfilmte Romane. Stanley Kubricks *Dr. Seltsam* beruht auf dem Roman »Red Alert« von Peter George, Vorlage für Richard Fleischers *Jahr 2022* war Harry Harrisons »New York 1999« und George Orwells Roman »1984« wurde mehrfach verfilmt, u. a. 1956 von Michael Anderson und 1984 von Michael Radford. – *Anm. d. Übers.*

niert progressiv und hält dem zukunftsorientierten Zeitgeist die Treue. Obwohl er sich das Misstrauen gegen die Autorität geschickt zunutze macht, verfällt er nicht in das *Akte-X*-Klischee eines Landes und einer Bevölkerung, die permanent vollständig unbedarft sind. Selbst die Regierung wird nie schwarz in schwarz gemalt. Stattdessen sind Spielbergs wenige negative Autoritätsfiguren klar konturiert – ein bösartiger Polizeichef hier, ein gefühlloser Wissenschaftler dort.

Außerdem kann der Held sogar anständige Menschen und Institutionen um Hilfe bitten. Obwohl es in *Minority Report* techno-orwellsche Gänsehautmomente gibt – etwa wenn die Polizei Spionage-»Spinnen« in ein Wohnhaus schickt –, stellt Spielberg dies als sehr begrenzte Invasionen dar, mit denen sich die souveränen Bürger offenbar aus freien Stücken abgefunden haben. Sie können sogar für die Auflösung einer speziellen Polizeieinheit stimmen, wenn sie ihnen nicht gefällt – tatsächlich ist das ein zentrales Handlungselement. Diese Zukunft mag zwar unheimlich und mit vielen Problemen behaftet sein, aber sie ist keine klischeehafte Tyrannei.

Anders ausgedrückt: Im Gegensatz zu George Lucas ist Spielberg einer Zivilisation dankbar, in der Demokratie und allgemeiner Anstand herrschen und in der eine egalitäre Wissenschaft betrieben wird. Er kann sich einfach nicht dazu durchringen, ihr ins Gesicht zu spucken. Schon gar nicht, nachdem sie so gut zu ihm war.

Die Wurzeln der Fantasy

Denken Sie nun aber an die Beliebtheit feudal-magischer Fantasy-Epen im Stile des »Herrn der Ringe«.

Ein zentrales Element des Romantizismus ist die Geringschätzung vieler Dinge, auf die wir heute großen Wert legen: pragmatisches Experimentieren, Produktion, umfassende Alphabetisierung, kooperative Unternehmensorganisation und abgeflachte Sozialstrukturen. Im Gegensatz zu diesen »sterilen« Bestrebungen priesen die Romantiker das Traditionelle, Persönliche und Besondere, das Subjektive und Metaphorische. Das entspricht genau dem Handlungsschema des »Herrn der Ringe«, in dem die Guten nach Wiederherstellung einer älteren, würdevollen und »natürlichen« Hierarchie streben, die in starkem Kontrast zum verwirrenden, quasi-industriellen und andeutungsweise technologischen Ambiente von Mordor mit seinen Schornstein-Szenerien und (industriell gefertigten) Ringen der Macht steht – die übrigens von jedem benutzt werden können, nicht nur von einer kleinen Elite. Diese »Wunder« von Menschenhand gelten als verflucht, und wer sie zu benutzen wagt und sich damit unerlaubterweise in den Besitz von Kräften bringt, die von Rechts wegen den über ihm Stehenden vorbehalten sind (etwa den Elben), ist zum Untergang verurteilt.

Und noch was Tolles: Man kann sich bei Fantasy-Geschichten mit einer Seite identifizieren, die ein hundertprozentiges Destillat des Guten ist, und sich an der Vernichtung ihrer Feinde ergötzen, die den Tod *verdienen*, weil sie hundertprozentig böse sind! Das ist zwar vielleicht nicht politisch korrekt, aber schließlich ist die Political Correctness ja auch nur ein Bankert der egalitär-wissenschaftlichen Aufklärung. Der Romantizismus hat nie auch nur so getan, als strebte er nach Gleichheit. Er ist von Natur aus zutiefst diskriminierend.

Der Drang, einen dämonisierten Feind zu vernichten, stößt in unserem Inneren auf eine tiefe Resonanz, denn er stammt aus viel älterer Zeit als dem Feudalismus. Daher der Nervenkitzel, den wir verspüren, wenn die Ork-Fußsoldaten bei Helms Klam niedergemetzelt werden; oder wenn die Ents beim Turm Sarumans noch mehr Goblin-Soldaten abschlachten, ohne Gefangene zu machen, ohne einen Gedanken an all die verwaisten Orklinge und trauernden Ork-Witwen; und noch einmal bei Minas Tirith; und dann im Hafen von Gondor; und dann bei ... Na ja, es sind ja schließlich nur Orks. Was für ein Heidenspaß!

Fällt Ihnen die Ähnlichkeit mit den Massen von Fußsoldaten und Speerträgern auf, die in der »Ilias« durch Achilles' Hand sterben ... oder die Parallele zur *Star Wars*-Saga?

Es gibt allerlei Versuche, die von so vielen wahrgenommene Kluft zwischen Fantasy und Science Fiction durch eine Definition der jeweiligen Genres zu erklären. Ich möchte Ihnen folgende anbieten, die auf dem Unterschied zwischen der vergangenheits- und der zukunftsorientierten Weltanschauung beruht: Science Fiction postuliert die (geringe) Möglichkeit, dass Kinder irgendwann vielleicht fähig sein werden, aus den Fehlern ihrer Eltern zu lernen, dass die Menschen eines Tages vielleicht besser sein werden als wir, zum Teil aufgrund unserer eigenen Bemühungen. Vielleicht brauchen sie dann keine Könige mehr. Vielleicht ist dann jeder von ihnen imstande, aufzustehen und ein Held zu sein.

Ein fortwährender Kampf der Weltanschauungen

Der Kampf der Weltanschauungen findet in tieferen Bereichen statt als in denen der Politik oder der Ideologie und es ist keine Entscheidung, kein Ende in Sicht. Filme wie *Matrix* und *Minority Report* verkörpern diesen Kampf. Auch wenn wir von den Ähnlichkeiten überwältigt sind – von den prächtigen Zukünften, den Techno-Wundern und dunklen Warnungen –, sollten wir nicht vergessen, dass hier weit tiefer reichende Ansichten im Spiel sind. Ansichten darüber, was Menschen möglicherweise erreichen können.

Die Science Fiction ist damit zu einem zentralen Schlachtfeld in einer der wichtigsten Kontroversen geworden, die uns Menschen beschäftigen. Wir müssen uns entscheiden, ob wir weiterhin unsere Faszination für Hierarchien, Halbgötter und die Vergangenheit pflegen wollen – oder ob wir uns mit wachsamem Optimismus der Zukunft zuwenden wollen.

ALAN DEAN FOSTER

Die Rache der Unterdrückten, Teil 10

Erinnern Sie sich noch an dieses alles beherrschende Gefühl in Ihrer Kindheit? Nein, nicht der Geschmack von leckerem Eis, das Gelächter von Freunden oder die Wärme in der Küche Ihrer Mutter. Das nicht. Nichts derart Vordergründiges.

Ich meine die Angst. Die ständige, übermächtige Hilflosigkeit. Das Gefühl, allen Anstrengungen zum Trotz seine Umgebung nie auch nur andeutungsweise im Griff zu haben. Immer von allem und jedem um einen herum drangsaliert zu werden. Die Furcht – vor den Eltern, den älteren Geschwistern, dem Raufbold in der Schule (es gibt immer einen Raufbold in der Schule), Fremden bei einem Familientreffen, Fremden auf der Straße. Vor Fremden überall. Vor der ganzen Welt. Ganz zu schweigen vom Horror im Wandschrank, dem Monster unterm Bett, der Gestalt, die draußen vor dem Fenster herumschleicht – und vor Onkel Jakes Glubschaugen, seinen Fingern, die einen liebevoll ins Fleisch zwicken, und seinem stinkenden Atem.

Beruhigen Sie sich. Kein Grund zur Panik. Sie sind nicht allein. Wir alle hatten Angst vor diesen Dingen (manche von uns haben sie noch immer – besonders vor Onkel Jake) und es gab nichts – absolut rein gar nichts –, was wir dagegen tun konnten.

Aber wir wollten es.

Und wie wir es wollten! Wie sehnlich wir uns gewünscht haben, wir hätten Mittel und Wege, uns Raufbold, Fremde, Ding-im-Schrank, Monster-unterm-Bett und Gestalt-vorm-Fenster mühelos vom Hals zu schaffen – und zu unserer heimlichen, aber delikaten Schande Onkel Jake wohl auch (nicht jedoch Tante Jane, die so leckere Kekse machte). Wir konnten es nicht. Warum nicht? Weil wir kleiner, schwächer, unerfahrener, dümmer und zu ängstlich waren.

Diese starken, atavistischen Kindheitsgefühle werden wir niemals ganz los, ganz gleich, wie reif oder »erwachsen« wir geworden zu sein glauben. Wer hat nicht hin und wieder einmal – natürlich nicht wirklich (zumindest nicht allzu oft, glücklicherweise), aber gewiss in der Phantasie – jemanden umbringen wollen? Seinen Chef oder den Idioten ein Stück die Straße runter, der sich immer ganz besondere Mühe gibt, damit sein Köter nur ja auf *Ihren* Rasen macht. Oder den dämlichen Laberheini von Politiker im Fernsehen, der uns kalt lächelnd ins Gesicht lügt. Oder den amoralischen Spitzenmanager, der dafür verantwortlich ist, dass die lebenslangen Ersparnisse alter Leute in die nächste Tonne getreten werden, während er gerade zu einer weiteren »geschäftlichen Besprechung« nach St. Tropez unterwegs ist.

Am stärksten sind diese Gefühle freilich bei Kindern und zwar vor allem bei denen, die im Sargasso-Meer ihrer Teenagerjahre dahintreiben und jeden Tag darauf verwenden, die mentalen und emotionalen Scherenschnitte der Angst und Hilflosigkeit, so weit es nur geht, zu verkleinern. Deshalb hat dieses spezielle Segment des Filmpublikums auch so schnell und so begeistert auf *Matrix* reagiert.

Trotz allem, was man auf der Leinwand sieht, geht es in *Matrix* – zwar nominell Science Fiction bzw. stark beeinflusst von einem Subgenre jener Literatur namens Cyberpunk – nämlich nicht um Computer oder böse Maschinen, die die Menschheit versklaven, ja nicht einmal um coole Sonnenbrillen. Es geht um *Empowerment*. Darum, dass der noch nicht ganz Erwachsene sich seiner Kraft bewusst wird und Macht über sein Leben gewinnt. Die Leute können sich die Finger wundschreiben über die Tendenz des Films zu verspiegelten Objekten und die tollen Spezialeffekte, über seine geheimnisvolle Mythologie und die Rahmenhandlung, in der die Maschinen unsere Spezies versklaven; aber in Wirklichkeit schickt er jedem Teenager im Publikum (und hier in erster Linie den männlichen Exemplaren) die Botschaft, dass zumindest in der Welt von *Matrix* auch du – du eierköpfiger, blasser, pickelgesichtiger, magerer, unsportlicher Klumpen formbaren Menschenmaterials – imstande bist, gottähnliche Herrschaft über jeden deiner Folterknechte auszuüben. Und obendrein auch noch das Mädchen zu kriegen.

Setzen Sie sich mal in ein Kino, in dem der Film läuft, und beobachten Sie die Angehörigen dieses begehrten Publikumssegments – Sie sehen es in ihren Augen. Kein männlicher Teenie kann sich so mit Arnold Schwarzenegger oder Sylvester Stallone oder Vin Diesel identifizieren wie mit Keanu Reeves/Neo. Die Produzenten haben diese Hauptrolle ungemein clever besetzt: Reeves ist gut in Form, aber kein Muskelprotz, sportlich, aber nicht imposant oder einschüchternd; und er sieht gut aus, ohne zu hübsch zu sein. Anders als bei Arnold, Sly oder Vin kann man sich durchaus vorstellen, dass er mal unter Akne gelitten hat. Die Jungs im Publikum können sich also mit ihm identifizieren, können *sich* in ihm sehen.

Körperlich ist Neo eher ein Skateboarder als ein wurfstarker Angriffsspieler beim Basketball, doch mit seinen Sprüngen, Tritten und Saltos ist er der Extremsportler per se – bevor der Begriff überhaupt geprägt wurde. Er ist nicht groß, nicht muskulös, kein Koloss. Er sieht sogar aus wie ein leicht gealterter Teenager. Er hat keine Falten im Gesicht. Der Stress, den er auf der Leinwand zeigt, ist geistig, innerlich, ist Ausdruck seiner Verwirrung. Die Zuschauer können ihm das Dilemma nachfühlen, in dem er steckt – weil sie es selber kennen. Ganz anders als bei

Eastwood, der sich den Kopf darüber zerbricht, wie er den Kidnapper schnappen, oder bei Schwarzenegger, der mit der Frage ringt, wie er das Hauptquartier des Drogenkartells in die Luft sprengen soll. Nur ganz wenige Jugendliche glauben, dass sie jemals an solch unerhörten, übergroßen, hollywoodisierten Aktionen beteiligt sein werden. Aber mit jemandem, der von seinem Computer weggezerrt wird und sich dann einem Zimmer voller feindseliger Erwachsener gegenübersieht, können sie sich sehr wohl identifizieren.

Hinzu kommt, dass Hugo Weaving, der einen grandiosen Auftritt als Haupt-»Agent« des bösen Maschinenprogramms hinlegt, kein schwerfälliger »Beißer«, kein vierschrötiger, unbesiegbarer Oddjob ist. Körperlich und geistig ist er ungefähr so weit vom typischen Film-»Schrank« entfernt wie Garri Kasparow vom Quarterback Kurt Warner. Stattdessen ist seine Figur die Inkarnation sämtlicher niederträchtiger Schulrektoren und Raufbolde und hochnäsiger, herrschsüchtiger Erwachsener, denen ein typischer Teenager begegnet. Und der Verhörraum, in den er und seine Hilfsagenten den verwirrten Neo werfen, ist das Büro des Rektors oder die berüchtigte »Dem verpassen wir eine ordentliche Abreibung!«-Gasse hinter der Schule.

Es ist entscheidend für die Anziehungskraft und den Erfolg von *Matrix*, dass sich das Publikum in solchen Momenten voll und ganz mit Neo identifiziert – auch wenn er den Cyberfußboden gerade nicht mit den Bösen aufwischt. Welcher Teenager identifiziert sich schon mit Arnold, der im Dschungelnest eines bösen Waffenhändlers gefangen ist, oder mit James Bond, der im hintersten Südostasien in einer Arrestzelle festgehalten wird? Aber wenn man ihn in einen öden, nichtssagenden Raum steckt und einen Haufen feindseliger Erwachsener mit steinernen Mienen zu ihm hineinschickt, die drohend über ihm aufragen und ihn unablässig über Dinge ausfragen, die er nicht versteht – tja, *Welcome to my nightmare*, wie Alice (aber nicht Carrolls) singt.

In ihren Rachephantasien sind viele Jugendliche nicht allein. Es gibt immer einen Kumpel – jemanden, der größer ist als der Raufbold, schlauer als die Erwachsenen und sympathischer als die Schuladministratoren. In *Matrix* nimmt Lawrence Fishburnes Morpheus diese Rolle ein. Morpheus ist Chewbacca mit akademischem Grad: groß, stark, zäh, aber auch gescheit. Er ist Mentor und Beschützer in einem, ein beliebter Sozialkundelehrer – nur mit Muskeln. Er kann den Raufbolden am Strand nicht nur Sand ins Gesicht kicken, er ist sogar den Eltern dieser Typen intellektuell und rhetorisch überlegen.

Was ist also schon dabei, wenn wir die Hälfte der Zeit nicht wissen, wovon er redet? Ist das nicht bei jedem Lieblingslehrer so? Es macht nichts, wenn der drangsalierte Schüler ihn nicht versteht. Wichtig ist nicht Morpheus' Wissen, sondern sein Einfühlungsvermögen. Ihm *liegt* etwas an Neo. Er will, dass er Erfolg hat. Wie jeder gute Lehrer hofft er, dass sein Schüler ihn übertreffen wird, und verspürt nichts als Freude bei diesem Gedanken. Was könnte ein verwirrter Jugendlicher, der sich durchs Leben und die Schule wurstelt, von einem Lehrer mehr verlangen? Er ist der seltene Vater, der von seinem Sohn hofft, sein Sprössling werde später einmal *klüger* sein als er. Reicher, ja – aber klüger? Teenies identifizieren sich vielleicht mit Neo, aber ihre Zuneigung bewahren sie sich für Morpheus auf.

Und dann ist da Trinity. Trägt Leder. Zeigt den Bösen, was eine Harke ist. *Kennt sich mit Computern aus.* Letzteres ist entscheidend für ihre Anziehungskraft auf das Zielpublikum. Es besagt, dass ein Computerfreak nicht nur eine Frau kriegen kann, sondern sogar eine, die seine Sprache spricht. Und sie bittet um nichts. Verlangt nicht von Neo, dass er einen schicken Wagen fährt, besteht nicht darauf, dass er sie in ein schickes Restaurant einlädt, in dem der Kellner die Nase rümpft, weil man die falschen Sachen angezogen hat, beschimpft ihn nicht, weil er im Kino keine Extraportion Butter fürs Popcorn gekauft hat. Sie ist einfach nur da. Wenn Neo sie braucht. Trotz ihres Wissens und ihrer Fähigkeiten quasselt sie einen nicht mit irgendwelchem Kram voll, schon gar nicht mit *Mädchen*kram.

Das Letzte, was sich ein männlicher Teenager bei einer Freundin wünscht, ist Komplexität (das Erste, was er sich wünscht, sind Titten – aber nicht mal Trinity ist perfekt). Trinity ist so unkomplex wie nur sonst was. Es beschleicht einen sogar das Gefühl, dass, falls man ihr persönlich begegnen und »Hallo« sagen würde, man »Drücke Enter, um das Konversationsprogramm zu aktivieren« zur Antwort bekäme. Noch besser: Sie umgibt sich nicht mit dämlichen Freundinnen, die kichern und mit dem Finger zeigen und sich über einen lustig machen (vermutlich sind sie alle in den Schlafkapseln verstaut, die von den bösen Maschinen konstruiert wurden). Und was Trinitys Einstellung zum Körperlichen betrifft, nun, wenn sie und Neo sich den Weg in den Wolkenkratzer freischießen, um Morpheus, der darin festgehalten wird, vor dem Verhör durch die Agenten zu retten, haben die beiden Sex – mit Waffen. Achten Sie auf den Blick, den sie im Fahrstuhl miteinander wechseln. Eindeutig cyber-orgasmisch. Man denkt: Orgie bei einer Versammlung der National Rifle Association. Die Verbrauchte-Patronenhülsen-als-ejakuliertes-Sperma-Analogien heben wir uns allerdings für ein andermal auf.

Also, was haben wir hier? Einen netten, lebensklugen, knallharten Mentor und eine selbstlose, auf coole Weise liebevolle, knallharte Freundin, die beide was von Computern verstehen, ja bei ihrem Anblick praktisch zu sabbern beginnen. Können Sie sich vorstellen, dass das *Matrix*-Publikum fasziniert den Atem anhält, wenn Arnold, Sly oder Vin sich mit einer Tastatur abplagen? Nein, man muss schon die geeigneten, zum Cyber-Setting passenden Figuren entwickeln – und *Matrix* macht das ganz hervorragend.

Kommen wir noch mal zu Neo zurück. Das typische kluge (oder halbwegs kluge) Kind, das im Sportunterricht herumgeschubst wurde. So fängt er an: verdutzt, verwirrt, traktiert von Raufbolden und der Staatsgewalt. Bis besagter Mentor und besagte Freundin auf den Plan treten, um ihn aufzuklären und ihm beizustehen. Und nicht nur das: Sie teilen ihm auch noch mit, dass er der »Auserwählte« ist. Zeigen Sie mir einen Sechzehnjährigen, der nicht irgendwann mal glaubt, er sei der »Auserwählte«.

Klar, du hast keine Muskeln. Klar, du kommst nie ins Fußballteam und kriegst auch nie die hübsche Nachbarstochter ins Bett. Aber hey, du bist Präsident des Computerklubs. Oder der Schach-Mannschaft. Oder der aussichtsreichste Anwärter für ein Uni-Stipendium. Alles ganz prima – nur gibt es dir nicht die Möglichkeit, dich an deinen Folterknechten zu rächen. *Matrix* schon. Mag sein, dass die Schwachen nicht die Erde erben, aber im Cyberspace liegen die Dinge definitiv anders.

Welches Kind wäre nicht gern wie Neo – jemand, der den vollen Durchblick hat, wie es in der Welt wirklich zugeht, und über die Mittel verfügt, entsprechend einzugreifen? Auch du kannst die Bösen im Martial-Arts-Zweikampf besiegen – mit der richtigen Ausbildung. Auch du kannst sie mit jeder nur vorstellbaren Waffe wegpusten – mit der richtigen Ausbildung. Und zu guter Letzt kannst du sie sogar durch reine Willenskraft besiegen und auch noch lächerlich machen – mit der richtigen Ausbildung. Und wie kriegst du diese alles entscheidende Ausbildung? Durch harte Arbeit in der Schule? Lange Stunden, die du schwitzend am Computer verbringst oder in denen du in der Bibliothek dicke Bücher durchackerst? Oder indem du denen, die mehr wissen als du (das heißt, den Erwachsenen), ausführliche Fragen stellst?

Hm. Nicht in *Matrix*. Nein, es gibt einen leichteren Weg. Einen, der den Verstand nicht strapaziert, keine wertvolle Freizeit kostet (die du für Videospiele oder Kinobesuche brauchst oder um einfach nur rumzuhängen) und auch nicht von dir verlangt, dass du einen Erwachsenen mit einer ernsthaften Frage konfrontierst.

Du lädst die Informationen einfach direkt in dein Gehirn.

Der direkte Download von Informationen ins Gehirn ist in der Science-Fiction-Literatur ein uralter Topos. Doch nicht im Film. Und obwohl das Konzept keine SF lesenden Eltern völlig bizarr erscheinen mag, können sich Jugendliche, die mit MP3 und selbst gebrannten CDs aufwachsen, rasch damit identifizieren – häufig zur Bestürzung ihrer Erzeuger. Was dieses spezielle, von *Matrix* angebotene Element eines verlockenden technologischen Traumgespinsts umso attraktiver macht. Jugendliche Wunscherfüllung in Reinkultur!

Jeder männliche Teenager würde gerne zwei Dinge aus der Pseudo-Welt von *Matrix* mitnehmen können: Zum einen die Fähigkeit, einfach, leicht und mühelos Wissen herunterzuladen. Kein Büffeln mehr, keine Bücher mehr, keine düsteren Lehrerblicke mehr. Einfach den richtigen Chip einstecken und auf das mentale Äquivalent von »Speichern als« klicken. Einen Hubschrauber fliegen lernen. Wie man der Schwerkraft trotzt. Absurdes Waffenballett in einer einzigen mühelosen Lektion. Und das alles mit geschlossenen Augen – während man sich in einem bequemen Sessel entspannt. Das Einzige, was in dieser entscheidenden Szene von *Matrix* fehlt, ist eine Kühlbox neben Neos rechter Hand, die von Bölkstoff nur so überquillt.

Und zweitens? Überraschung – nicht Trinity. Nicht das Mädchen, nein. Nummer zwei auf der Matrix-Traumwunschliste unseres eifrigen jungen Computerfreaks sind die unendlichen Reihen und Regale voller schwerer Waffen, die Neo aufruft – ein wahr gewordener, testosterongeschwängerter Wunschtraum, wenn es je einen im Film gegeben hat. In dieser Szene gibt Reeves auch jenen Satz von sich, in dem sich alle unterdrückten und missverstandenen Jugendlichen dieser Welt wiederfinden können: »Ich brauche Waffen – jede Menge Waffen.«

An Ende der Geschichte sind die Waffen natürlich dank Neos Beherrschung des Cyberspace – Verzeihung, der Matrix – überflüssig geworden. Da er die Funktionsweise der Matrix voll und ganz begriffen hat und weiß, wo sein Platz darin ist, kann er nun Kugel-Programme mitten im Flug stoppen, aus der Luft pflücken und zu Boden fallen lassen. Neo beherrscht die Matrix jetzt besser als ihre bösartigen mechanischen Konstrukteure es tun, eine Erkenntnis, die den Agenten der Matrix Angst einflößt (sofern ein Programm Angst haben kann). Mit welchen Kampfmaßnahmen werden sie nur in *Matrix Reloaded* und *Matrix Revolutions* auf Neos Apotheose reagieren? Ich sage voraus, dass in den Sequels ein spezieller Anti-Neo-Computervirus auftauchen wird.

An Ende des Films hat unser Ersatzteenager Neo also die vollständige Herrschaft über seine Umwelt erlangt. Dass es nicht die wirkliche Welt ist, macht ihm nichts weiter aus und bremst auch nicht den Identifikationswunsch, den der Film bei seinen erschöpften, aber frohlockenden jugendlichen Zuschauern weckt. Sie sind mit Fernsehen, Kinofilmen, Videospielen und dem Internet aufgewachsen und kennen den Unterschied zwischen dem Kampf um die Macht in einer Phantasiewelt und dem Konkurrenzkampf in der wirklichen Welt. Das Problem ist, dass Ersteres weitaus einfacher ist als Letzteres. Das führt manchmal dazu, dass die Dinge durcheinander geraten und wir ein paar Tage lang den sensationslüsternen Schlagzeilen der mit Schaum vor dem Mund herumtobenden Revolverpresse ausgesetzt sind. Ich warte immer noch auf diese: »Highschool ehrt Schüler, der wirkliche

Welt nur für Computerprogramm hält! Versucht Eltern zu löschen!«

Der Film *Matrix* sorgt nicht nur dafür, dass seine jungen Zuschauer sich gut fühlen, indem er jemanden zum Star erwählt, mit dem sie sich viel leichter identifizieren können als mit dem archetypischen Hollywood-Helden; er hebt auch ihr Selbstwertgefühl. Die Botschaft lautet: Wenn Neo es kann, kannst du es auch. Seine Welt ist ein Betrug, ein Fehler, eine sorgfältig konstruierte Täuschung und tief im Innern weiß man, dass die eigene es ebenfalls ist. Er lebt isoliert (keine Eltern, keine Frau, keine Freundin), genau wie die meisten männlichen Teenager. Obwohl ihn andere, die ihm Böses wollen, drangsalieren, triumphiert er durch die Kraft seines Verstandes und seines Willens. Erhebt euch, ihr Computerfreaks der Welt, denn nur ihr kennt die Wahrheit! Das ist die Botschaft von *Matrix* und die wahre Quelle seines Erfolgs.

Karen Haber

Spiegelbild im Cyber-Auge

Alles beginnt – und endet – mit schwarzem Leder, nicht wahr? Irgendwie haben wir's ja schon immer gewusst.

Vom allerersten atemberaubenden Moment der allerersten verblüffenden Stunt-Szene in *Matrix* an wissen die Zuschauer und Zuschauerinnen, dass ihnen eine Schwindel erregende filmische Achterbahnfahrt und ein stilistischer Festschmaus bevorstehen, bei dem nichts ausgelassen wird.

Wenn die verstorbene Diana Vreeland, die beängstigend schicke Doyenne von *Vogue*, vor der selbst die Mode-Ikone Jackie Kennedy Onassis zu Kreuze kroch, *Matrix* gesehen hätte, so hätte sie sich bestimmt vor den Wachowski-Brüdern verneigt. Leute des gleichen Schlages erkennen einander – und mit *Matrix* haben die Brüder ihren Filmemacherkollegen Luc Besson und Ridley Scott die Stilkrone abgenommen.

Aus welchen Komponenten Stil auch bestehen mag – Selbstbewusstsein, Coolness, Eleganz und, nicht zu vergessen, schwarzes Leder –, *Matrix* besitzt sie im Überfluss. Noch lange nachdem die Erinnerung an das chaotische Wirrwarr der Handlung und der dusselig-mystischen Multikulti-Mixed-Media-Anspielungen verblasst ist, hat man den »Look« des Films vor Augen.

Und das ist nur recht und billig. Das Einzige, was bei diesem Film wirklich zählt, ist seine Optik.

Schon gleich am Anfang, wenn die Figur namens Trinity mit gebeugten Knien in der Luft schwebt und dann die

Bösen erledigt – wobei sie alle Träume von Eleganz, Kraft und hautengen Hosenanzügen der Autorin dieser Zeilen erfüllt –, wird die stilistische Messlatte für Konzeptdesign und Spezialeffekte im Science-Fiction-Film höher gelegt. Und als die Filmemacher in aller Welt ihre Kinnladen auf dem Fußboden ausfindig gemacht und ihren Mund wieder geschlossen hatten, dachten sie: »Wie in aller Welt soll ich damit jemals gleichziehen, geschweige denn noch eins draufsetzen?«

Matrix bestätigt, was manche von uns tief in der allergeheimsten blutroten Kammer unserer pochenden Herzen schon immer gewusst – und gefürchtet – haben.

Stil ist das Einzige, was zählt.

Und war es schon immer.

Und wird es auch immer sein.

Matrix ist eine grandiose, triumphale Feier des Stils, ja er suhlt sich richtig in all jenen Freuden, für die man sich eigentlich schämt: Tempo, Cleverness, verschiedene-abergleiche Trenchcoats, Sonnenbrillen, Superkräfte, Paranoia und – nicht zu vergessen – Waffen. Wenn irgendwem jemals zu Recht vorgeworfen wurde, Waffen sexy gemacht zu haben, dann den Wachowskis. Die National Rifle Association hätte den Brüdern einen Dankesbrief schreiben und ihnen die kostenlose, lebenslange Mitgliedschaft antragen sollen. In diesem Film werden Waffen zu einem unerlässlichen Modeaccessoir (*Matrix*-Modetipp Nummer eins: Unterwegs zu einer Rettungsmission, Mädels? Lasst euch nicht ohne mindestens eine Luger unterm Trenchcoat erwischen).

Matrix ist eine wahre Augenweide, weil der Film von Anfang an hervorragend konzipiert wurde. Sind bei irgendeinem anderen SF-Film schon jemals derart sorgfältig ausgeführte, druckreife, schöne Storyboards von solchen Talenten wie Geof Darrow und Steve Skroce angefertigt worden? Und hat irgendein anderer SF-Film besagte Storyboards mit solcher Virtuosität zum Leben erweckt? *Matrix* bricht direkt aus dem Rahmen des Comic-Panels hervor, er transportiert seine Action aus dem gezeichneten Rechteck – aus der stereotypen Bildwelt anderer SF-Filme – in einen neuen Bereich. Ja, *das* nenn ich tanzen, wie Fred Astaire mal gesagt hat.

Die visuelle Kühnheit dieses Films – das Animé wird buchstäblich zum Cyberleben erweckt – erschlägt den Inhalt, die Botschaft und zum Glück auch den Dialog. Hier herrscht die Macht des Bildes und die dahinter stehende Phantasie ermöglicht es, diesen Streifen sogar als Stummfilm zu genießen.

Die herrlich spannende Verwendung von Rückspiegeln, Türknäufen, Löffeln, Spiegelungen aller Art und multiplen Bildern auf Fernsehschirmen könnte aus einem Modevideo oder einem Werbespot stammen. Todschick. Clever. Und so gerissen. So viele seltsam schräge Perspektiven, mit denen beim Zuschauer das Gefühl der Verwirrung gesteigert werden soll, so wie sie auf Neos *wirkliche* Verwirrung hindeuten. Was war das für ein Schatten im Spiegel? Dieses seltsame Flimmern im Winkel des gespiegelten Auges?

Selbst wenn Neo während der schrecklichen Verhörszene buchstäblich *verwanzt* wird, macht die elegante Stilisierung den Horror noch viel schlimmer.

Auch die Bösen haben Stil: Agent Smith und seine ihm wie aus dem Gesicht geschnittenen Kollegen erwecken mit ihren fiesen Frisuren, ihren identischen Jacketts und ihrer Morph-Lust die Vorstellung von »Schurken im feinen Zwirn« zum Cyberleben. Aber die Maschinen selbst, die KI-Schurken, sind der Albtraum schlechthin. Was zunächst wie ein stilistischer Bruch wirkt, ist in Wahrheit der mit diebischer Freude unternommene Versuch, jeden Zuschauer zusammenzucken zu lassen. Ziemlich gemein. Wenn diese Maschinen nicht wie Spinnen aussehen, dann wie Moskitos. Wenn nicht wie Moskitos, dann wie Skorpione. Die Unterwasser-such-und-zerstör-Dinger sehen aus wie Tintenfische – riesige Tintenfische. (Ich rufe Kapitän Nemo! Bitte kommen Sie ans weiße Servicetelefon ...) Haben diese bösen Maschinen sich etwa selbst mit der Absicht designt, vielbeinigen, großäugigen Nimm-es-weg-nimm-es-weg-Viechern zu ähneln und so den Menschen Angst einzujagen? Nun, vielleicht sind acht Beine – und Augen – ja wirklich besser als zwei.

Und Neos Reise in den Kaninchenbau der Matrix ist eine Übung in filmischer Überwältigung, angefangen mit der Szene, in der er durch den Spiegel geht – oder vielmehr, in der der Spiegel ihn verschlingt. (Wie Alice das wohl gefunden hätte?)

Alles Wichtige an diesem Film ist visuell und wird uns in einer symbolischen Szene nach der anderen eingebläut: Neo, der an der Adams Street Bridge wartet, während der Regen hinter ihm einen Wasserfall erzeugt – der obligatorische strömende Noir-Regen, dessen Doppelgänger der Datenregen ist, der zu Beginn des Films die Leinwand durchtränkt und später über die Computermonitore an Bord der *Nebukadnezar* strömt. Daten sind das Meer, in dem unsere Helden sich mühen und kämpfen. Stilvoll natürlich.

Selbst die Gewalt ist sorgfältig gestylt. Die langen schwarzen Mäntel, die all die Waffen verbergen. Die »Bullet-time«-Brücke in Zeitlupe. Der ballettartige Boxkampf zwischen Mr. Smith und Neo. Trinitys nächtlicher Lauf über die Dächer.

Die einzige wirklich drastische Brutalität sieht man in der Szene, in der Morpheus gefangen genommen und zusammengeschlagen wird; sie stellt einen Bruch der stilistischen Kontinuität dar. Nicht einmal die Wachowski-Brüder fanden eine Möglichkeit, das auf andere Weise zu inszenieren als in Form von Schlägen, die auf Fleisch einprasseln. Aber Morpheus' furiose Rettung macht diesen kurzzeitigen Lapsus allemal wett.

Das Wesen der Wirklichkeit wird infrage gestellt, während vor unseren Augen zugleich mit dem Wesen der visuellen Wirklichkeit gespielt wird. Aber vielleicht sollten wir lieber den angeblichen Horror der *Unwirklichkeit* infrage stellen, in der Neo und die anderen gefangenen Menschen leben. In der Matrix schreibt man das Jahr 1999. Seit jeher. Und für alle Zeit.

Die Welt, die Neo seinen menschlichen Brüdern zeigen möchte, um sie dort in die »Freiheit« zu führen, ist eine radioaktive Wüste, ein kahles Ödland, zerstört von früheren Kämpfen zwischen Menschen und Maschinen. Dort gibt es nichts auch nur andeutungsweise Reizvolles – und vermutlich ist nichts mehr übrig, was sich regenerieren oder gar wiederherstellen ließe.

Vielleicht wäre es also besser für Neo und seine Kameraden, sie nähmen die blaue Pille, drehten sich um und schliefen wieder ein. Ich finde, das wäre die *stilvolle* Entscheidung.

Wenn Morpheus – der König der Träume – Neo aus dem Traum von seiner profanen Wirklichkeit reißt und ihn tief in den Albtraum hineinführt, mit dem er – und die Menschheit – in Wahrheit konfrontiert sind, ist er tatsächlich der König der Coolness, ein Zen-Meister mit Sonnenbrille und langem schwarzem Ledermantel. (Stilistische Anmerkung: In diesem Antiheld-als-Held-Film tragen die Guten *alle* Schwarz.)

Und nachdem wir erfahren haben, dass Morpheus nicht nur ein heimlicher Meister, sondern ein Johannes-der-Täufer ist, der auf einen Neo/Jesus wartet, müssen wir herausfinden, was Neo für diese titanische Aufgabe befähigt. Immerhin muss er seine neuen Freunde und die Menschheit insgesamt aus der Wüste führen, ihr zerstörtes Leben wieder in Ordnung bringen, ihre verheerte Welt wieder aufbauen und die bösen KI-Herren bezwingen. Er ist der Techno-Messias. Qualifizieren ihn sein Verstand und seine geheimen Kräfte für diese Rolle? Was macht ihn zum *Auserwählten*? Nun, vielleicht sieht er mit Sonnenbrille und langem schwarzem Mantel einfach besser aus als jeder andere in dem Film.

Die verführerische visuelle Macht dieses düster-schönen Streifens verdeckt die grimmige – und gefährliche – Botschaft, die unter seiner glatten, hypnotischen Oberfläche liegt: *Fürchtet euch vor der Wissenschaft.*

Als könnte man den Cyberkuchen gleichzeitig essen und aufbewahren.

Matrix ist – paradoxerweise – ein zutiefst antiwissenschaftlicher SF-Film. Er erklärt dem Zuschauer, er soll Angst vor Computern haben, weil sie eines Tages die ultimativen Butzemänner sein werden. Wir selbst bringen ihnen bei, uns zu überflügeln und zu verdrängen.

Wie enttäuschend, dass die Kernidee des Films so – nun ja – stillos ist. Wissenschaft als böser Dschinn, den törichte Menschen aus seiner Flasche gelassen haben. Ein uralter Hut. Alles schon x-mal gehört. Zeit für einen Räumungsverkauf abgestandener Ideen.

Es ist fast schon eine Ironie, dass eine solch strohdumme Angst vor der Technik mit derartigen High-Tech-Spezialeffekten akzentuiert wird. Aber natürlich gibt es auch eine sehr, sehr lange filmische Tradition der stilvollen Darstellung von Wissenschaft als dem Bösen; sie reicht zurück bis zu *Metropolis, Frankenstein* und, in jüngerer Zeit, *2001 – Odyssee im Weltraum.* Selbst in *Blade Runner* hängt das Problem mit Wissenschaft und Künstlicher Intelligenz zusammen – wenn man die Replikanten als Maschinen mit künstlich eingesetzten Erinnerungen betrachtet. (Wo wir gerade bei *Blade Runner* sind, würde ich gern noch eine filmische Stil-Nisse auszupfen, nämlich Kämpfe in hässlichen, verlassenen Badezimmern. Aus irgendeinem Grund ist das ein visuelles Vermächtnis geworden. Wenn man im ersten Akt ein hässliches, verlassenes Badezimmer sieht, dann weiß man, dass irgendwer – meist jemand mit unnatürlichen Körperkräften – im dritten Akt durch die schmierige Fliesenwand brechen wird. Es reicht! Kann jemand bitte mal Ajax holen und anfangen zu schrubben?)

Jedenfalls, KIs als Butzemänner vorzuführen, ist nicht nur stilistisch langweilig, sondern auch schlichte Faulheit. Schließlich gibt es *so* viele andere würdige Kandidaten für die Schurken. Suchen Sie sich einen Namen oder einen Staat aus. Terroristen. Politiker. Talkshow-Host. Martha Stewart. Extrapolieren Sie einfach, wie man es jedem erfolgreichen Teilnehmer eines SF-Creative-Writing-Kurses zu Recht oder zu Unrecht beigebracht hat, und lassen Sie die Wissenschaft mal für einen Moment in Ruhe, ja? Was hat sie Ihnen denn in letzter Zeit getan?

Denken Sie lieber daran, was sie *für* Sie getan hat. Und damit meine ich nicht die Biotechnik, Anrufbeantworter, Satellitenfernsehen oder Diätjoghurts. Nein, ohne die Fortschritte in der Digitalisierung wären die für diesen Film produzierten Spezialeffekte unmöglich gewesen. Der schwärzeste Witz von allen ist, dass *Matrix* Computertechnik nutzt, um auf die Computertechnik einzuprügeln.

So was von Undankbarkeit.

Und *könnte* die in diesem Film dargestellte Cyberrealität jemals Wirklichkeit werden?

Ich für meinen Teil hoffe es inständig.

Nicht die fiesen Aspekte, versteht sich. Keines dieser parasitischen Cyberbiester und auch keine Besuche bei Agent Smith, bitte.

Doch würden nicht ein paar von uns mit dem größten Vergnügen ins Jahr 1999 zurückkehren? Wissen Sie noch? Ist nicht lange her, aber in Wahrheit schon eine frühere Epoche. Netter. Sanfter. Bevor Flugzeuge in Hochhäuser flogen und die ökonomische Seifenblase des Internets zerplatzte.

Und wenn Computer wirklich insgeheim unser Mittagessen verzehren – und uns gleich mit –, was ist schon dabei? Wir können trotzdem zu Raves gehen und Drogen nehmen und miteinander ins Bett springen, und wenn die Wahrheit jemals durch die Oberfläche unserer Realität bricht, na ja, dann geht sie auch rasch wieder unter und wir wachen zitternd, aber wohlbehalten in unseren Betten auf. Nur ein böser Traum. Ich bin sicher, es gibt jede Menge Menschen im Jahr 2003, die wünschten, die Wirklichkeit erwiese sich als böser Traum.

Der beneidenswerteste Aspekt von Neos Welt ist der beliebte alte Cyberpunk-Aspekt: einstöpseln und den guten Stoff runterladen.

Ach, wenn das nur ginge.

Na los, geben Sie's zu: Wäre es nicht schön, sich jetzt, in dieser Minute, in den Großen Computer einzustöpseln und sich ein paar erstklassige Jujitsu-Kenntnisse anzueignen? Sich vielleicht ein paar Tipps für den Hausputz zu holen? In einer Nanosekunde Französisch zu lernen? Diese spaßigen Sprünge von einem Dach zum anderen machen zu können.

Obwohl *Matrix* sich alle Mühe gibt, genau das Gegenteil zu tun, glorifiziert der Film den Computer als ultimative Wunscherfüllungsmaschine – »Waffen. Jede Menge Waffen.«

Stöpseln Sie sich einfach ein und holen Sie sich, *was immer* Sie wollen.

»Schuhe. Jede Menge Schuhe.«

Ich hab's Ihnen ja gesagt: Alles beginnt und endet mit schwarzem Leder.

James Patrick Kelly

Betrachtungen über die singuläre Matrix

»Wir haben nur bruchstückhafte Informationen.«

– *Morpheus*

Willkommen zu einem weiteren Film über böse Computer! Manche sagen, *Matrix* sei Cyberpunk, und das stimmt wohl auch. Aber ich fürchte, es ist kein besonderes Kompliment. Man muss sich klar machen, dass Cyberpunk Anfang der 80er Jahre entstand. Ausgebrütet von einem Haufen Science-Fiction-Autoren zur Zeit der Reagan-Administration, ist C-Punk in einigen zentralen Aspekten heute ebenso von gestern wie die Politik unseres ältesten Präsidenten. Heutzutage würde man beispielsweise nicht mal mehr die Nase über die Hardware rümpfen, die wir damals benutzt haben. Ich meine damals – in der Prä-Macintosh-Zeit. Keine Mäuse, keine Harddisks. Das Spitzengerät war ein 286er IBM-PC, der mit wahnwitzigen 10 MHZ lief. Windows gab's noch nicht und MS-DOS beherrschte die Welt. Erinnern Sie sich noch an den C-Prompt? Nein? Gut für Sie! Das war das dunkle Zeitalter; kein Wunder, dass die Cyberpunks so mies drauf waren. Und es gab natürlich noch kein Internet, nicht so wie wir es kennen. Als William Gibson »Neuromancer« herausbrachte, gab es gerade mal knapp über tausend Internet-Hosts.

Später in den 80ern entkam der Cyberpunk dann aus dem SF-Ghetto. Er verwandelte sich von der coolen Zukunftsextrapolation in einen Lebensstil, den man wirklich wählen konnte. Das war eine Premiere in der Science Fiction. Die Chance, dass irgendein junger Bursche aus Dubuque Kapitän des Raumschiffs *Enterprise* wird, ist nach wie vor ziemlich gering. Und leider hat bisher auch noch niemand in seiner Garage eine Zeitmaschine zusammengebastelt. Aber für tausend Dollar oder so konnte man 1989 den Kopf in einen Monitor stecken und hundertprozentig reine Cyberspace-Luft atmen. Klar, man musste schon ein kleines Computergenie sein, um die Mysterien dieser Maschine zu meistern, aber der springende Punkt ist: Man brauchte dazu keine Gesetze zu brechen. Zweifelsohne haben es ein paar Cyberfolks trotzdem getan und tun es noch – sie bewegen sich am äußersten Rand der Gesellschaft –, aber die große Mehrzahl der digitalen *Cognoscenti* begnügt sich damit, im legalen Mainstream zu schwimmen.

Schließlich wuschen die zahllosen Heimcomputer und das explosive Wachstum des Internets allmählich das *Punk* aus dem Cyberpunk. Als das Interface transparenter wurde, loggten sich Omas und Pfadfinder zu Millionen ein. Und Onkel Ed bastelte eine schicke Website mit dem Plan seiner Modelleisenbahn. Und dann füllte sich der elektronische Briefkasten mit »Spam« – Angebote, Ihren Penis zu verlängern, Ihre Tintenpatronen nachzufüllen und Sie an Millionen von Dollars zu beteiligen, die auf geheimen Bankkonten in Nigeria schlummerten. Die Wunder des Cyberspace waren etwas Alltägliches geworden. Und heute ist er ungefähr so aufregend wie Fernsehen.

Und was hat das alles mit *Matrix* zu tun, dem Cyberpunk-Film? Einfach nur Folgendes: Cyberpunk war eine Reaktion auf »Cyberspace Version 1.0«. Seine Outlaw-Vision der Bedeutung dieser Technologie und der möglichen Folgen dieser Lebensweise war bestenfalls unvollständig, schlimmstenfalls voll daneben. Was man 1983 noch für radikales Gedankengut hielt, kommt einem rund zwanzig Jahre später ein bisschen fad vor.

> »Binnen dreißig Jahren werden wir über die technischen Mittel verfügen, um übermenschliche Intelligenz zu erschaffen. Bald darauf wird das Zeitalter des Menschen zu Ende sein.«
>
> – *Vernor Vinge, VISION-21 Symposium 1993*

Vernor Vinge ist einer der kreativsten Denker der Science Fiction. Obwohl manche seine 1981 erschienene Novelle »True Names« als Vorläuferin des Cyberpunk bezeichnen, hat er nie eine verspiegelte Sonnenbrille bekommen und wurde auch nicht eingeladen, jener Bruderschaft der Entfremdung namens »Die Bewegung« beizutreten, wie die Cyberpunks sich einmal nannten. Vor ungefähr zehn Jahren brachte Vinge nun eine Idee ins Spiel, die den Cyberpunk noch übertrumpfte und uns kopfüber in die Zukunft von *Matrix* schleuderte: Er glaubt, wir steuern auf eine »kulturelle Singularität« zu, die auf radikale Weise alles und jeden verändern wird. Die Singularität ist mehr als eine bloße Revolution; sie ist die *Mutter* aller Revolutionen. Vinge behauptet nämlich, man könne unmöglich vorhersagen, wie die Menschen jenseits dieser Singularität beschaffen sein werden – falls es dort überhaupt noch Menschen gibt.

Ist so etwas möglich? Nun, denken Sie daran, dass zu den singularitätsähnlichen Vorkommnissen in der menschlichen Geschichte vermutlich die »Entstehung« der Sprache, der Landwirtschaft und des Schreibens gehören. Und dass sich diese Singularitäten über eine Zeitspanne von Jahrtausenden oder zumindest Jahrhunderten hinweg entwickelt haben. Bei einer *langsam anlaufenden* Singularität geht die Veränderung so allmählich vonstatten, dass die Ungeheuerlichkeit des Geschehens verborgen bleibt. Vinge meint jedoch, wir könnten es bald mit einer *abrupt einsetzenden* Singularität zu tun haben, bei der sich alles noch zu unseren Lebzeiten oder sogar im Verlauf von ein paar Jahren verändern wird.

> »KI? Sie meinen Künstliche Intelligenz?«
>
> – *Neo*

Es gibt mindestens drei mögliche Wege zu einer Vingeschen Singularität. Einer davon setzt die Entwicklung einer »starken« Künstlichen Intelligenz (oder KI) voraus. Befürworter starker KI behaupten, wenn es uns gelänge, Software zu entwickeln, die imstande sei, die Funktionen des Gehirns und folglich das intellektuelle Verhalten von Menschen inklusive des Bewusstseins zu emulieren, gebe es keinen grundlegenden Unterschied mehr zwischen der Software-Intelligenz und der menschlichen Intelligenz. Der Streit darüber, ob starke KI überhaupt möglich ist, tobt seit Jahren und ist keineswegs ausgefochten. Obwohl einige Experten behaupten, es werde etwa zehn bis dreißig Jahre dauern, bis wir eine Intelligenz erschaffen können, die der menschlichen ebenbürtig ist, hat bis jetzt noch nicht einmal jemand einen Roboter gebaut, der auf einem Zebrastreifen heil über die Straße kommt – geschweige denn fähig wäre, die Macht über die Welt an sich zu reißen, wie Agent Smith und seine Software-Posse. Doch wenn man in Bezug auf starke KI ein Optimist ist, lautet die nahe liegende Frage: Was wird eine Intelligenz, die dem Menschen ebenbürtig ist, daran hindern, eine zu bauen, die ihm *überlegen* ist? Und wer weiß, was die Schöpfung unserer Schöpfung dann von uns halten wird, armselige fleischliche Intelligenzen, die wir sind. Vielleicht können wir Sicherheitsvorkehrungen einbauen, so etwas wie Isaac Asimovs »Drei Gesetze der Robotik«:

1. Ein Roboter darf einem Menschen weder Schaden zufügen noch durch Untätigkeit zulassen, dass ein Mensch zu Schaden kommt.
2. Ein Roboter muss den Befehlen der Menschen gehorchen, außer solchen Befehlen, die ihn in Konflikt mit dem ersten Gesetz bringen.

3. Ein Roboter muss seine Existenz verteidigen, solange er dabei nicht in Konflikt mit dem ersten und zweiten Gesetz gerät.

Das ist allerdings ein verdammt großes Vielleicht. Denken Sie daran, dass Asimov mit einem nicht unbeträchtlichen Teil seiner zahlreichen Geschichten zeigen wollte, wie leicht diese »Gesetze« umgangen werden könnten.

> »Tank, ich brauche die Piloten-Software
> für einen D-212-Hubschrauber.«
>
> – Trinity

Ein weiterer Weg zur Singularität besteht in der Verschmelzung von menschlicher Intelligenz und Maschinenintelligenz. Vielleicht werden unsere Maschinen nie klug genug sein, um uns zu ersetzen – aber angenommen, wir benutzen sie, um unsere Intelligenz zu steigern? *Matrix* erkundet diesen Weg mit filmischer Verve, wenn zum Beispiel Tank ein ganzes Arsenal von Kampfkunst-Fähigkeiten in Neos Gehirn herunterlädt oder Trinity buchstäblich im Handumdrehen eine ausgebildete Hubschrauberpilotin wird. Doch der Zugang zu »Knowledge Bases« ist nicht dasselbe wie die Steigerung des IQs. Es könnte sein, dass die Ururenkelin Ihres Palm Pilot eines Tages nördlich von Ihrem Okzipitallappen wohnt. Card Counting* für jedermann! Machen Sie Ihre Steuern im Kopf! Auch Sie können Raketenwissenschaftler werden! Vielleicht legen wir aber auch eines Tages, wie die Zukunftswissenschaftler Hans Moravec und Ray Kurzweil vorhergesagt haben, unser fleischliches Gehirn gänzlich ab und werden mit unseren Maschinen identisch – indem wir unseren Geist in eine Art Hardware/

---

* Gewinntechnik beim Black-Jack durch Mitzählen gefallener Karten – *Anm. d. Übers.*

Software-Gefäß herunterladen. Wie hoch ist die Wahrscheinlichkeit, dass jemand das tut? Nun, allein schon in Bezug auf die möglicherweise damit verbundenen Schmerzen scheinen mir die vorgeschlagenen Techniken für die Extraktion des Geistes aus den Neuronen irgendwo zwischen der schlimmsten vorstellbaren Migräne und der Enthauptung zu liegen. Außerdem ist es eine wahrhaft beängstigende Aufgabe, einen digitalen »Behälter« für das Wirrwarr unserer Gedanken, Gefühle und Träume zu entwickeln. Mir drängt sich dabei die Frage auf, ob der Charakter der »Herunterzuladenden« bei diesem Prozess nicht so grundlegend entstellt werden könnte, dass nicht mal ihre eigene Mutter sie wiedererkennen würde.

Aber darum geht es ja gerade bei der Singularität, nicht wahr?

> »Sie haben mich den Chirurgen überlassen«, sagte sie. »Sie haben mir die Gebärmutter herausgenommen und stattdessen Hirngewebe eingepflanzt .... Wenn ich heiß werde, schwitze ich Parfüm. Ich bin sauberer als eine frische Nadel, und aus meinem Körper kommt nichts heraus, das du nicht wie Wein trinken oder wie Schokolade essen könntest.«
>
> – *Kitsune, in Bruce Sterlings* Schismatrix

In Bruce Sterlings weit blickenden Geschichten um die »Former« und die »Mechanisten« spaltet sich die Menschheit in zwei Gruppen: Diejenigen, die den Körper durch Biotechnik verbessern, und diejenigen, die ihn mit mechanischen Prothesen aufrüsten. In beiden Fällen extrapoliert Sterling also unsere posthumane Zukunft. Heutzutage glauben ernsthafte Leute, sie oder vielleicht ihre Kinder könnten eines Tages »Kräfte und Fähigkeiten« erringen, die »weit über diejenigen sterblicher Menschen hinausgehen«, wie es einmal in der Fernsehserie *Superman* aus den 50er Jahren hieß. Es gibt eine ganze Reihe dieser transhumanistischen Gruppen – am bekanntesten sind vielleicht die »Extropier«. Sie haben mannigfaltige Pläne zur Verbesserung der Gattung, obwohl viele zunächst einmal den Tod eliminieren wollen. Die letzte Generation, die eines natürlichen Todes sterben wird, ist angeblich die heutige, und die erste ewig lebende Generation wird bald geboren werden. Nach der Unsterblichkeit wollen die Transhumanisten dann auf die Erlangung der »Superpersönlichkeit« hinarbeiten.

Morpheus und die Seinen haben schon Superkräfte, jedenfalls solange sie in der Matrix sind, und Neo als der »Auserwählte« ist natürlich der Superste von allen. Doch der Film gibt dem Superman-Thema einen raffinierten Dreh – indem er uns zeigt, dass sie in der wirklichen Welt allzu menschlich sind. Damit verzichtet er darauf, den dritten, posthumanen Weg zur Vingeschen Singularität zu erforschen.

> »Ich hasse diesen Planeten. Diesen Zoo. Dieses Gefängnis.«
> – *Agent Smith*

Ich glaube kaum, dass die Wachowskis einen Film über die Vingesche Singularität machen wollten. Trotzdem ist ihre Singularität auf der Leinwand nicht zu verkennen und sie ist ein Albtraum. Sie postulieren KIs, die – ursprünglich geschaffen, um uns zu dienen – zu unseren Unterdrückern werden. Es gibt eine lange Tradition böser Computer, die den guten alten *Homo Sapiens Sapiens* versklaven oder es zumindest versuchen; in der SF-Literatur reicht sie von Harlan Ellisons »Ich will schreien und habe keinen Mund« bis zu John Varleys »Drücke Enter«, im Film von *Colossus* bis *Tron*. Und obwohl wir sicherlich alle erdenklichen Vorsichtsmaßnahmen treffen müssen, bevor wir starke KIs erschaffen – vorausgesetzt, es ist überhaupt möglich –, drängt sich die Frage auf, warum der böse Computer das Grundmodell dieser

Extrapolationen zu sein scheint. Zweifellos haben wir von einer amoklaufenden KI einiges zu befürchten – aber ist diese Zukunftsperspektive wirklich *so* viel wahrscheinlicher als eine, in der die von uns konstruierten KIs unsere Bedürfnisse respektieren und in unserem besten Interesse handeln? KI-Phobie hat für mich deutliche Züge von Xenophobie. Wissen Sie noch, dass wir einen Haufen alberner Filme über glotzäugige Monster über uns ergehen lassen mussten, die Sex mit Bikini-Häschen wollten, bevor wir zu ernsthafterer Science Fiction wie *Der Tag, an dem die Erde stillstand* oder *Unheimliche Begegnung der Dritten Art* übergehen konnten? Ist es nicht der *modus operandi* von uns Menschen, uns vor allem zu fürchten, was wir nicht verstehen, und es damit zum Bösen zu erklären?

Aus der Fülle unvergesslicher Szenen in *Matrix* blieb mir vor allem jene in Erinnerung, in der Agent Smith Morpheus foltert und dabei verhöhnt. Obwohl sie eigentlich schockierend wirken sollte, fand ich seinen Sermon sonderbar tröstlich, denn er ließ auf ein unerwartetes Seelenleben bei unserer Nemesis, der KI, schließen. Wenn diese übellaunige Applikation mit solch großer Leidenschaft hassen kann, wobei würde sie wohl sonst noch leidenschaftliche Gefühle entwickeln? Ich meine, dass ein intelligentes Geschöpf, das hasst, auch zur Liebe fähig ist. Halten sich Agenten in ihrer Freizeit virtuelle Goldfische, betreiben sie imaginäre Baseball-Ligen oder sammeln sie alte Microsoft-Bedienungsanleitungen? Treffen sie sich etwa an dunklen, romantischen Orten, um feuchten Code auszutauschen?

> »Wussten Sie, dass die Matrix als perfekte Welt geplant war, in der kein Mensch hätte leiden müssen? Ein rundum glückliches Leben. Es war ein Desaster. Die Menschen haben das Programm nicht angenommen.«
> – *Agent Smith*

Wie ist die Gesellschaft beschaffen, die in *Matrix* porträtiert wird? Oberflächlich betrachtet, scheint sie eine monströse Dystopie zu sein, die Neo (in den Sequels) ohne Gewissensbisse zerstören kann und muss. Der Film zinkt die Karten gegen diese Welt jedoch auf interessante Weise: So sehen wir etwa in einer herrlich abscheulichen Szene, wie Roboter eine schwarze, viskose Flüssigkeit intravenös in einen ungeborenen Fötus pumpen, während Morpheus' sonore Stimme uns aus dem Off informiert, dass die Lebenden mit den in Flüssigkeit aufgelösten Toten ernährt werden. Okay, jetzt alle: *bäähhh!* Und statt den ihrer Pflege anvertrauten Menschenmassen einen virtuellen Himmel zu erschaffen, haben die KIs sie dazu verurteilt, in der Hölle zu leben – der Hölle des Jahres *1999!* Nur dass es nicht ganz das 1999 ist, an das wir uns erinnern, sondern vielmehr ein Billig-1999, in dem Kleider nicht richtig passen, die Menschen lauter geistlose Jobs ausüben und der Himmel »die Farbe eines Fernsehers (hat), der auf einen toten Kanal geschaltet ist«, wie William Gibson einmal einprägsam schrieb.

Bei der Entstehung dieser Dystopie spielte auch die menschliche Natur eine Rolle. Immerhin war es keine KI, die den Himmel verdunkelt und die Umwelt zerstört hat; unsere Nachfahren haben das getan. Und aus Gründen, die psychologisch keinen rechten Sinn ergeben, für den Handlungsverlauf jedoch offenbar von elementarer Bedeutung sind, haben unsere Kinder das Angebot der KIs abgelehnt, in einem virtuellen Paradies zu leben. Irgendwie scheinen sie ganz zufrieden damit zu sein, in einer Ramschversion des 20. Jahrhunderts ein Leben in stiller Verzweiflung zu führen – aber lassen wir das. Diese Einfälle geben der Story eben ihre dringend benötigte moralische Komplexität.

Wenn die Wachowskis also die Karten gezinkt haben – was passiert, wenn wir sie neu mischen? Können wir uns eine optimistischere Version ihrer Singularität vorstellen?

Allerdings! Was wäre, wenn die KIs die Menschen mit einer leckeren Algenbrühe aus organischem Anbau ernähren würden? Wenn die Menschen das virtuelle Paradies der Matrix nicht abgelehnt, sondern akzeptiert hätten und aufgeblüht wären? Wenn sie sich freiwillig bereit erklärt hätten, in der Matrix zu leben und ihre Erinnerungen an die wirkliche Welt zu verlieren? Morpheus' moralischer Kreuzzug mit dem Ziel, sie alle aufzuwecken, wäre dann zumindest ein wenig fragwürdig, nicht wahr? Manche könnten gar die Meinung vertreten, er sei kein intellektueller Revolutionär, sondern ein fundamentalistischer Terrorist. Immerhin würden die KIs für die Gesundheit und Zufriedenheit der Weltbevölkerung sorgen. Können wir denn von uns behaupten, wir würden in diesem aufgeklärten Jahr 2003 auch nur annähernd für all unsere Brüder und Schwestern sorgen? Wie können wir uns also anmaßen, ein Urteil zu fällen? Zugegeben, der Gedanke, das ganze Leben in einer noch so schönen virtuellen Realität zu verbringen, mag auf viele der heute lebenden Menschen verstörend wirken, aber ich kann mir gut vorstellen, wie solche Einwände von unseren Matrix-Nachkommen als überholte Vorurteile von Realitätssnobs abgetan werden.

»Leben Sie in einer Computersimulation?«

– Aufsatz von Nick Bostrom,
Philosophical Quarterly 2003

In seinem hervorragend argumentierten Aufsatz stellt Nick Bostrom, Research-Fellow an der Oxford University, die verrückte Frage: Woher wissen wir, dass wir uns *nicht* in einer Matrix befinden? Er überlegt, ob eine posthumane Zivilisation – ob nun 2030 oder 20030 – über die Rechenleistung verfügen könnte, um eine »Ahnensimulation« zu erzeugen, und kommt zu dem Schluss, dass eine solche nur einen winzigen Bruchteil der Ressourcen einer sehr hoch entwickelten Gesellschaft beanspruchen würde. Wenn Ahnensimulationen also kein technisches Problem darstellen, könnten die Posthumanen denn dann daran interessiert sein, welche zu erschaffen? Die nahe liegende Antwort lautet ja, und das aus Gründen, die jeder echte SF-Fan versteht: Sie wären virtuelle Zeitmaschinen. Posthumane Touristen könnten ihre Wochenenden damit verbringen, die Greatest Hits der Geschichte zu besichtigen, oder sich für ein paar Monate oder Jahre absetzen, um das schlichte, bukolische Leben von 1359 oder 1863 zu führen. Und diese Ahnensimulationen wären Labors, in denen Sozialwissenschaftler und Geschichtsfans alternative Universen kreieren könnten, Universen, in denen die Perser die Griechen bei Salamis schlagen oder die Red Sox Babe Ruth nicht an die Yankees verkaufen.

Doch wie Bostrom zeigt, wäre es auch möglich, dass die Posthumanen bewusst darauf verzichten, Ahnensimulationen zu schaffen. Zum Beispiel könnte unsere hypothetisch hoch entwickelte Kultur ethische Einwände gegen die Erzeugung einer künstlichen Menschheit haben. Falls Morpheus, der Realitätssnob, das Sagen hätte, wäre das gar nicht so unwahrscheinlich, denke ich. Andere wiederum könnten etwas dagegen haben, den Dreißigjährigen Krieg oder den Holocaust neu durchzuspielen, ungeachtet des wissenschaftlichen Ertrags. Und was, wenn die Posthumanen gar kein *Interesse* daran hätten, Ahnensimulationen zu entwerfen? Vielleicht haben sie bessere Werkzeuge zur Geschichtsanalyse und andere Formen des Amusements. Vielleicht sind sie uns gegenüber aber auch derart weit fortgeschritten, dass ihnen allein die Vorstellung, eine Ahnensimulation zu besuchen, völlig absurd erscheint. Wie viele von uns würden schon freiwillig mit Taschenratten zusammenleben oder einen Monat in einer Ameisenkolonie verbringen?

Bostroms provokative Schlussfolgerung lautet: Wenn Ahnensimulationen sowohl möglich als auch attraktiv für posthumane Kulturen sind, besteht eine nicht unbedeutende Chance, dass *wir* in einer solchen Simulation leben. Ganz recht: Sie, ich, Ihre Mutter, der Typ, der Ihnen dieses Buch verkauft hat, Madonna und Präsident Bush. Und nicht nur das, Bostrom geht sogar noch weiter: »Wir hätten Grund zu der Annahme, dass die Posthumanen, die unsere Simulation betreiben, selbst simulierte Wesen sind; und bei ihren Schöpfern wiederum könnte es sich ebenfalls um simulierte Wesen handeln. Die Realität könnte also ziemlich vielschichtig sein.«

Nun, wie ist es? Hätten Sie lieber die rote Kapsel oder die blaue?

> »Du glaubst, ich wäre nicht wirklich ich, weil ich nur in einem neuralen Netz existiere? Weißt du, die Speicherkapazität des menschlichen Gehirns beträgt hundert Billiarden Neurotransmitter-Konzentrationen an interneuralen Verbindungen. Was die Hirntypen Synapsenstärken nennen. Das sind umgerechnet ungefähr eine Million Milliarden Bits. Mein Upload betrug 1,12 Millionen Milliarden. Außerdem: Hast du vielleicht schon mal einen Computer erlebt, der so klingt wie ich?«
>
> – *Ein Zeitreisender in James Patrick Kellys*
> Unique Visitors *(2001)*

Kevin J. Anderson

Matrix war schuld

> Mine eyes have seen the glory of the burning
> of the school.
> We have murdered every teacher, we have broken
> every rule.
> – *Schülerreim aus dem 20. Jahrhundert*

Als professioneller Science-Fiction-Autor versuche ich, mir jeden wichtigen neuen SF-Film im Kino anzuschauen. Das ist schließlich mein Beruf. Deshalb habe ich *Matrix* schon kurz nach dem Start des Films im April 1999 gesehen. Mir gefiel das Innovative, die tolle Story und das coole Design – eine erfrischende Reaktion auf Cyberpunk-Ideen, mit denen das Genre schon seit Jahren spielte. Ich fand den Film so gut, dass ich ihn mir ein paar Wochen später noch einmal ansah.

Beim zweiten Mal allerdings bekam ich eine Gänsehaut. Trockener Hals, große Augen. Beinahe musste ich das Kino verlassen. Was war passiert?

Ich lebe in der Front Range von Colorado, auf einem kiefernbestandenen Kamm mit Blick auf den Pikes Peak. Wäre Norman Rockwell Mitglied der National Rifle Association (NRA) gewesen, hätte er diesen Landstrich gemalt. Er ist ein bisschen zu weiß und zu konservativ für einen kalifornischen SF-Autor wie mich, aber er hat auch tausend Vorteile, die letztendlich den Ausschlag gegeben haben. Unser Haus steht südlich von Denver, in der Nähe einer unauffälligen Vorstadt namens Littleton.

Am 20. April 1999 zogen sich zwei Jugendliche – ausgestattet mit genug Waffen, um ihren eigenen *Rambo*-Film zu inszenieren – Trenchcoats an, setzten Sonnenbrillen auf, marschierten in die Columbine High School und eröffneten das Feuer. Eric Harris (18) und Dylan Klebold (17) waren mit einem halbautomatischen 9-mm-Gewehr, zwei abgesägten Schrotflinten, einer halbautomatischen 9-mm-Pistole und 96 selbst gebastelten Bomben bewaffnet – außerdem trugen sie gewaltige Mengen Zerstörungswut und Hass mit sich herum. Sie wollten so viele Mitschüler wie möglich niedermetzeln. Als alles vorbei war, hatten sie zwölf Schüler und einen Lehrer ermordet, fünfundzwanzig weitere verletzt und Selbstmord begangen.

»Genau wie in *Matrix*«, sagten die entsetzten Kommentatoren bereits Stunden nach dem Massaker. Der Vergleich lag auf der Hand.

Eine Woche später saß ich zum zweiten Mal im Kino: Neo und Trinity ziehen sich ihre langen schwarzen Trenchcoats an, setzen ihre Sonnenbrillen auf, stehen dann in einer virtuellen Waffenkammer und verlangen »Waffen. Jede Menge Waffen«. Zu Beginn ihrer Rettungsaktion betritt Neo mit langsamen Schritten das Gebäude und löst, ohne ein Wort zu sagen, den Metalldetektor aus. Ein gelangweilter Wachmann fordert ihn auf, alle Metallgegenstände abzulegen. Neo öffnet seinen Trenchcoat und zeigt stolz seine Feuerkraft vor. Er versetzt dem Wachmann einen Stoß vor die Brust, zieht seine Waffen und pustet einen anderen Wachmann weg, der bloß Zeitung liest. Dann schießt er etliche weitere unachtsame, miteinander plaudernde Wachleute nieder. Einer von ihnen überlebt und fordert verzweifelt Verstärkung an, doch dann kommt Trinity herein (ebenfalls ohne ein Wort zu sagen) und verpasst ihm in aller Seelenruhe ein Dutzend Kugeln. Die beiden werfen die leergeschossenen Pistolen weg, ziehen neue Schusswaffen und stolzieren weiter. Als dann ein ganzes Heer von Soldaten, die Verstärkung, eintrifft, bricht die Hölle los – ein mordsmäßiges Geballere und so viele Leichen, dass selbst die schärfsten konservativen Medienwächter nicht mehr mit dem Zählen mitkommen. Trinity schleicht sich hinter einen Soldaten, entreißt ihm seine Waffe und schießt ihm in den Rücken. Später, nachdem *alle* niedergemacht wurden, nehmen sie und Neo ihre Taschen und gehen zum Fahrstuhl.

Nur zur Erinnerung: Das sind unsere Helden. Zumindest müssen Eric Harris und Dylan Klebold sie als Helden betrachtet haben.

Schluckst du die blaue Kapsel, träumst du weiter ...

Nach Columbine haben die Medien den Eltern vorgeworfen, sie hätten die Augen vor der Wahrheit verschlossen oder wären schlicht unachtsam gewesen, weil sie nicht bemerkt hätten, wie übergeschnappt und krank ihre Kinder gewesen seien. (Nun, die beiden Schützen waren 17 und 18 Jahre alt – wer von uns wusste in diesem Alter nicht, wie er seinen Eltern etwas vormachen konnte?) Nach allem, was man hört, sind die Klebolds und die Harris' anständige, normale Leute. Sue Klebold war beim State Consortium of Community Colleges für die behindertengerechte Ausstattung der Gebäude zuständig, Tom Klebold arbeitete als Hypothekenverwalter. Wayne Harris war ein pensionierter Air-Force-Transportpilot, Kathy, seine Frau, arbeitete bei einer Lieferfirma für Speisen und Getränke. Und Eric Harris selbst war sogar Pfadfinder und begeisterter Sportler gewesen.

Daraufhin gaben die Armeen von »Experten« Hitler, Drogen, der NRA, Rowdys an der Schule, dem staatlichen Erziehungssystem und der Gothic-Bewegung die Schuld. Einige behaupteten, das Massaker sei eine Folge der Abschaffung des Schulgebets gewesen, andere machten das Fehlen von Schuluniformen dafür verantwortlich. Jerry Falwell deutete an, die Mörder seien schwul gewesen.

Einen Tag nach den Morden hatte Bill Owens, Gouverneur von Colorado, bereits verkündet, Harris und Klebold hätten nicht »dieselben moralischen Grundlagen wie wir gehabt«. Dem folgend schrieb die konservative Zeitschrift *The New American*, Klebold und Harris seien »Angehörige einer bizarren jugendlichen Subkultur« gewesen, das »Produkt des zügellosen, heidnischen Evangeliums von ›Sex, Drugs and Rock'n'Roll‹« und »begeisterte Anhänger des widerwärtigen, satanischen ›Goth-Rockers‹ Marilyn Manson und der abscheulichen deutschen Bands Rammstein und KMFDM.« Nicht lange nach dem Massaker musste Marilyn Manson den Rest seiner Tournee absagen.

Und nicht zu vergessen: Videospiele. *Doom* eignete sich wegen seiner Brutalität und seiner Konzentration auf das Abknallen des Gegners ganz besonders als Sündenbock. *Duke Nukem*, *Quake II* und *Grand Theft Auto* wurden ebenfalls zu jenen Faktoren gezählt, die die beiden jungen Schützen zu ihrem Orgasmus der Gewalt aufgestachelt hätten. Ein Freund und Mitglied der »Trenchcoat-Mafia« von Littleton behauptete außerdem, ihre Gruppe hätte gerne Rollenspiele gespielt, unter anderem *Dungeons and Dragons* (»ein Drama voller apokalyptischer Phantasien aus dem Mittelalter«, so der britische *Guardian*).

Hollywoods Appetit auf Gewalt

In einer BBC-Sendung mit dem Titel »Hollywoods Appetit auf Gewalt« konnte man hören: »Politiker, religiöse Führer und Eltern fielen über die amerikanische Unterhaltungsindustrie her und erklärten, ihre gewalttätigen Filme, Fernsehsendungen und Videospiele trügen einen großen Anteil der Schuld an den Taten der jungen Mörder von Colorado.«

Als sich der Finger auf den Leonardo-DiCaprio-Film *Jim Carroll – In den Straßen von New York* richtete (mit seiner Traumsequenz, in der ein Schüler in seiner Schule für ein Blutbad sorgt), rief MGM prompt alle Videos des Films zurück. Anschließend geriet *Heathers* ins Visier, ebenso wie *Scream* und eine ganze Reihe weiterer Action- oder Horrorfilme. Doch auf *Matrix* hatten sie es ganz besonders abgesehen.

Ein ziemlich hitziger »Experte« namens Michael A. Hoffman wetterte, *Matrix* beinhalte okkulte Lehren: »Sie wollen Geld scheffeln und die Kinder auf Gewalt und Terrorismus programmieren. Und damit die Gemeinschaft das eher goutieren kann, haben die Filmemacher noch eine Prise Küchenphilosophie dazugerührt, die den Film davor bewahren soll, lediglich eine zweieinhalbstündige Pornografie der Gewalt zu sein.«

Ungefähr eine Woche nach der Schießerei sagte Hillary Clinton in einer Rede:

> Wenn unsere Kultur Gewalt im Fernsehen, im Kino, im Internet und in Liedern romantisiert und glorifiziert und wenn es Videospiele gibt, bei denen der Sieg davon abhängt, wie viele Menschen man tötet, dann ist die Beweislage für mich eindeutig: Unsere Kinder werden der Gewalt gegenüber desensibilisiert und verlieren jedes Einfühlungsvermögen in ihre Mitmenschen. Studien belegen, was viele von uns geglaubt haben: Solche Erfahrungen verstärken die Aggressionen und das asoziale Verhalten. Heute müssen wir also endlich zugeben, dass Amerikas Kultur der Gewalt tiefgreifende Auswirkungen auf unsere Kinder hat, und wir müssen beschließen, alles in unserer Macht Stehende zu tun, um diese Kultur zu verändern.

Mrs. Clinton hat keine bestimmte Studie genannt, aber was sie sagt, klingt absolut logisch und sinnvoll. Oder?

**Schluckst du dagegen die rote Kapsel,
siehst du die Wirklichkeit ...**

Im 15. Jahrhundert sagte Leonardo da Vinci voraus, dass eine Weintraube mit der gleichen Geschwindigkeit fallen würde wie eine Kanonenkugel, weil beide von der Schwerkraft gleichermaßen beschleunigt werden. Das war natürlich Unsinn, weil jeder vernünftige Mensch »wusste«, dass eine schwere Kanonenkugel schneller fallen würde als eine kleine Traube. Niemand machte sich die Mühe, es zu überprüfen – bis da Vinci seine Behauptung durch eine ganze Reihe von Experimenten bewies.

Hier sind also ein paar statistische Daten. Wer sich bereits eine feste Meinung gebildet hat, mag sie für Unsinn halten, aber leider sind es unumstößliche Tatsachen*:

1994 kam das ultrabrutale Videospiel *Doom* heraus. Im selben Jahr wurden blutrünstige Filme wie *Natural Born Killers* oder *Pulp Fiction* sowie Actionfilme mit vielen Gewaltszenen wie *Time Cop* und *True Lies* produziert. Ein Jahr später liefen *Jim Carroll – In den Straßen von New York*, *Sieben*, *Braveheart* und *Stirb Langsam 3* in den Kinos.

Im Jahr nach der Einführung von *Doom* begingen 2053 Kinder und Jugendliche unter 18 Jahren einen oder mehrere Morde.

1996 brachte die Spielebranche weitere Spiele mit hohem Gewaltfaktor heraus: *Doom II*, *Duke Nukem 3D* und *Quake*. In den Kinos liefen *Scream*, *Sling Blade*, *Crow* und *Operation: Broken Arrow*.

Nachdem leicht beeinflussbare Teenager nun also zwei Jahre lang mit solch gewalttätigen Bildern bombardiert worden waren, ist es kein Wunder, dass die Gesamtzahl der Mörder unter 18 Jahren – ähm – *sank*, und

---

* Quellen sind das amerikanische Justizministerium, das National Center for Juvenile Justice, das FBI, crime.org, poynter.org, slashdot.org und Blues News.

zwar auf 1683, ein Rückgang um 22 Prozent gegenüber dem Vorjahr.

1997 kam das noch brutalere *Quake II* heraus (und wurde in einigen Ländern sofort verboten). Blutrünstige Filme wie *Starship Troopers, Con Air, Scream 2* und *Im Körper des Feindes* stiegen an die Spitze der Kinocharts.

Und die Anzahl der minderjährigen Mörder sank um weitere 13 Prozent auf 1457.

1998 kam *Grand Theft Auto* auf den Markt, vermutlich das verwerflichste aller vor Gewalt strotzenden Videospiele. Und auf der Hitliste blutiger Filme standen das Remake von *Psycho*, außerdem *Der Soldat James Ryan, Blade, American History X, Lethal Weapon 4, Ronin* und *Düstere Legenden*.

Die Anzahl jugendlicher Mörder ging erneut zurück.

Tatsächlich sank die Zahl aller Opfer von Gewaltverbrechen zwischen der Veröffentlichung von *Doom* (1994) und dem Start von *Matrix* (1999) jedes Jahr, insgesamt 37 Prozent. Die Gesamtzahl von Mördern unter 18 Jahren – also die angeblich leicht beeinflussbare Zielgruppe all dieser Gewaltdarstellungen – sank sogar um verblüffende 46 Prozent.

Gibt es da einen logischen Zusammenhang? Lassen die Kids bei den Spielen Dampf ab und reduzieren auf diese Weise angeborene gewalttätige Tendenzen? Sind sie einfach zu sehr mit ihren Videogames beschäftigt, um herumzulaufen und in der wirklichen Welt ein Pandämonium auszulösen? Ich erspare mir eine Analyse. Jedenfalls wird die Behauptung, brutale Filme wie *Matrix* und Videospiele wie *Doom* hetzten unsere Jugend zu gewalttätigen Handlungen auf, durch die realen Zahlen nicht gestützt.

Nach dem Massaker von Columbine gab die Federal Trade Commission auf Anforderung von Präsident Clinton einen Bericht heraus, in dem sie (offenbar zu ihrer eigenen Überraschung) Folgendes feststellte: »Wissenschaftler und Beobachter waren sich weitgehend einig, dass Gewaltdarstellungen in den Unterhaltungsmedien allein kein Kind zu gewalttätigen Handlungen veranlassen und dass sie nicht der einzige, nicht einmal unbedingt der wichtigste Faktor für die Entstehung von Aggression, asozialen Einstellungen und Gewalt bei Jugendlichen sind.«

Inspiriert von einer Hollywood-Geschichte

Matrix ist keineswegs der erste Film, dem vorgeworfen wurde, zu schwerer Körperverletzung anzustiften. 1989 nannte ein Kolumnist des *Courier Journal* von Louisville die Zahl von 35 Russischem-Roulette-Todesfällen, die direkt auf den Oscar-gekrönten Film *Die durch die Hölle gehen* zurückgingen.

Im Nachwort zu seinem Buch »Danse Macabre« führt Stephen King zahlreiche Beispiele von Verbrechen an, die angeblich von seinen Horrorromanen inspiriert worden seien. Obwohl er dort die Verantwortung jeweils von sich wies und sie den jeweiligen Tätern gab, war ihm nach der Schießerei von Columbine doch so unbehaglich zumute, dass er seinen frühen Roman »Amok« – die Geschichte eines wütenden, Waffen schwingenden Highschool-Schülers – aus den Regalen nehmen ließ.

Kevin Williamson, Schöpfer der *Scream*-Filme, sagte in einem Interview: »Mein Lieblingsdialog in dem Film ist folgender: Sydney sagt zum Killer: ›Ihr seid krank, ihr habt zu viele Filme gesehen.‹ Und der Killer erwidert: ›Nein, Sid, schieb es nicht auf die Filme. Niemand wird durch sie wahnsinnig, aber Wahnsinnige werden durch sie kreativer.‹ Das fasst es in kurzen Worten zusammen.«

Wes Craven, häufig unter Beschuss wegen seiner *Nightmare on Elm Street*-Filme, kann sich einen Mord vorstellen, bei dem ein »ohnehin schon total durchgeknallter« Mörder einen Film als Vorlage oder Muster benutzt. »Aber«, so der Regisseur weiter, »ich glaube, dieser Mensch wird sowieso töten. Ich meine, Kunst ist viel wichtiger als sich über so etwas den Kopf zu zerbrechen.« Wenn man jede Ursache für einen Todesfall beseitigen wolle, gibt Craven zu bedenken, müsse man 80 Prozent aller Vorgänge in unserer Gesellschaft eliminieren.

Sicherlich wird es eine ganze Reihe Möchtegern-Sportskanonen geben, die sich den Film *Blue Crush* anschauen und sich dann bei gefährlichen Surfmanövern umbringen. Und einige junge Männer haben *The Fast and The Furious* gesehen und eine Karriere als Straßenrennfahrer gestartet, um ihr Leben in einem brennenden Blechhaufen zu beschließen. Aber sind diese Filme *verantwortlich* für derart törichtes Verhalten?

Was *Matrix* betrifft, so habe ich durchaus ein paar Probleme mit der Präsentation der Geschichte und dem ganzen Subtext. Im Film heißt es schon relativ früh: »Wenn du in der Matrix stirbst, was ist dann hier? – Dein Körper kann ohne Geist nicht leben«, doch unsere Helden eröffnen unbarmherzig das Feuer auf jeden, der ihnen unter die Augen kommt. Klar, diese Pappnasen hätten Morpheus' Rettung erschweren, gar von einem bösen Agenten übernommen werden können – aber wenn gerade erst betont wurde, dass dies unschuldige Menschen sind, die ihr Leben in einer simulierten Traumwirklichkeit verbringen, sollte man doch erwarten, dass ein Held, der den Respekt des Publikums verdient, zumindest einen *Hauch* von Schuldgefühl oder Betroffenheit über all die Niedergemetzelten zeigt. Hätten sie nicht wenigstens ein oder zweimal die Stirn runzeln können?

Das ist jedoch eine künstlerische Entscheidung der Drehbuchautoren. Schon möglich, dass sie mich stört, dass ich mit der Vorgehensweise nicht einverstanden bin. Aber wenn ich eine andere Botschaft habe, kann ich meine eigene Geschichte schreiben. Heißt das, die Wachowski-Brüder sind für Harris' und Klebolds Untaten *verantwortlich*?

Wie wäre es damit:

- Ein Mann sieht einen romantischen Film, der ihn dazu veranlasst, seiner Freundin einen Heiratsantrag zu machen. Nach derselben Logik, nach der *Matrix* für das Blutbad von Columbine verantwortlich ist, ist *Schlaflos in Seattle* »verantwortlich« für diese Ehe – selbst wenn sie letztendlich in einer Scheidung endet.
- Mein Vater erzählt immer, wie er sich als Kind zu Hause von einer Blinddarmoperation erholen musste. Und als er dabei einmal Abbot und Costello im Radio hörte, lachte er so heftig, dass er wegen einer Blutung beinahe wieder ins Krankenhaus gekommen wäre. Abbot und Costello waren also »verantwortlich« für die postoperativen Komplikationen bei meinem Vater. Stimmt's?
- Ein TV-Werbespot legt mir nahe, mir eine bestimmte Kreditkarte anzuschaffen. Wenn ich nun meine Rechnungen nicht bezahlen kann, weil mein Konto überzogen ist, dann ist die Kreditkartenfirma »verantwortlich« für meinen Bankrott – weil sie mich dazu »gebracht« hat, mir die Karte zu besorgen.
- Ein Mann geht in den Bergen wandern. Er verlässt den gekennzeichneten Pfad und fällt von einer Klippe. Ist das jetzt die Schuld des National Park Service – weil er ihn in eine gefährliche Situation »gelockt« hat?

Fast auf den Tag genau zwei Jahre nach den Schüssen von Columbine reichten die Angehörigen mehrerer Opfer eine Klage gegen Nintendo, Sony, Sega, id software und AOL/Time Warner ein. In der Klageschrift hieß es: »Ohne die Kombination von extrem gewalttätigen Videospielen, denen die Jungen geradezu suchtartig verfallen waren, und der grundlegenden Persönlichkeit der Jungen wären diese Morde, wäre dieses Massaker nicht geschehen.«

(Beachten Sie, dass Klebold und Harris, obwohl 17 und 18 Jahre alt, in der Klageschrift immer wieder gönnerhaft als »Jungen« bezeichnet werden. 2001 allerdings wurde ein Zwölfjähriger nach Erwachsenenrecht vor Gericht gestellt, schuldig gesprochen und zu einer lebenslangen Haftstrafe verurteilt, weil er eine Fünfjährige getötet hatte. Hätte es also in diesem Fall ein Verfahren gegeben, so wären Klebold und Harris zweifellos als Erwachsene, nicht als »Jungen« betrachtet worden.)

Verantwortungsbewusst leben

Die Wahrheit ist: Wir alle werden von unserer Umwelt beeinflusst, von dem, was wir sehen, hören, tun und worüber wir nachdenken. Das müssen wir sortieren und verarbeiten und wir müssen angemessen darauf reagieren. Musik, Bücher, Filme, Gespräche, schlechte Noten, Briefe, mit denen Beziehungen beendet werden, oder die Tatsache, dass unsere Lieblingslimonade gerade ausverkauft ist – all das beeinflusst unser Leben, unsere Handlungen, unsere Stimmungen. Um das zu vermeiden, müsste man seine Tage in einem Isolationstank verbringen.

Ja, Spielfilme *sollen* beim Publikum Emotionen hervorrufen: Angst oder Wohlempfinden, Gelächter oder romantische Gefühle, Erregung oder Abscheu. Ein Film, der keine irgendwie geartete Wirkung auf den Zuschauer ausübt, hat schon auf der elementarsten Ebene kläglich versagt. Sollen wir etwa alle Filme »kastrieren«, auf jeden Inhalt verzichten, der eine emotionale Reaktion auslösen könnte?

Natürlich regen Sie sich auf, wenn Sie sich einen schrecklichen Film wie *Das Schweigen der Lämmer* ansehen.

Natürlich spüren Sie, wie das Adrenalin durch ihre Adern strömt, wenn Sie sich einen Thriller wie *Stirb langsam* ansehen.

Natürlich lachen Sie, wenn Sie sich eine Komödie wie *Dumm und dümmer* ansehen.

Natürlich werden bei Ihnen sentimentale und romantische Gefühle wach, wenn Sie sich einen herzerwärmenden Streifen wie *Schlaflos in Seattle* ansehen.

Aber wenn Sie hinterher etwas völlig Unangemessenes tun, sollten Sie die Schuld an Ihren Handlungen niemand anderem geben. Wir sind stolz darauf, in einer freien Gesellschaft zu leben, doch Freiheit bedeutet auch individuelle Verantwortung.

Die respektlose Website dietcrack.com veröffentlichte unlängst eine Analyse der Morde von Columbine und hängte einen Disclaimer an, in dem es hieß, der Artikel solle niemanden ermutigen, eine der geschilderten Handlungen auszuführen: »Tatsächlich soll er die Leser davon abhalten. Bitte seid nicht so dumm, das Feuer auf eure Mitschüler oder jemand anderen zu eröffnen. Und wenn ihr's doch tut, gebt nicht mir oder Dietcrack die Schuld; nicht wir haben etwas Unrechtes getan, sondern ihr!«

Unsere Gesellschaft leugnet nach wie vor gerne die persönliche Verantwortung. Wenn der Kaffee zu heiß ist – liegt es an MacDonald's. Wenn Sie fett werden, weil Sie sich den Wanst ständig bis zum Gehtnichtmehr vollschlagen – schreiben Sie es der Fastfood-Industrie zu statt Ihrer mangelnden Selbstbeherrschung. Genauso gut könnten Sie behaupten, die Frau mit dem sexy Kleid habe Sie »gezwungen«, sie zu vergewaltigen. Oder die Farbe Rot mache Sie wütend und wer Washington-Delicious-Äpfel züchte, sei deshalb schuld daran, wenn *Sie* ausflippen.

Nicht *Matrix* war schuld am Columbine-Massaker. Auch nicht Marilyn Manson oder KMFDM, weder *Doom* noch *Quake II*, weder Hitlers Geburtstag noch unachtsame Eltern, unzureichende Waffenkontrollgesetze, die Gothic-Bewegung, unterdrückte Homosexualität oder Satanismus.

Schuld waren Dylan Klebold und Eric Harris, zwei zutiefst kranke und gestörte Personen, die – ihrer auf Video aufgezeichneten Abschiedsbotschaft zufolge – *wussten*, dass sie falsch handelten, und die Verbrechen dennoch begingen. Sie sind verantwortlich für ihre Taten – und sie haben den höchsten Preis dafür bezahlt.

Hollywood macht ganz sicher schon einen Film daraus.

Rick Berry

Realtraum

Row, row, row your boat ... life is but a dream.

– *Kinderlied*

Wir sind solcher Stoff, aus dem Träume gemacht sind, und dies kleine Leben umfasst ein Schlaf.

– *Shakespeare:* Der Sturm

Nachdem der Weise Dschuang-Dsi geträumt hatte, er sei ein Schmetterling, fragte er sich, ob er ein träumender Mensch gewesen war oder jetzt vielleicht ein Schmetterling war, der träumte, er sei ein Mensch.

Der Film *Matrix* ist eine wundervolle Darstellung des Cyberspace als einer Art Tigerfalle für die menschliche Gattung. Er bietet keine Lösung an, stellt aber einige interessante Fragen: Was ist Freiheit? Was ist Illusion? Was ist Freiheit in der Illusion? Sind wir ohne Illusionen frei? Und: Leben wir jemals *nicht* in einem Traum?

Die Matrix repräsentiert einen Cyberspace (Welten innerhalb von Welten), in dem wir dank der Technik nur noch um Haaresbreite davon entfernt sind, all unsere Träume wahr zu machen. Aber genau diese Situation lässt uns fragen, was wahr ist und was ein Traum. Was ist der Cyberspace? Ich habe einmal versucht, den Cyberspace zu visualisieren, und zwar in der Schlusssequenz der William-Gibson-Verfilmung, *Vernetzt – Johnny Mnemonic* (Darrel Anderson, Gene Bodio und ich erarbeiteten gemeinsam das Treatment für diese CGI-Sequenz* – den

---

* CGI = Computer Generated Images (Computeranimation) – *Anm. d. Übers.*

Höhepunkt des Films – sowie das Design und die Animation). Es ging uns darum zu zeigen, dass im Cyberspace erstens ganz andere Regeln gelten (etwa bezüglich grundlegender physikalischer Gesetze wie Schwerkraft, Lichtgeschwindigkeit usw.), und zweitens, dass man dort mit der Veränderung einer Repräsentation auch den Code ändert oder die Bedeutung der Situation neu codiert.

Hier ist ein Beispiel für das, was ich meine: Vor langer Zeit, in Computerjahren gerechnet (1987 oder 88), brachte ich Jaron Lanier (Gründer von VPL; früher Cybernaut mit Datenbrille und Datenhandschuhen sowie Erfinder; prägte den Begriff »Avatar« für die dreidimensionale Präsenz einer Person im Cyberspace) einmal zum Flughafen und unterwegs sprachen wir unter anderem darüber, wie man im Cyberspace Musik komponieren könnte. So könnte einem, während man »angekoppelt« ist, die Partitur der Musik vor Augen schweben, die man gerade hört; dazu gibt es ein schwebendes Cyber-Keyboard. Man spielt also auf der Tastatur und sieht und hört, wie sich die Partitur ändert, oder man »nimmt« einfach die Noten, packt sie hierhin und dorthin und schaut, was passiert. Nun, Lanier hat das wirklich gemacht. Es ist eines der frühesten Beispiele für die Veränderung der Repräsentation und die Erschaffung eines neuen Codes. Wer gerne Computerspiele spielt, kennt unzählige andere.

Als Anderson und ich das Treatment für die »Schachtsequenz« in *Vernetzt* schrieben, gingen wir spontan davon aus, dass alles erlaubt war, da wir uns nicht länger in der vertrauten Welt bewegten. Vielleicht ging es auch nur auf diese Weise, denn am Höhepunkt des Films hatten wir lediglich zwei Minuten im Cyberspace und wir wollten ganz schön viel schräges Zeug unterbringen. Die Zuschauer sollten von Anfang an kapieren, dass der Protagonist, Johnny Mnemonic (Keanu Reeves), die Welt des »Fleisches« verlassen hatte und als Avatar in den Cyberspace übergewechselt war. Als solcher war er jetzt eindeutig eine Repräsentation, eine visuelle Manifestation intelligenten Codes.

Dafür musste das Publikum Reeves im Cyberspace zwar einerseits wieder erkennen, andererseits aber auch sofort begreifen, dass er ein ganz anderer war. Wir entwarfen also einen »Origami-Johnny« aus gefalteten Kohlepapierfetzen. Für seinen Kopf fertigten wir einen beleuchteten Glaszylinder an, auf dessen Innenseite dann Keanu Reeves' Kopf projiziert wurde; wenn er ihn drehte, fuhr sein Gesicht nur auf der Innenseite der transparenten Röhre entlang – wie das Signalfeuer eines Leuchtturms. In dieser Cyber-Realität konnte man – genau wie in *Matrix* – an der Desintegration seiner codierten Repräsentation sterben: Wenn man den Cyber-Johnny-Avatar zerstörte, brachte man auch den angekoppelten Fleisch-und-Blut-Johnny um.

In Johnnys Kopf steckt ein überlasteter Datenkurier-Chip, auf dem das Heilmittel für eine weltweite Seuche gespeichert ist. Diese geschmuggelte Information gehört jedoch dem bösen Arzneimittelriesen Pharmakom. Außer den Daten für das Heilmittel enthält der Chip auch eine Repräsentation des Pharmakom-Datenschachts und eine segmentierte Repräsentation von Johnnys Gehirn. Zu diesem Bereich ist jeder Zutritt verboten. William Gibson nun lässt Johnny grandioserweise in seinen eigenen Kopf hacken! Gott segne William Gibson! Seine Ironie und seine kuriosen Ideen sind einfach unglaublich. Johnny ist draußen und drinnen, außerhalb und innerhalb des Cyberspace, wie ein bizarres Arrangement chinesischer Satztische.

Um Johnnys Triumph über den Wächterchip visuell darzustellen, ließen wir Johnny zu einer Strategie greifen, die den Satz »Ändere den Code und du änderst die Welt« versinnbildlicht. Kurz bevor er sich auf die Kraftprobe mit dem feindlichen Prozessor einlässt, verdoppelt er sich unter der geschwärzten Spiegelfläche, wo das High-

Noon-Duell stattfindet. Die Abwehr des Chips greift den Origami-Johnny mehrmals an und zerfetzt ihn offensichtlich, aber mit seltsamer Unverwüstlichkeit nimmt er immer wieder von neuem Gestalt an. Johnnys gedoppelte Information – stationär, unter der Spiegelfläche – dient als Daten-Redoute für sein Bewusstsein. Wenn man den Code manipuliert, verändert man die Regeln.

Na schön.

Das war so ziemlich alles, was wir in den zwei bis drei Minuten, die uns zur Verfügung standen, vermitteln konnten. (Für diejenigen von Ihnen, die den Film gesehen haben: Mit dem lächerlichen Dreirad hatten wir nichts zu tun, ebenso wenig mit der schrecklichen Gitarrenmusik und der üblen Zerstückelung der Schachtsequenz.) Damals war Computeranimation unendlich mühevoll und teuer und in der Regel brauchte man dafür größere Teams als bloß ein paar Kunstfreaks. Wir liehen uns also Studioleute für Low-Tech-Hilfsdienste; sie hievten zum Beispiel meine neunzig Kilo schweren Einsachtzig in die Luft, während ich mit schicken Sensoren an den Gliedmaßen als Keanu Reeves' Cyber-Stuntdouble herumfuchtelte und ein magnetischer Würfel von dreißig Quadratzentimetern Grundfläche – auf den entwaffnenden Namen »Vogelschwarm« getauft – die exakte Position meiner Kalamität übers Ethernet flattern ließ und den Schweiß, das Grunzen und den Glamour in High-Tech verwandelte. Über die stinkenden asiatischen Sharpeis, die kläffend um uns herumtanzten, während wir uns in Bodios Keller abmühten, schweige ich mich lieber aus. Wir waren ein lächerlich kleines Team.

Wie sich die Zeiten doch geändert haben.

Matrix widmet sich weitgehend diesem einen Thema: Der Neucodierung der eigenen Existenz und dem, was dieser Möglichkeit zugrunde liegt. Ich finde, das ist einen Film wert. Und ich finde, die *Matrix*-Leute haben ihre Sache ziemlich gut gemacht. Und so ganz anders als wir.

Sie haben sich dem Thema aus der entgegengesetzten Richtung genähert. Diese Welt ist kein plumpes Cyberspace-Wunderland wie aus dem »Zauberer von Oz«, sondern eine geisttötende Replikation der Vergangenheit der menschlichen Kultur und der ungeschminkten Gegenwart der Kinogänger. In diesem Tableau müssen wir erkennen, wie das Ungewöhnliche das Akzeptierte und Alltägliche als Fälschung entlarvt. Eine ziemlich unheimliche Form der Irreführung: Hier ist der falsche Ton der richtige. Der Held von *Matrix* ist verständlicherweise verwirrt. Obwohl er spürt, dass der Welt irgendwie etwas fehlt, ist sie doch sein ganzes Grundgerüst, das kulturelle Gefüge für seinen Geist.

Das stellt ein durchaus ernstes Problem für den Verstand und die geistige Gesundheit dar und es ist offen gestanden erstaunlich, dass unser Held (wieder Keanu Reeves) diese neue, hierarchische Realität zu akzeptieren lernt. Doch die Filmemacher beschönigen die Schwierigkeiten nicht. Cypher, der Informant und Verräter, akzeptiert es nämlich nie; er glaubt es zwar, würde es aber am liebsten vergessen.

Unser Held Neo ist erst spät im Leben aus dem mechanischen Mutterleib gerissen worden, wo er seinen Cyberträumen nachhängt (das Wort Matrix meint nicht nur ein Gitter oder Netz computerisierter Matrizes, sondern bedeutet auch, von der lateinischen Wurzel hergeleitet, »Mutter«.) Gibsons »konsensuelle Halluzination«, die heute mit dem Begriff »Cyberspace« bezeichnet wird, heißt hier »Matrix«. Nur dass von einem Konsens der in ihr lebenden Menschen nicht die Rede sein kann ... oder doch? Seltsamerweise wird das niemals wirklich überzeugend geklärt und Cyphers Bereitschaft, zurückzukehren und sich wieder in die Matrix einspeisen zu lassen, verstärkt die Ungewissheit noch.

Bis zu welchem Grad ist Ihr »Verstand« eine gesellschaftliche Konstruktion? Sie denken in einer Sprache, die

Sie nicht erfunden haben. Sprache ist ein kulturelles Produkt. Wie viel verdanken Sie der kulturellen Prägung, wenn es um Ihr Bewusstsein geht? Als Neo herausfindet, dass sein bisheriges Leben in Wirklichkeit aufoktroyiert und falsch ist, revoltiert sein Magen und der Inhalt ergießt sich auf den Fußboden.

Das glaube ich gern.

Da die Matrix als naturgetreue Kopie unserer allgemein anerkannten »wirklichen« Welt gestaltet ist, müssen die physikalischen Naturgesetze die codierten Regeln sein. Was hochgeworfen wird, muss herunterfallen, Impuls und Trägheit – insbesondere angewandt auf Kampfszenen und Schießereien – verheißen Verletzungen und tödliche Treffer. Newtons Prinzipien regieren nicht nur die Erwartungen der träumenden Matrix-Bürger, sie agieren auch so konkret wie der Tod. Versuche nicht, diese Regeln zu brechen, sonst stirbst du. Das ist die Information in Ihrem Konstrukt, das ist Ihr Modell, das ist Ihr Bewusstsein, das ist Ihre Codierung.

In der Matrix gibt es einen Haufen Agenten, Produkte des Codes. Ein Agent ist etwas anderes als ein Avatar (eine Cyber-Repräsentation mit dem Bewusstsein eines Menschen). Ein Agent verfügt über genauso viele Fähigkeiten wie ein Avatar, besitzt jedoch keine »fleischliche« Existenz. Er ist ein reines Geschöpf des Codes, in diesem Fall der Künstlichen Intelligenz. Seltsamerweise ist meine zweite Lieblingsfigur – neben dem erstaunlich skrupellosen menschlichen Apostaten namens Cypher – eine solche KI: Agent Smith. Selbst in Anbetracht seiner allzu menschlichen Proteste kann man sich eigentlich nur schwer vorstellen, dass Smith irgendwo anders existiert als in der menschlichen Traumwelt der Matrix. Und ich glaube, die Filmemacher sind sich auch darüber im Klaren, dass die menschlichste Figur neben Cypher der nichtmenschliche Agent Smith ist. Wirklich hübsch, was?

Hier haben wir ein weiteres Beispiel für kulturell generierten Verstand: Smith wird gegen seinen Willen menschlich (während Neo immer weniger menschlich wird). Smith zeigt leidenschaftlichen Hass und darüber hinaus auch noch Intuition. Man kann ihn sich als perfekten Jäger der Zion-Hacker vorstellen, weil er sie erfolgreicher imitiert als seine Kollegen. Deshalb ahnt er in der Schlusssequenz auch voraus, wohin Neo will – rechtzeitig, um ihn zu töten. Aber das hat natürlich seinen Preis: Smith muss dafür immer mehr wie ein Mensch denken und er hat Angst, nicht mehr aus der Welt der Menschen herauszukommen.

Smith und Neo haben im Grunde das gleiche Ziel: Sie wollen beide den stagnierenden Fliege-im-Bernstein-Traum transzendieren, der ihr Leben bestimmt hat. (Obwohl Smith – vermutlich dank seines Code-Designs – über einige Tricks verfügt, mit denen er die in der Matrix herrschenden Newtonschen Repräsentationen aufheben kann, ist er im Großen und Ganzen darauf beschränkt, innerhalb der Grenzen der Matrix-Welt zu agieren. Das führt dazu, dass Neo schließlich den Spieß umdrehen kann. Wenn man eine Repräsentation entsprechend manipuliert, zerstört man ihren Code.)

Doch genug über die Funktionsweise des Cyberspace.

Machen wir uns lieber einmal die Finger schmutzig und begeben uns auf die Suche nach dem Sinn.

Beuten die *Matrix*-Macher das ganze tolle Material nur aus, um eine Achterbahnfahrt voll unglaublicher Comic-Tricks zu produzieren?

Ja und nein.

Manche bezeichnen den Film als »perfekten Comic«, bewundern ihn für seine diesbezügliche Konsequenz und schrauben zugleich ihre Erwartungen herunter. Zufällig liebe ich Comics und habe ziemlich hohe Erwartungen an diese technisch sehr schwierige Kunstform. Wenn der Film also ein perfekter Comic ist, dann ist er ein teuflisch guter Film. Technisch gesehen.

Abgesehen davon: Ist er auch sonst gut? Wie wichtig ist die Geschichte?

Vermutlich ist der Superheld-Aspekt des Films schuld daran, dass er oft auf sanfte Art verrissen wird. Ist Neo unser neuer Adam? Was ist das für ein Inhalt? Sollen wir in der infantilen Sehnsucht, sich ganz in Schwarz zu kleiden, von seiner Umwelt missverstanden zu werden und ein cooler Typ, der magische Fremde, ja vielleicht sogar »der Auserwählte« zu sein, mehr sehen als rein pubertäre Wunscherfüllung? Nun ja, vielleicht.

Superhelden sind eine häufig verwendete Komponente mythischer Codierung. Diese Matrix, diese Traumwelt ist ein Ort der Wunder; den Glauben, unsere eigene Welt könnte auch so ein Ort sein, haben wir verloren. Doch hier kann man auf eine Weise daran glauben, dass »Dinge« passieren, wie es in unserer Welt nur noch ein Kind kann (und das wohl nicht mehr lange). Man braucht nur daran zu denken – und es könnte geschehen. Wenn man den richtigen Algorithmus entdeckt, wird es wahr.

Das Cyberfleisch gewordene Wort.

Wow.

Ich halte die körperliche Welt eigentlich nicht für bar aller Wunder, doch die Parameter ändern sich ständig. Es ist schwer, auf dem Laufenden zu bleiben. Wo ist der Zauber im Leben des Durchschnittsbürgers? Klar, die Superstars brechen bei einem Oscar-Gewinn in Tränen aus, haben nach dem gewonnenen Baseballspiel einen persönlichen Draht zum Allmächtigen, erkaufen sich den Weg in ein hohes Amt ... aber Sie nicht ... und auch niemand, den Sie kennen ...

Aber Computerspieler könnten Ihnen von einer anderen Welt erzählen, in der Bedürfnisse sofort befriedigt werden. Einer Welt, der sie permanent näher zu kommen versuchen. Buchstäblich. Und es gibt Rückkopplungstricks, die ein Cyberspace-Echtzeit-Gefühl vermitteln, zum Beispiel der Widerstand des Steuerknüppels bei der

Flugsimulation, Haptik, die Wissenschaft der digitalen Berührung und natürlich auch die Optik – wie lange also noch bis zur »Einsteck«-Phase, die von Gibson beschrieben und in *Matrix* so anschaulich gemacht wurde?

Was bedeutet uns dieser Raum der Wunder, sobald wir »dort« sind? Wo haben wir schon von solchen Wundern gehört? In unseren Träumen fliegen wir. In unseren Religionen kommunizieren wir mit dem Göttlichen. Mit unseren Drogen werden wir ... nicht erwachsen. Etwas in uns weigert sich. Vielleicht will uns eine Art Atavismus nicht ganz erwachsen werden lassen. Wir sind alles, was wir jemals waren, und wir kehren immer wieder zurück. Wir wollen unser kindliches Ich, das noch an Träume glaubt, nicht hinter uns lassen.

Sicher ist es in Ordnung, dass wir die Leistungen der Menschheit voller Befriedigung betrachten: Die großen, gemeinsam vollbrachten Dinge – der Bau von Wolkenkratzern, die Ernährung von Millionen, die Ausrottung einer Urbevölkerung – setzen voraus, dass viele an einem Strang ziehen. Und jedem von ihnen gehört ein kleines Stück vom Wunderkuchen. Großartig. Schätze ich.

Aber noch einmal: Was ist mit dem individuellen, persönlichen Wunder-Leben, an das Sie von ganzem mystischem Herzen geglaubt haben? Wo ist diese Traumwelt?

Nun, sie entsteht gerade. In diesem Moment. Der Cyberspace. Er ist das Neuland, das bei jedem Schritt, den Sie tun, unter Ihren Füßen aufscheint. Sie schreiten im Bilde des Schöpfers dahin. Künstler, Wissenschaftler, Suchende – der TRAUM fließt durch sie hindurch und aus ihnen heraus. Er hebt sie hoch wie kleine Sendeknoten und sorgt dafür, dass man seine Präsenz spürt.

Ich habe »Neuromancer« von William Gibson gelesen, als ich 1984 das Cover für den Roman gestaltet habe, und ich war erstaunt. Und zwar nicht zuletzt von der unglaublichen Resonanz zwischen seinen Ideen und jenen, die meiner damaligen Ansicht nach mir und sehr wenigen anderen Leuten aus meinem Bekanntenkreis »gehörten«. Doch wir kannten Gibson nicht. Und er kannte uns nicht. Es ist unwahrscheinlich, dass es einen Zusammenhang gab. Wie kam das?

Im Laufe der Jahre musste ich meine Vorstellungen revidieren, woher ich meine Ideen »nehme«. Ich glaube, Ideen sind riesig, größer als ich, größer als Gibson; aber nicht unbedingt größer als der Cyberspace. Ideen gehen wie Wellen durch die Gesellschaft und ich sah den Zusammenhang zwischen mir und Gibson nicht, weil meine winzig kleine Perspektive mir nicht erlaubte, etwas so Riesiges wie die Dünung des Traums zu sehen, die Gibson, mich und andere vorwärts trug zu dieser neuen kreativen Kurve. Mir liegt nicht viel daran, ein Solo-Künstler mit originellen Ideen zu sein – mir geht es darum, wach zu sein. Wach für den TRAUM. Ich glaube, wir »kooperieren« mit der Ideenwelle, mit vergangenen, gegenwärtigen und künftigen Träumen. Dass wir »Ideen haben«, liegt vor allem an unserer Schwimmfähigkeit, unserem dahintreibenden Bewusstsein. Und wenn wir gemeinsam mit anderen forschen und kreativ sind, werfen wir ein größeres Netz über die Welle.

Der Cyberspace eignet sich gut für große Ideen. (Er eignet sich auch gut dazu, die passende Religion oder sein Traumhaus zu finden.) So wird er nicht zu einer ermüdenden Warteschleife für die MTV-Generation, sondern das Terrain der Zukunft. Die neuen Adams und Evas sind womöglich Mr. und Mrs. Jedermann, die feststellen, dass die IDEE sie gefunden hat. Während sie auf dieser gewaltigen Welle des TRAUMS surften. Nun gerinnt der TRAUM also allmählich zu einem Ort, konzentriert sich innerhalb der Technologie, bringt eine neue Infrastruktur hervor, lässt das Netz wachsen – und zeitigt in Mr. Jedermanns Leben zunehmend konkrete Ergebnisse in punkto Wunderbarem.

Außerhalb der Matrix ist Neo nur ein ganz normaler,

atrophischer Mensch; innerhalb der Matrix ist er »der Auserwählte«. Wollen die *Matrix*-Macher damit womöglich sagen, dass man dort besonders gut eine göttliche Verbindung eingehen kann?

In diesem Cyberspace wimmelt es nur so von mythischen Figuren – wie ja auch die Ankunft der Gottheit in Gibsons »Neuromancer« eine schockierende Enthüllung ist, gefolgt von den Voodoo-Göttern in »Biochips«. »Der Auserwählte« ist ein neuer Adam, ein Messias – ein Superheld. Er ist gekommen, um den Weg nach Zion zu weisen, der letzten Stadt, in der noch Menschen sind. Sein »Johannes der Täufer« ist nach der mythologischen griechischen Gottheit Morpheus oder »Schlaf« benannt, dem Torwächter der Träume. Und es gibt die Femme fatale mit dem bedeutungsschwangeren Namen Trinity, die ihren Geliebten mit einem Kuss wieder zum Leben erweckt. Ihr Rebellenschiff heißt *Nebukadnezar*.

Aber ist *Matrix* nur der Versuch eines Computerspielers, mehr zu sein, als er sich in der körperlichen Welt je erhoffen kann? Könnte ein begabter *Hacker savant* angesichts der Eigenschaft der Matrix als von einer rationalen Kodierung definiertem Raum die Regeln neu schreiben? Könnte er ihre Repräsentationen mittels einer Supergestalt kontrollieren und zu seinem Vorteil verändern? Oder gibt es ein tiefer gehendes Voodoo, einen über alle Maßen wohlmeinenden Zauber, der die Träumenden in Verbindung mit einem größeren Plan bringt, der dem Dasein zugrunde liegt?

In der Matrix wird Neo von Morpheus zum Orakel geführt, eine wundervolle und zugleich beunruhigende Sequenz. Dieses Orakel sieht die Dinge atemporal. Dabei bewegt es sich nicht außerhalb der Newtonschen Regeln und verletzt sie auch nicht. Welcher Code, welche Repräsentation, welche Metapher erklärt das? Wir sind hier auf gespenstische Weise näher am Göttlichen als irgendwo sonst in der Geschichte.

Vielleicht bildet ein noch unentdeckter Teil der Matrix den Himmel nach, die Kreise der Hölle, Engel, Teufel und Götter. Wie genau kann man eine Realität modellieren, bevor sie anfängt, mit dem Modellierten zu verschmelzen? Wie die untrennbar miteinander verbundenen Paare in der Quantenphysik. Teleportation ohne Zeitverlust über jede Entfernung – weil die beteiligten Photonen eine gemeinsame Identität besitzen.

Wir wissen nicht, ob das Orakel körperlich existiert. Morpheus erzählt Neo nur, dass es sehr alt sei und schon von Anfang an beim Widerstand. Dann erklärt das Orakel Neo, er sei eine gute Seele. An dieser Stelle befinden wir uns garantiert nicht in der vertrauten Welt.

Das Orakel führt uns heraus aus dem, was wir strukturell von den beiden sichtbaren Realitäten im Film verstehen. Es operiert nicht in einem normalen Raum-Zeit-Kontinuum. Damit gelangen wir in die wirklich großen Dimensionen.

Ist das alles zu abgedreht? Die Regisseure, die Wachowski-Brüder, machen sich doch bloß einen Spaß, oder? Ja, ganz bestimmt. Aber es ist nicht zu abgedreht. Mir stellt sich dabei die Frage, ob wir wirklich erkennen, welche Perspektiven sich hier eröffnen. Wie wäre es damit: Wenn man einmal in der Matrix gewesen ist, woher weiß man dann, dass man sie verlassen hat? Morpheus – der Gott des Schlafes. Vielleicht träumen sie also alle noch. Und die Ebene, auf der die *Nebukadnezar* existiert, ist nur eine weitere Ebene der Matrix. Warum nicht? Was sagt einem, dass man sich dort nicht auch nur in einer Traumwirklichkeit befindet, der eine noch tiefere Realität zugrunde liegt? Eine, die sich um eine ganz andere Achse dreht? (Damit hätten wir zumindest einen gewissen Spielraum in Bezug auf die seherischen Fähigkeiten des Orakels.) Wenn man vom »Schlaf« geführt wird, wo ist dann der krähende Hahn? Wachen Sie auf, Sie schlafen!

Ich bin sicher, dass die Filmemacher es ganz toll fänden,

wenn Sie sich Fragen über Ihre eigene Wirklichkeit stellen würden. Wie viel von meinem Leben ist Illusion? Im Cyberspace bekommen sehr, sehr alte Fragen und mystische Themen plötzlich einen neuen, farbigen, digitalen Anstrich.

Die Hindus haben eine vielschichtige, multiple Wirklichkeitsstruktur, deren Basis Vishnu, der Träumende, ist. Unsere Wirklichkeit ist Vishnus Traum, er träumt uns. Er träumt auch sich selbst, so wie Sie in Ihren eigenen Träumen erscheinen können. In seinem Traum kann er sich atemporal bewegen und ohne Zeitverlust jede Entfernung überwinden.

Aber die Bürger der Welt können auch von Vishnu träumen, ihn anbeten, ihn in ihrem Geist nachbilden. Der TRAUM kann den TRÄUMENDEN träumen. Verwirrend?

Die Beziehung zwischen Cyberspace und unserer Wirklichkeit liefert eine maßgebliche Forderung: Lass ab vom linearen Streben nach letzten und höchsten Dingen! Hör auf, auch nur nach der Mitte der Dinge zu suchen! Vielleicht ist die Wirklichkeit von Natur aus holografisch und jeder einzelne kleine Knotenpunkt in der Matrix des Daseins enthält ein Bild des Ganzen. Mag sein, dass wir das Ende dieses riesigen, dahinfließenden Kosmos nicht zu sehen vermögen, aber vielleicht können wir in uns hineinblicken und dadurch verstehen; vielleicht können wir den Blick auf die Geometrie innerer und uns naher Beziehungen richten und dadurch zu ein paar Schlüssen über den Lauf der Welt(en) gelangen.

Womöglich werden wir nie genau wissen, ob es einen letzten »Grund« oder eine höchste »Spitze« in der Hierarchie des Daseins gibt. Aber ich halte es nicht für unmöglich, mit solch relativistischen Kontemplationen etwas zu finden, was »Weisheit« gleichkommt; den vielschichtigen Schleier zu durchbrechen und wenn schon nicht den Grund oder die Spitze der Dinge, so doch die

Dimension des Staunens zu erkennen und einen Blick ins innerste Wesen der Wirklichkeit zu erhaschen.

Verblüfft stehen wir auf der Schwelle unserer eigenen Wahrnehmungen. Einem leuchtenden Rand, der sich schmelzend vorwärts ins Dunkel faltet und unter unseren Schritten Neuland entstehen lässt. Eine neue Welle des Traum-Raums scheint unsere erwachenden Gehirne zu erwarten.

Vishnu muss sich im Schlaf umgedreht und auf »Enter« gedrückt haben.

Über die Autoren

PAT CADIGAN wurde vom britischen *Guardian* als »Queen des Cyberpunk« gefeiert. Sie hat vier Romane geschrieben – »Mindplayers«, »Synners«, »Fools« und »Tea from an Empty Cup« – und drei Kurzgeschichtensammlungen vorgelegt: »Patterns«, »Home by the Sea« und »Dirty Work«. Cadigan arbeitete zehn Jahre lang als Redakteurin und Autorin bei Hallmark Cards in Kansas City, bevor sie 1987 die Schriftstellerlaufbahn einschlug. Ihre für den Hugo-Gernsback- und den Nebula-Award nominierten Kurzgeschichten sind in Magazinen wie *Omni, The Magazine of Fantasy and Science Fiction* und *Isaac Asimov's Science Fiction Magazine* sowie in zahlreichen Anthologien erschienen. 1996 zog sie nach England. Gegenwärtig lebt sie mit ihrem Mann, Chris Fowler, und ihrer Katze Calgary im Norden Londons.

BRUCE STERLING, Autor, Journalist, Herausgeber und Kritiker, hat acht Science-Fiction-Romane und drei Kurzgeschichtensammlungen veröffentlicht. Er war Herausgeber von »Mirrorshades«, der maßgeblichen Anthologie der Cyberpunk-Bewegung. Aus seiner Feder stammt auch das Sachbuch »The Hacker Crackdown: Law And Disorder On The Electronic Frontier« (1992), das im Internet verfügbar ist. Für *The Magazine of Fantasy and Science Fiction, Interzone* und *Science Fiction Eye* hat er regelmäßige populärwissenschaftliche und literaturkritische Kolumnen verfasst. Zur Zeit schreibt er ein Internet-Tagebuch und betreut eine Website (www.well.com/conf/mirrorshades)

sowie eine Mailingliste zu den Themen »Widerstand gegen die Umweltzerstörung« und »Postindustrielles Design«. Er lebt mit seiner Frau und zwei Töchtern in Austin, Texas.

STEPHEN BAXTERs SF-Romane sind unter anderem in Großbritannien, den Vereinigten Staaten, Deutschland, Japan und Frankreich erschienen und wurden mit zahlreichen Preisen ausgezeichnet (dem Philip K. Dick Award, dem John Campbell Memorial Award, dem British Science Fiction Association Award, dem Kurd-Lasswitz-Preis und dem Seiun Award). Bisher sind über hundert SF-Kurzgeschichten von ihm erschienen. »Evolution«, sein jüngster Roman, kam im November 2002 heraus.

JOHN SHIRLEY ist Autor zahlreicher Romane und Kurzgeschichtensammlungen, darunter »Black Butterflies« (ausgezeichnet mit dem Bram Stoker Award und in die *Publishers Weekly*-Liste der besten Bücher des Jahres aufgenommen), »Demons«, »And the Angel with Television Eyes«, »Eclipse« und »City Come A Walkin«. Er war Drehbuch-Koautor bei *The Crow* und hat viel für Film und Fernsehen geschrieben. Seine offizielle Website ist www.darkecho.com/johnshirley. Er lebt in der Bay Area um San Francisco.

DARREL ANDERSON, ein Digital-Art-Pionier, kommt aus der Underground-Comix-Szene und hat mit braid.com eine der ersten und langlebigsten Kunst-Websites gegründet. Zusammen mit Angehörigen des BRAID-Kollektivs und Mitarbeitern von PCA Graphics erarbeitete er die Computeranimationen am Ende des Films *Vernetzt – Johnny Mnemonic* (1995). Seine Arbeiten sind bei zahlreichen internationalen Wettbewerben ausgezeichnet worden, unter anderem beim PIXAR-Wettbewerb für die MacWorld Expo und beim Macintosh Masters-Wettbewerb der Zeitschrift *MacWorld*. Als Programmierer und

Künstler arbeitet Anderson auf beiden Seiten des Bildschirms. Eine seiner neuesten Entwicklungen, »GroBoto«, ist ein interaktives Kunst-Werkzeug, mit dessen Hilfe Kinder ihre Kreativität erforschen und Künstler die ihre weiterentwickeln können. Kostproben von Andersons Arbeit findet man bei braid.com.

PAUL DI FILIPPO feierte 2002 mit der Veröffentlichung von vier Büchern sein 20-jähriges Jubiläum als freier Autor. Seine Story »Karuna, Inc.« wurde für den World Fantasy Award nominiert; 1994 gewann er den British Science Fiction Award. Zu seinen Romanen gehören »Ciphers« (1991), »Lost Pages« (1998) und »Joe's Liver« (2000). Er ist seit 27 Jahren mit seiner Lebensgefährtin Deborah Newton zusammen und lebt mit ihr, einem Cockerspaniel namens Ginger und zwei Katzen, Mab und Penny Century, in Providence, Rhode Island.

KATHLEEN ANN GOONANs neuester Roman »Light Music« ist im Mai 2002 erschienen. Er schließt ihr sogenanntes »Nanotech Quartet« ab und hat ausgezeichnete Kritiken bekommen. Der erste Roman des Quartetts, »Queen City Jazz«, stand auf der Liste der »New York Times Notable Books«; der dritte, »Crescent City Rhapsody«, kam in die Endrunde des Nebula Award. Ihre einzigartige Mischung von Literatur, Science Fiction und Musik wurde im *Scientific American* als zukunftsweisender Beitrag zur Nanotech-SF gewürdigt (neben den Werken Greg Bears und Neal Stephensons). Sie hat über zwanzig Kurzgeschichten veröffentlicht und wurde bisher in Frankreich, Deutschland, Italien, Spanien, Polen, Russland und Großbritannien publiziert. Ihre Website ist www.goonan.com.

MIKE RESNICK hat mehr als vierzig Science-Fiction-Romane, über hundert Kurzgeschichten und zwei Drehbücher geschrieben. Außerdem gab er zahllose SF-Anthologien heraus. Er wurde mit vier Hugos und einem Nebula ausgezeichnet und hat weitere Preise in den Vereinigten Staaten, Frankreich, Japan, Spanien, Polen und Kroatien gewonnen. Seine großen Leidenschaften sind Science Fiction, Pferderennen und Musiktheater.

WALTER JON WILLIAMS ist Drehbuchautor und hat »The Praxis«, den Cyberpunk-Klassiker »Hardwired« sowie vierzehn weitere Science-Fiction-Romane geschrieben und ist als Autor an der Buchserie »Star Wars: The New Jedi Order« beteiligt. Außerdem hat er einen schwarzen Gürtel vierten Grades in Kenpo.

DEAN MOTTER, Illustrator, Designer, Schriftsteller und Herausgeber, ist von Natur aus ein Stadtmensch. Daher überrascht es nicht, dass Architektur und Großstadtleben in seinen Arbeiten häufig eine herausragende Rolle spielen. Seine beiden von der Kritik gefeierten Mini-Serien *Terminal City* und *Terminal City: Aerial Graffiti* wurden 1997 und 98 für mehrere der von der Comic-Branche vergebenen Eisner Awards und Kurtzman Awards nominiert. In jüngster Zeit erschien die hoch gelobte Graphic Novel *Batman: Nine Lives* und er schreibt und zeichnet *Electropolis*, eine weitere Rückkehr in die Zukunft von gestern. Am bekanntesten wurde Motter allerdings als Schöpfer der einflussreichen Comic-Sensation der 80er Jahre *Mister X*.

IAN WATSON studierte in Oxford englische Sprache und Literatur und machte anschließend seinen Master of Arts in englischer und französischer Literatur des 19. Jahrhunderts. Anschließend lehrte er an Universitäten in Daressalam und Tokio und unterrichtete Zukunftsstudien am Art and Design Center in Birmingham, bevor er 1976 hauptberuflicher SF-Autor wurde. Sein erster Roman, »The Embedding« von 1973, belegte den zweiten Platz beim John W. Campbell Memorial Award und wurde mit dem Prix Apollo ausgezeichnet. Sein neuester Roman »Mockymen« erschien 2003; seine neunte Kurzgeschichtensammlung »The Great Escape« (2002) fand bei der Kritik große Anerkennung. Von 1990 bis 1991 arbeitete er mit Stanley Kubrick an der Story für Steven Spielbergs späteren Film *A.I. – Künstliche Intelligenz*. Er lebt mit einer schwarzen Katze im ländlichen England.

JOE HALDEMANs bekanntester Roman ist »The Forever War«, der mit dem Hugo, dem Nebula und dem Ditmar Award ausgezeichnet wurde und heute als ein Klassiker der Science Fiction gilt. Seine neuesten Romane sind »The Coming« und »Guardian«. Insgesamt wurde Haldeman mit vier Nebulas und vier Hugos geehrt. Seine zwanzig Romane, drei Kurzgeschichtensammlungen und sechs Anthologien sowie eine Gedichtsammlung sind in achtzehn Sprachen erschienen. Die Mainstream-Romane »War Year« und »1968« beruhen auf seinen Erfahrungen als Soldat im zentralen Hochland von Vietnam. Ein Semester pro Jahr gibt er Schreibkurse am Massachusetts Institute of Technology. Haldeman ist ein eifriger Amateur-Astronom, malt Aquarelle und spielt Gitarre. Seine Website ist home.earthlink.net/~haldeman.

DAVID BRINs beliebte Science-Fiction-Romane wurden in mehr als zwanzig Sprachen übersetzt. In seinem Ökothriller von 1989, »Earth«, kamen bereits Themen wie die globale Erwärmung, der Cyberkrieg und das World Wide Web zur Sprache. Ein Spielfilm von 1998 mit Kevin Costner in der Hauptrolle war eine freie Adaptation seines preisgekrönten Romans »The Postman«. In seinem bisher letzten Roman »Kiln People« (2002) porträtiert Brin eine kommende Zeit, in der jedermann dank einer simplen technischen Neuerung den uralten Traum verwirklichen kann, an zwei Orten zugleich zu sein. Brin ist auch ein bekannter Wissenschaftler und Redner/Berater zum Thema Trends in der nahen Zukunft. In seinem Sachbuch »The Transparent Society: Will Technology Make Us Choose Between Freedom and Privacy?« befasst er sich mit Fragen der Sicherheit und Freiheit im neuen Zeitalter der Vernetzung.

ALAN DEAN FOSTERs Werk umfasst Ausflüge in die Gefilde von Science Fiction, Fantasy, Horror, Krimi, Western, historischem Roman und Gegenwartsliteratur. Daneben hat er zahlreiche Artikel über Film, Wissenschaft und Sporttauchen verfasst und die Romanversionen vieler Filme geschrieben, darunter *Krieg der Sterne*, die ersten drei *Alien*-Filme und *Alien Nation*. Aus seiner Feder stammen auch Skripts für Hörbücher, Hörspiele und Computerspiele sowie die Story für den ersten *Star Trek*-Film. Seine Kurzgeschichten sind in allen großen SF-Magazinen, in Originalanthologien und diversen »Best of the Year«-Zusammenstellungen veröffentlicht worden. Bisher sind fünf Storysammlungen erschienen. Foster ist in New York City geboren und in Los Angeles aufgewachsen. Gegenwärtig lebt er in Prescott, Arizona.

KAREN HABER, als Herausgeberin von »Meditations on Middle-Earth« für den Hugo Award nominiert, ist Koautorin von »Science of the X-Men« und hat acht Romane geschrieben, darunter »Star Trek Voyager: Bless the Beasts«. Ihre Kurzgeschichten sind in *Isaac Asimov's Science Fiction Magazine*, *The Magazine of Fantasy and Science Fiction*, *The Sandman: Book of Dreams* und vielen anderen Anthologien erschienen. Als Kunstjournalistin rezensiert sie unter Pseudonym Kunstbücher sowie SF- und Fantasy-Werke für diverse Publikationen. Gegenwärtig arbeitet sie an einem Buch über den Zeichner und Illustrator Todd Lockwood.

JAMES PATRICK KELLY hat in seiner Schriftstellerkarriere viele Felder beackert. Er schrieb Romane, Kurzgeschichten, Essays, Rezensionen, Gedichte, Theaterstücke und Skripts für Planetariumsshows. Von ihm stammen unter anderem die Bücher »Strange But Not A Stranger« (2002), »Think Like A Dinosaur and Other Stories« (1997), »Wildlife« (1994), »Heroines« (1990), »Look Into the Sun« (1989), »Freedom Beach« (1989) und »Planet of Whispers« (1984). Seine Romane und Erzählungen sind in vierzehn Sprachen übersetzt worden. Außerdem schreibt er eine Kolumne für die Internet-Ausgabe von *Asimov's Science Fiction Magazine*; und das »Seeing Ear Theater« von Scifi.com sendet regelmäßig seine Hörspiele. Gegenwärtig ist er einer der vierzehn vom Gouverneur von New Hampshire ernannten Räte im State Council of the Arts und sitzt im Vorstand der New England Foundation for the Arts.

KEVIN J. ANDERSON hat zahlreiche preisgekrönte Science-Fiction-Bestseller verfasst. In letzter Zeit sind von ihm die Romane »Hidden Empire«, »Hopscotch« und »Captain Nemo« erschienen, außerdem eine Reihe von Prequels für »Dune: Der Wüstenplanet«, die er zusammen mit Frank Herberts Sohn Brian geschrieben hat, sowie *Star Wars*- und *Akte X*-Romane. Anderson ist begeisterter Motorradfahrer, hat die fünfzig höchsten Gipfel der Rocky Mountains bestiegen und schreibt am liebsten draußen in der freien Natur.

RICK BERRY ist unter anderem dafür bekannt, dass er sich mit seinem Titelbild für William Gibsons »Neuromancer« (1984) als erster bildender Künstler in digitale Gefilde wagte. Seither hat er einen Stil entwickelt, bei dem er traditionelle Techniken der Ölmalerei mit digitaler Bildgestaltung verbindet. Seine Arbeiten sind überall in den Vereinigten Staaten ausgestellt worden und er wurde sowohl im SF-Bereich als auch in der digitalen Community mit vielen Preisen ausgezeichnet. Zusammen mit Darrel Anderson und Gene Bodio hat er den computergenerierten Höhepunkt des Films, *Vernetzt – Johnny Mnemonic* (1995) kreiert. Außerdem entwickelte er die 3D-CAD-Human-Design Disc, ein anatomisches Software-Modell. 1993 erschien »Double Memory: Art and Collaboration«, ein Buch mit jenen Werken, die in Zusammenarbeit mit Phil Hale entstanden waren. Gegenwärtig arbeitet er mit Darrel Anderson im Rahmen ihres gemeinsamen Braid-Projekts an einer Kollektion digitaler Bilder. Seine Website ist www.braid.com.

Lesetipps

Romane und Erzählungen

Dick, Philip K.: Der unmögliche Planet, München 2002. Die besten Erzählungen und Short Stories des SF-Kultautors, ohne dessen Ideen es *Matrix* nie gegeben hätte. Eine einzigartige Collection.

Dick, Philip K.: Zeit aus den Fugen (Time Out of Joint), München 2002. Eine verträumte Kleinstadt im Herzen der USA entpuppt sich als gigantische Kulisse für einen ihrer Bewohner. Klingt wie *The Truman Show*, ist aber viel besser.

Dick, Philip K.: Die Valis-Trilogie (Valis, The Divine Invasion, The Transmigration of Timothy Archer), München 2002. Ist Valis Gott? Oder die Psychose eines SF-Autors, der aus der Matrix zu entkommen versucht? Oder beides? Philip K. Dick für Fortgeschrittene.

Galouye, Daniel F.: The 13th Floor (Simulacron-3), Köln 1999. Früher Cyberspace-Roman, in dem sich die Welt als Simulation in einer Simulation in einer Simulation … entpuppt. Vor einigen Jahren neu verfilmt – denn Rainer Werner Fassbinder machte aus dem Buch schon in den 70ern den Film *Welt am Draht*.

Gibson, William: Die Neuromancer-Trilogie (Neuromancer, Count Zero, Mona Lisa Overdrive), München 2000. Mit dieser Trilogie erfand Gibson nicht nur das Wort »Cyberspace«, sondern schuf auch gleich ein neues literarisches Genre. *Der* moderne Klassiker der Science Fiction – bis heute leider (oder glücklicherweise) unverfilmt.

Gibson, William: Cyberspace (Cyberspace), München 2002. Gibsons gesammelte Erzählungen, enthält unter anderem die Story »Johnny Mnemonic«, nach der der gleichnamige Film mit Keanu Reeves entstand.

Gibson, William: Virtuelles Licht (Virtual Light), München 2002. Auftakt zu einer neuen Trilogie, mit der sich der »Neuromancer«-Autor noch weiter auf die Gegenwart zubewegt.

Priest, Christopher: Die Amok-Schleife (The Extremes), München 2002. Der derzeit wohl »realistischste« Roman zum Thema: In der nahen Zukunft ist die Virtual-Reality-Technik Teil des Alltags. Auch das FBI benutzt sie – nicht immer zu hehren Zielen.

Sterling, Bruce: Schismatrix (Schismatrix), Hamburg 2000. Neben Gibsons »Neuromancer«-Trilogie das zweite zentrale Werk des Cyberpunk, eine faszinierende und ziemlich beunruhigende Reise in unsere hochtechnisierte Zukunft.

Sachbücher

Baudrillard, Jean: Die Agonie des Realen/Kool Killer, Berlin 1978. Leider liegt Baudrillards Buch »Simulacra and Simulation«, das Neo als Versteck für seine Software verwendet, nicht komplett auf Deutsch vor. Die meisten Aufsätze daraus findet man in diesen beiden Bänden.

Campbell, Joseph: Der Heros in tausend Gestalten (The Hero with a Thousand Faces), Frankfurt/M. 1999. Welche Mythen in *Matrix* auch immer verarbeitet wurden – Joseph Campbell ist ihrer wahren Bedeutung nachgegangen. Eine Typologie der schöpferischen Phantasie des Menschen.

Freyermuth, Gundolf F.: Cyberland. Eine Führung durch den High-Tech-Untergrund, Hamburg 1998. Längst sind die Cyberpunks unter uns – und Gundolf F. Freyermuth hat sie besucht. Zugleich ist er der »Ideologie« auf die Spur gekommen, von der sich Filme wie *Matrix* nähren.

Geier, Manfred: Fake. Leben in künstlichen Welten, Hamburg 1999. Von Pandora, der ersten künstlichen Frau, bis zu den Visionen eines körperlosen Lebens im Cyberspace – eine Reise durch virtuelle Welten in Mythos, Literatur und Wissenschaft.

Lem, Stanisław: Summa technologiae (Summa technologiae), Frankfurt/M. 1981. Das Hauptwerk des weltbekannten polnischen Science-Fiction-Autors ist eine in die Zukunft fortgeschriebene Wissenschaftsgeschichte. *Matrix*-Fans sollte vor allem der Eintrag »Phantomatik« interessieren.

Mainzer, Klaus: KI – Künstliche Intelligenz. Grundlagen intelligenter Systeme, Köln 2003. Werden sie uns eines Tages überflügeln? Auf den Müllhaufen der Evolution werfen? Oder gar als Energiequelle verwenden? Zum Stand der Dinge in der Künstliche-Intelligenz-Forschung.

Wertheim, Margaret: Die Himmelstür zum Cyberspace. Von Dante zum Internet (Pearly Gates of Cyberspace – A History of Space from Dante to the Internet), Zürich 2000. Welche geistigen Strömungen haben zur Idee der Matrix geführt? Welche Autoren und Künstler haben die Möglichkeit eines Cyberspace vorweggenommen? Ein Ausflug zu den Ursprüngen.

William Gibson

Die Neuromancer-Trilogie

Die große Romantrilogie des »Cyberpunk«-Kultautors in überarbeiteter Neuausgabe. Ein Meilenstein der Science Fiction.

»William Gibson ist etwas gelungen, wovon jeder Schriftsteller träumt. Er hat die Welt verändert.«

Jack Womack

06/8202

HEYNE-TASCHENBÜCHER